涉黑嫌疑

冯锐 著

群众出版社
·北京·

图书在版编目（CIP）数据

涉黑嫌疑 / 冯锐著. ——北京：群众出版社，2019.6
ISBN 978-7-5014-5965-0

Ⅰ.①涉… Ⅱ.①冯… Ⅲ.①长篇小说—中国—当代
Ⅳ.① 1247.5

中国版本图书馆 CIP 数据核字（2019）第 123162 号

涉黑嫌疑

冯　锐　著

出版发行：	群众出版社
地　　址：	北京市丰台区方庄芳星园三区 15 号楼
邮政编码：	100078
经　　销：	新华书店
印　　刷：	北京市泰锐印刷有限责任公司
版　　次：	2019 年 8 月第 1 版
印　　次：	2019 年 8 月第 1 次
印　　张：	9.375
开　　本：	148 毫米 ×210 毫米　1/32
字　　数：	250 千字
书　　号：	ISBN 978-7-5014-5965-0
定　　价：	39.00 元
网　　址：	www.qzcbs.com
电子邮箱：	qzcbs@souhu.com

营销中心电话：010 - 83903254
读者服务部电话（门市）：010 - 83903257
警官读者俱乐部电话（网购、邮购）：010 - 83903253
文艺分社电话：010 - 83903973

本社图书出现印装质量问题，由本社负责退换
版权所有　侵权必究

作为一名卧底警察,应该臭名远扬,而不是威震四方。面色各异,每一个脸孔都笑靥如花。有时怀疑,有时深信不疑。但是,他最终能发现,哪一张是你真实的脸——这是身处盗窃国家原油犯罪集团内部,一个警察群体以特殊方式进行的系列卧底故事。

他们所付出的代价,有汗水、泪水、鲜血,还有生命……

目 录

引　子 / 1

第一章　　冬至 / 3

第二章　　卧底冥王星 / 10

第三章　　"三老四严"座右铭 / 38

第四章　　劫法场 / 63

第五章　　黑色骨灰 / 79

第六章　　佛与哈根达斯的日子 / 102

第七章　　连续三次被查否的涉黑线索 / 119

第八章　　韩松的慌 / 143

第九章　　危险互动 / 154

第十章　被鲜血染红的白雪 / 169

第十一章　雷阵雪 / 187

第十二章　相亲的日子 / 204

第十三章　高尔夫和藏獒 / 219

第十四章　我和老白的互动 / 235

第十五章　侯伟之死 / 245

第十六章　刺破老白的棋局 / 254

第十七章　被掩盖的真相 / 268

第十八章　决战杏州 / 274

尾　声　洗澡 / 284

引子

  这个城市，自 20 世纪 80 年代以来已有七十八位油田民警和二十八位油田保卫人员因公牺牲，另有四百二十八位油田民警和油田保卫人员因公负伤。刘会战惨死于偷盗原油的油耗子手中，是油田历史上第一个因公牺牲的油田保卫人员，他的死一直是一桩悬案……

  刘会战的长子刘秀自 2000 年一直是这个城市里最具实力的私人油化企业老板，但也有传言说，他与涉油犯罪有关。省公安厅从 2000 年开始不断接到举报信，内容大致都是说他偷油，查起来却都不靠谱。传言真实与否不得而知，但刘秀对父亲刘会战案件的悬赏金额，却是摆在那里的真金白银二百万元。许多年过去了，那起积案依然没有任何线索，一点点线索都没有……

  全中国范围内开展扫黑行动后不久，一个叫李宝成的杏州油化企业老板，突然拿出确凿证据举报刘秀涉黑。此前，也有一个叫狄威的女孩儿一直在举报刘秀涉黑，而她的两个哥哥狄成、狄汉却由于刘秀的举报，最终因涉黑被执行死刑。这一系列事情，查来查去非常考验公安人员的智商，所有参与其中的警察后来都很不愿意提及此案，因为随着案件整体的戏剧性进展，有些东西在他们每个人的职业生涯里实在是铭心刻骨。

  后来，一个叫洪图的警察原原本本地给我讲述了一切。

第一章　冬至

"都听见没？吓唬一下，也别整过劲儿喽。"

逼人寒气中，狄成的呼吸留下茂盛的轨迹。于是，身着黑色貂皮大衣的狄成，被自己呼吸形成的洁白雾气团团包围了。黑色的貂皮油光发亮，雾气洁白洁白的。冬至的早晨，狄成手里拿着一袋同样洁白如玉的包子，凝视着弟弟狄汉和一帮奇形怪状的手下，希望他们能够领会自己的意思。眼睛瞪得溜圆，黝黑肥胖的狄成把一个肉包子塞进嘴里："走，干他们去……"

谁也不知道是咋个意思。狄氏兄弟怎么会对刘秀虎视眈眈呢？突然间，狄氏兄弟怎么开始向刘秀发难了呢？此前，双方从来都是井水不犯河水。

这件事情的起因，是狄氏兄弟想从刘秀旗下的化工厂赊购一批原油，刘秀断然拒绝了。那段时间，省厅和市局突然间开展联合行动，精准地控制了所有外出运油的秘密通道，油城的被盗原油已经很难运出这个城市了，所有偷来的原油只能向刘秀这里汇聚。表面看起来，只有向刘秀这里送油才会安全无忧。那段时间，黑市上几乎所有从油田管道偷来的原油，全部向刘秀旗下的育才化工厂汇聚。这一幕似乎体现了刘秀在盗油江湖里非凡的地位,却也令全国地下原油市场出现了危机。于是,狄氏兄弟第一个跳出来,想要赊购原油。

狄成先是打给刘秀一个电话:"给还是不给吧?"

刘秀一句话都没说,就挂断了电话。狄氏兄弟自恃有刀有枪有兄弟,就想来点儿狠的。于是,冬天里,身着黑色貂皮大衣的狄氏兄弟和手下乘坐三台商务车,由老二狄汉亲自率领,端着短猎枪气势汹汹地出现在刘秀面前。

"你以为国家管道里的原油是唐僧肉?谁想吃都能吃?即使我给了你,你能运出去咋地?"刘秀的脸上见不到一丝怒火,上嘴唇的两撇小黑胡子也是纹丝不动,这个时候使用"国家"这样的字眼也是那么恰当得体,他的气场明显压过另一边。"朝这儿打,来,朝这儿打……"

刘秀把脑袋像鸭子一样平伸出来的时候,脖子上的血管膨胀饱满。狄汉和手下被更加厚重的雾气包围着,呼吸急促,面面相觑,有点儿不知所措了。

当然,刘秀这边也不是一个人,孔二虎、油缸子表面上看起来像是狠茬儿,但都很虚胖,面色倒是显得有些凶狠。其余的人,"金边眼镜"、老白、奕成、君刚、刘翔,都是西装革履、文质彬彬的。面对狄氏兄弟这一伙人如狼似虎的张狂样子,他们都气定神闲、一言不发。

"金边眼镜"文质彬彬,表情无忧也无喜,神色总是平静无波澜。

老白是个瘸子,他这个人似乎是因为重心不稳,从来没有安静站立的时候,总是歪歪扭扭不停地走来走去。

奕成显得瘦而有力,有一种不容置疑的干练。

君刚虽然只有一只眼睛,却是炯炯有神,有着鹰眼一样的光芒。

刘翔是刘秀的独子,但这里的其他人大多并不知情。爹有难,他首先显得异常不安。

第一章 冬至

刘秀几乎是追着狄汉，请求用脑袋吃上一枪。一只眼睛的君刚总是像影子一样跟在刘秀身后。老白是个瘸子，却在狄氏兄弟那伙人面前一瘸一拐地走来走去。在狄汉和老白对视的瞬间，老白笑了笑，那笑容诡秘、冷酷、嘲讽又叵测，令人想起诸葛亮的空城计。狄汉躲过那个眼神，不由得打了一个寒战。真正把狄汉吓尿的，是他开枪的一刹那。

狄汉开枪了，但没对准刘秀的脑袋，而是在扣动扳机之前抬高了枪口。狄汉明白，自己这一枪下去，其实是打死了自己，背后下黑手还行，这样公开杀人还是不妥的。听到枪响，无论是狄氏兄弟这边，还是刘秀那边，除了刘秀和刘翔，所有人都不自觉地有了某种应激反应。子弹从头皮上擦过，刘秀眼睛都没眨一下。提着枪和刀到处狐假虎威的狄汉，遇到刘秀这样地道的东北老歹徒，就没了骨气。狄汉没想到刘秀这么有种。

枪响过后，嘴里叼着一根烟的狄汉僵在那里。年轻气盛的刘翔瞬间夺过他的枪。

刘秀冷冷地说："把枪还给他，让他再打，往关键地方打。"

狄氏兄弟原本以为，整日西装革履的刘秀一帮人没啥大不了，却没想到，刘秀很疯。

枪被重新交回狄汉手里，但他整个人却尴尬地僵在那里。

寂静中，传来了老白的公鸭嗓音："你倒是再来一枪啊！完蛋玩意儿，就这两下子，还敢来耍大刀？"

很快，狄汉出发时的高傲表情已经变成了垂头丧气，他退回商务车，对着正在吃包子的老大狄成说："大哥，没吓唬住……"

听到这个消息，正在吃包子的老大狄成被噎了一下。

接下来的那段时间，刘秀对于某种力量能够准确掌握自己的行踪惊诧不已。从小玩到大的铁杆兄弟君刚时刻不离刘秀的左右。危险来临的那一刻，君刚果断向前。刘秀起初判断，那种力量就是狄氏兄弟。

失明母亲和警察弟弟刘锦的住处，一直是刘秀的秘密。这个城市里，所有人都把目光集中在了刘秀身上，似乎没有人知道他还有一位双目失明的母亲，更鲜有人知道他还有一个警察弟弟刘锦。弟弟刘锦在很小的时候被过继给了父亲刘会战的同事董和平，所以刘秀家的户口本上从来没有这样一个弟弟。如今，弟弟刘锦和失明的母亲一起安静地生活。刘秀一向很注意隐匿自己的行踪，同时也隐匿着自己有一位警察弟弟的秘密。刘秀定期去看望母亲，却没有想到有人发现了他的秘密。

那天夜里，刘秀和君刚走到那个普通居民楼二楼半的时候，突然出现一个蒙面枪手，君刚冲上前护住刘秀。枪手开枪的时候，君刚也拔出枪猛烈还击。君刚的还击似乎惊到了那个枪手，他没有想到刘秀会有枪。瞬间安静的时候，刘秀的弟弟刑警刘锦握着手枪从家里走了出来。这个城市里，只有几位刑警具有二十四小时配枪资格，刘锦就在其中。

刘锦嗅到了浓烈的火药气味，子弹上膛后大喊："我是警察！放下枪，放下枪……"

刘锦握着手枪一点一点向楼下蹭。

刘秀在下边大喊："刘锦，小心，那个小子，拿枪的，在二楼半，你要小心，不行就直接干死他……"

枪手意识到了危险，冲到走廊窗户旁边，从二楼缓台纵身跃下，刹那间跑进一辆轿车。轿车飞驰而去。

"谁会知道我的秘密呢？谁会在这里打埋伏？"刘秀很纳闷。

君刚说："看来，他们盯着我们已经不是一天两天了。"

马钧铁是刘锦的队长，也是刘秀和君刚的童年玩伴。刘秀第一时间给马钧铁打电话说明实情。马钧铁告诉他，待在现场不要走。

刘秀却说，他和君刚必须走。刘秀说："君刚也动家伙了，留在这里不行。等你那边弄明白打我的是谁，我一定出现，配合你们公安工作。"

现场勘查紧锣密鼓地进行着。居民楼下，闪烁的警灯令警戒线忽明忽暗，楼道里用白线拉出的弹道痕迹互有交叉。

到达现场的刑侦副局长张克平对刑警支队长刘志东说："这家伙，双方得多大仇恨？互相往死里整啊！"

张克平转身问刘锦："刘锦，你没看清双方的任何特征吗？"

刘锦说："没有，我听到枪响后出来，然后说，我是警察，双方就都跑了……"

刘锦隐瞒了一些情况，他是按照哥哥的要求不得已而为之。哥哥刘秀已经承诺，查出谁袭击他，他自然会站出来配合警方，即使君刚被按照私藏枪支罪判刑，他也会认账。只要命还在，一切都是值得的。

张克平问勘查人员："能判断出是哪个角度先开枪吗？"

勘查人员回答："基本可以确定，是有一个枪手先在三楼往二楼半射击，二楼半这边应该是两个人。足迹特征很明显，是两个人当时在撤退，他们在撤退过程中还击。"

刘志东接着问："都是怎么离开现场的呢？"

勘查人员回答："三楼这位冲到二楼半，然后从缓台跳下去的。底下两位是走楼梯从楼道入户门离开的。"

刘锦的足迹是从四楼奔跑至楼下，与双方足迹互有交织。单纯从介入本次枪战来看，刘锦的足迹与双方的足迹有交织，都是正常的。

张克平与刘志东疑虑地望着刘锦。

张克平开始像是自言自语："没看到是谁，可惜，可惜。谁呢这是？谁会大半夜在警察刘锦家楼道里折腾？"

张克平突然大吼："刘锦，你真不知道吗？谁会在你们家走廊火拼？"

张克平正要发怒，刘志东拦住了他。

刘锦的表情略显得委屈，但最终未动声色。

怒火未消，张克平一个趔趄从楼梯上摔了下去，在黑暗中发出痛苦呻吟。他的左臂断了。

后半夜，马钧铁来到刘秀办公室。

"秀，这次你可让刘锦太难堪了。他那么优秀的一个人，你说说，他把你交出来不是，不交出来也不是，真是苦了你可怜的弟弟了。"马钧铁用责备的口气说，"秀，刚子，我早就感觉你俩手里有家伙。你们两个背着我，到底还有多少秘密？"

君刚小声说："算了，钧铁，别说这个了。今天要是没有家伙，我和秀都没命了，今晚就是咱们兄弟这辈子永别的日子了。回头，你抓我，私藏枪支，这罪我认，但得等你把要杀我们的人抓到了。"

从来都是沉默的君刚这辈子都没一口气说出过这么多话。

马钧铁沉默了。

刘秀从柜子里拿出一个小塑料袋，里边装着一个猎枪子弹弹壳，递给马钧铁说："我这里还有一个好东西，你看看和今晚的现场遗留弹壳能否比对上。这是刘锦告诉我的，让我交给你。"

君刚指着刘秀办公室的天棚，冲着马钧铁说："你看看那上边。"

刘秀说："狄汉在我这里放了一枪，想吓唬我，但没吓唬住啊……"

马钧铁叹了口气，说："我和刘锦可被你们害惨了。但是，张克平那样对刘锦发怒，是不是他知道背后有你这么个哥哥呢？"

刘秀说："这些事情都是尽力保密，但若公开了其实也没啥。

虽然有人告我是偷油贼,但其实我也是一个守法公民,公安机关知道了我和刘锦的关系又能怎样?"

马钧铁说:"别说刘锦,单位那边要是知道我和你是过命朋友,大家看我就得怪怪的。刘锦还能进步吗?我的正科已经到头了,刘锦还得有他的前途。张克平这一怒啊,我感觉他好像知道了什么,因为他对我也是不冷不热的。"

刘秀说:"慢慢走着瞧吧。这些不重要,只要我不给你俩添乱,怎么弄都没毛病。"

袭击还没有结束。

刘秀的座驾是可以遥控点火的。过了没几天,刘秀和君刚走向自己的座驾,通过遥控器点火的时候,他的座驾凌空而起炸碎了。显然,安装炸弹的人忽略了刘秀的座驾是可以遥控点火的,只想着刘秀上车打火后会爆炸。

刘秀对君刚说:"一切好像还没完,咱哥儿俩和他们干吧!"

于是,刘秀对自己的行踪开始严格保密了,他也清楚地感觉到,有些事情似乎已经到了摊牌的时候了。

刘秀说:"君刚,我怎么感觉对手比较熟悉我的生活规律?"

君刚说:"秀,有叛徒,有叛徒呗……"

两个人相视一笑。

刘秀说:"他们是谁呢?狄氏兄弟?就为了要我点油,就这么狠毒?"

君刚不语。

这座城市里,刘秀的精明无人能及。这一次,刘秀觉得有些叵测和诡异,但依然气定神闲。对于一系列袭击挑衅举动,刘秀对君刚说:"想法不少,手法不咋地。"

第二章　卧底冥王星

何烨说："我们的青春里，曾经留下了彼此……"

韩松说："你说得有点苍凉，好像现在我们都很老了……"

卧底冥王星，力争发现其罪证。就在狄氏兄弟挑衅刘秀不久后，处女座的男警察韩松与狮子座的女警察何烨，接到副局长张克平与刑警支队长刘志东的命令。

两个警察接到命令见面后，何烨的言谈话语依然像警校时那么飒。毕业后虽然在一个单位工作，韩松与何烨互动很少，彼此的微信也是接到这个任务后才加上的。韩松翻看了何烨的朋友圈，她早晨发的第一条是莫扎特 C 大调第三十六小提琴奏鸣曲，K.547 第一乐章 小行板，并注明"清晨的一缕阳光~"

何烨的思想境界，在韩松看来依然是那么高不可攀。虽然俩人是警校同期毕业，何烨已经是支队某大队长级别。破案这玩意儿，关键在于思路，不在于男女。有些男刑警看起来吃五喝六的，也许就是一个庸才。就在提大队长之前的那一年，何烨抓获逃犯五十四个，恰好一副扑克牌，所以，人们提起何烨的升迁都心服口服。何烨办公室里的奖章与奖状摆满了书柜。她的办公室也时常人声鼎沸，虽然她显得有些清高,但在日常很联络人,每次支队投票测评什么的她的排名都在前边。

不知道为什么,韩松自警校开始见到何烨就会显得不自信,这个只有他自己清楚,何烨不知情,其他人更不知情。而在何烨看来,韩松对自己有意却又无实际行动,她倒是有几分伤感,同时也带着几分埋怨。加之刑警的行事风格使然吧,何烨见到韩松总会表现出几分玩笑似的冷嘲热讽。其实,何烨在警校时就特别优秀,又是大型节目主持人,又是团委副书记,韩松始终感觉自卑。他原本打算参加工作后建立卓越功勋,然后压过何烨。结果,何烨还是跑在了他前边,当然也跑在了更多警校同期其他同学的前边。

这一次见面,何烨打趣说:"这辈子,你还打算娶我不?"

韩松似乎玩笑般回答:"等着吧,等我胸前挂满功勋章时就去娶你……"

何烨说:"干掉冥王星,我把所有功劳都给你,你的奖章就会多些。"

韩松说:"不成,那样心虚。"

何烨说:"别多想。功勋章给你,其实是为了我自己。到时候,你不就会来娶我了嘛。"

韩松:"如果那样,我这辈子更没自信了。我需要走出独立行情啊!"

何烨说:"韩松,时间不像你想的那么多哦!抓紧觉悟吧你!"

对于刚刚获得的副大队长位置,韩松坚信,是因为自己给张克平提供了一笔"献金"。因为这次提拔,他师父马钧铁恨透他了。这个位置,韩松认为原本应该是刘锦的,大多数人也都认为,憨厚老实的刘锦应该提拔了。

卧底之前的那次谈话时,张克平表情不佳,胳膊上打着夹板,而且气呼呼的。枪战那个夜晚出现场时，张克平从楼梯上摔下去把胳膊摔折了。张克平看到那个夹板的时候，就会想起马钧铁和刘锦，就会气得鼓鼓的。

张克平说："你与何烨这次卧底，只有我和刘志东知道，你就不要告诉马钧铁和刘锦之类的人了，其他人也不要告诉。"

韩松说："马钧铁是我大队长，又是我师父，刘锦也算是我的手下了，又是我的前辈，我要是整天不在单位，他们该怎么看我呢？"

张克平生气地说："不用管他俩。我让刘志东告诉他们，你去烟草专卖局做外协工作了，或者编一个其他的理由，那个好办。"

韩松说："卧底，那他们两个有什么好回避的？"

张克平挥起健康的右胳膊，"啪"地一拍桌子："你哪儿来的那么多话？让你咋干就咋干！"

韩松说："你看，张局，我这次提拔，刚刚抢了刘锦的位置，我干工作再遮遮掩掩的，不好吧？"

张克平表情有些复杂地说："抢谁的位置？你怎么知道是抢？我是看中你小子忠诚，我心里对你有底。我对马钧铁、刘锦都不放心。这次提拔你，你们支队和我观点一样。"

韩松听了，表情有点儿复杂。

这个时候，张克平拿出了韩松之前给他的那个包。

张克平说："小子，你想多了。这个拿回去，否则我交纪检了，那样多可惜。"

韩松看了坚辞不受。张克平急得起身，但无奈胳膊有伤撕吧不过韩松。韩松急忙跑到门口，说："张局，感谢您的器重。卧底，我一定不辱使命。那点儿钱，您老随便买点儿什么吧。"

油城的冥王星夜总会属于狄氏兄弟，阴郁而活色生香的装修印证了狄氏兄弟财富雄厚。但是，这样一个昼夜群魔乱舞的夜总会却因男警韩松、女警何烨卧底取证,直接获取了关键证据,被公安机关彻底干掉了。狄氏兄弟那个时候还没有意识到,干掉冥王星只是将他们兄弟送上刑场的一个起点。

冥王星曾是油耗子们品尝活色生香的天堂。周旋于油井和输油管道之间,油耗子们对那些与他们作对的警察和保安凶狠残忍,而那些与他们配合的大小保安则被引至冥王星,油耗子送他们女人和毒品。吸毒上瘾的时候,也就是这些保安被油耗子彻底掌控的时候。

油城公安局局长的位置,很多人明里暗里争了很久。在省公安厅党委书记、厅长文碧君一再坚持下,省厅纪委书记隆子洲被选中。赴任前夕的一次党委会上,隆子洲听到了油城公安两男一女三个名字,一个是在狄氏兄弟旗下冥王星夜总会卧底侦查的韩松,一个是刑警支队卧底冥王星担任服务员的何烨,还有一个就是在特警岗位勇敢无敌的我,我们三人因为一等功荣誉称号被端上党委会审核。

我叫洪图,韩松、何烨都是我的警校同窗。

我们三个人事迹都很过硬,一等功毫无悬念地过关了。

"我们的队伍需要更多卧底侦查高手,越多越好。我们可以感觉到韩松这位同志高超的侦查手段。但是,咱们公安民警卧底也好,物色各种信息员也罢,他们都是长期接触灰暗面的,对这部分同志要多提提醒,咬咬耳朵、扯扯袖子是非常必要的。惨痛教训可是有的。"神色满是忧虑的文碧君在党委会结束前告诫大家。

细心的韩松在冥王星夜总会侦查成功,获取了大量涉黄涉赌证据。省厅启动战时表彰机制,为韩松与何烨火线记功。确切地说,韩松所谓的卧底侦查并不是真正意义上的卧底,他就是背着钱袋子以消费者身份到冥王星夜总会吃喝玩乐,然后把一般人无法搜集到的涉黄涉赌证据拿下。韩松背着钱袋子去夜总会,并不是说韩松有很多钱挥霍,那可全是公款,是财政支付的特费。所谓的挥霍是开玩笑说法,韩松的挥霍绝对是一个地道的技术活,并不是谁都能干的。比如，我就说什么也干不来，给我多少钱我也干不来。

我和两位同事也曾去开展同类侦查，但都被冥王星那位外表白富美的老鸨识破了。记得那位老鸨曾对我说："一看你就是警察。"

我连一次挥霍的机会都没有。她怎么就能看穿我呢？她怎么就不相信我呢？

韩松说，他会替我报仇雪耻。接下来，韩松不仅卧底成功，还查出那位老鸨就是狄成的媳妇，还查出了她和电业局电工不轨的闺中密事。冥王星长期巨额窃电的不法行为也浮出水面。当然，巨额窃电将会成为未来罪恶清单的一部分。韩松一度和那位老鸨打得火热，当他感觉她对自己有些图谋不轨的时候，灵活地处置了二人关系，以防一不小心落入她的盘丝洞陷阱。

那个时候，狄成的媳妇已经为他生了一个二胎，不到两岁大的胖儿子正牙牙学语，那是狄氏兄弟家唯一男性血脉。韩松对何烨说："那个男孩儿说不定是电工的血脉……"

何烨的工作比较艰苦，她委屈玉身在冥王星打扫厕所、收拾各个包房的污秽时，常能看见韩松在冥王星招摇过市。虽然知道韩松是在工作，但她心中却总是满满的怒火。冥王星老鸨几次劝说何烨："妹妹，想开点儿，我们这里很多打水扫地的，最后都擦胭抹粉干推油了，干推油，挣钱上不封顶啊……"

何烨有着狮子座的倔强，所以，她凭着与生俱来的倔强面对这些问题的时候，总会显得怒火中烧。老鸨这样说的时候，何烨从来没给过她好脸色。老鸨对她的反应却是嗤之以鼻："傻玩意儿，穷酸命。"

韩松与何烨的调查取证，都是可圈可点的，最后都成了重要的呈堂证供。但是，每次韩松在冥王星招摇过市，从打扫卫生的何烨身边滑过时，总是神色嚣张傲慢，满是没正经的状态。何烨眼神中清晰地写着一个字：怒。

第二章　卧底冥王星

我们警校同学有两个微信群，一个是女生和男生在一起的，一个是只有我们男生的。只有我们男生的这个群，当然不会包括何烨那样高大上的女警。何烨平日里工作中警容严正，生活里每分每秒每个细节都严格要求自己，而我们这些人还是做不到"慎独斯畏"。我们可以在群里吐槽，我们可以在群里龌龊。我们在群里回忆无数个警校夜晚熄灯后胡诌八咧的各种话题，我们在群里倾吐从警以后各种各样想不明白的困惑和窘事，我们在那个群里彼此实现极为有效的心理疏导后，在一个又一个阳光明媚的早晨穿上警服光鲜于世人。

我们这些年轻人闲暇无事胡闹的时候，领导们都在想大事情。

"我有一个计划，谋划了许多年了，只有你过去干，我才可以放心和你一起干。"

文碧君一向思路清晰，当他向隆子洲提起刘秀这个名字的时候，却显得有些纠结。我们省公安厅有几位绝密级别的线人，刘秀就是其中之一。文碧君还是经保总队队长时，便将刘秀收入麾下。这一切即使在公安内部也鲜有人知。

早年，文碧君对刘秀很放心，但龙归大海许多年后长成什么样子了谁也拿不准。文碧君忧虑：他现在到底是个怎么样的情况，我没绝对把握了。

刘秀的任务是，长期和油耗子打交道，主要是在盗油犯罪方面给公安机关提供信息，但刘秀可是没有人能为他扯扯袖子咬咬耳朵的。文碧君本人也不可能在刘秀面前絮絮叨叨地讲做人道理，一切只是走着瞧。

刘秀还频繁游走于澳门和"金三角"赌场，他在 2007 年的时候便在那里有了自己的赌场，"金边眼镜"和君刚两个人会轮流去那里值守。刘秀会用那个赌场赚取可观利润，而不像大多数国内赌徒那样，在国内赚钱，在澳门和"金三角"赌场乃至拉斯维加斯再输掉一切。油城里比较著名的偷油贼奕成就是一个这样的赌徒。别看奕成外表上精明干练，但在澳门始终运气不佳。刘秀一次次好心好意地告诫他彻底戒赌，都没有结果。

奕成也有一个时刻不离左右的兄弟赵辉腾。这个人由于患有先天钾元素缺乏症，总是颤抖着，让人看起来很凶狠的样子。但是，赌场无情，赌场上输了，凶狠与武力没有作用。奕成这个人精明干练，又嗜赌如命，但刘秀发现他对自己还是忠诚的。尤其是当刘秀下令停止原油外运的时候，没有发现奕成有二心，因此对他很满意。

对于那个狄成，刘秀第一次见到他是在澳门新葡京赌场。在刘秀印象中，嗜赌如命的狄成，始终是一个输红眼的人。刘秀经常会在澳门赌场小赌怡情，从不下巨大筹码，但他会指挥君刚和"金边眼镜"两名手下给那些输红眼的人放款。当然，这种放款是很科学很专业的事情，都是在对方有足够抵押才会投放资金，刘秀因此获利极其丰厚。狄成输光筹码的时候，总会有人给他源源不断地送来新的筹码。刘秀已经发现，那些筹码都是李宝成供应的，所以，君刚和"金边眼镜"他们从来没有给狄成放过款，也和他没什么交集。每次，狄成在赌场都是输够了就走人，完全没有留意有人在关注他。

很多纠葛已经过去了很久，但却像昨天发生的一样。那个杏州油化企业老板李宝成做什么，刘秀就会跟进做什么。刘秀涉足澳门和"金三角"，也是如此。李宝成原本是刘秀早年在油城的死对头。离开油城到杏州发展之前，李宝成曾经在油城赫赫有名，就像是今天的刘秀。早年，刘秀的父亲刘会战被偷油贼打死后，刘秀到李宝成那里登门拜访想获取一些线索的时候，李宝成虽然礼貌应对却难掩对刘秀的轻视。刘秀当时便在心里暗暗发誓，一定要超越眼前这个家伙。后来，刘秀在油耗子中的威望超过李宝成之后，始终没有忘记琢磨李宝成，因为他对李宝成始终不敢掉以轻心。近三十年了，李宝成始终是刘秀最感兴趣的一个人,两个人的你争我夺暗地里从未停止。刘秀清楚,自己一不小心就会令李宝成这个胡汉三打道回府,重新夺回他在油城油耗子中的统领地位。

刘秀的手下"金边眼镜"最近主要负责两件事情,一个是帮着刘秀到中东收购油井,另一个就是想方设法尽可能盯着李宝成的各种动向。很多时候,李宝成在澳门赌场和"金三角"的一举一动,都是在"金边眼镜"的注视中进行,所以刘秀知道,狄成是李宝成常年巨额扶持的对象,因为狄成在赌场输钱时从来不向"金边眼镜"借贷。从过去到现在,油城始终不大,许多故事都是在那么几个人之间转悠。

"金边眼镜"不止一次看见,李宝成和手下将满是现金的提包交给狄成,供他豪赌。狄成在赌局上一败涂地的时候,总是李宝成将他硬生生地拉走。

狄成突然对自己发难,刘秀一开始的直觉就是,李宝成是幕后推手。

假如真是这样,问题就要复杂多了。既然母亲和弟弟的住处他们也能发现,说明这些年自己在盯着李宝成的同时,他和一帮人也在盯着自己。自己觉得自己一直掌控着局面,其实对方也一直没有放弃。想到这些,刘秀叹了一口气。

很多事情还需要一点一点地搞清楚来龙去脉,因为李宝成和刘秀之间虽然没有新仇,但旧恨铭心刻骨。重要的是,刘秀已经清晰地知道,油城大多数被盗原油的终点都是李宝成旗下的企业,李宝成旗下的企业已经成为全国地下原油黑市最大买家。

文碧君和刘秀取得联系,表示要彻底清算油城的各路盗油贼。

刘秀拍着胸脯说:"一点儿问题都没有,时机已经成熟了,只等您的命令了。"

于是，在刘秀安排下，省公安厅指挥市公安局警力精准地封堵了所有原油外运点。封堵是按照刘秀设定的方案进行的。事实上，只有各路偷油贼知道警方这次封堵有多么精准，因为他们偷来的原油完全无法外运了。起先，警方查扣了一部分原油，都是运往杏州供应李宝成的。但是，这部分原油虽然被查扣了，从侦查和证据角度来说并没有办法确定是李宝成的，因为油耗子们外运盗窃来的原油向来很有技巧。断尾求生，从来就不是问题。

时间稍久了一些，就再也没有原油被查扣了，杏州李宝成那边断货了。而警方这一边，从事封堵的警力累得疲惫不堪，但看不出什么战果。警方发挥了怎样的作用，刘秀最清楚。但是，堵截任务久了，执行任务的警察开始怨声载道了：油耗子在哪里？在哪里？这冰天雪地的，我们天天都快冻成冰棍啦……

无论怎样，断油行动对于刘秀却是很成功。李宝成被断了原料，狄成又蹦了出来。刘秀觉得，自己首先要和李宝成一战了。同时刘秀知道，自己手下也不是铁板一块，他想利用这个机会自己动手"清君侧"，并给文碧君一个答案。当然，这里的"君"，是他本人。

这些年来，文碧君对刘秀的好奇心呈几何级数增长。刘秀对文碧君说："你给我的帮助，是谁也比不了的。你给我的帮助，让我这辈子有机会活得不那么憋屈。"

文碧君面对刘秀总是沉默着，他不相信刘秀口中言，他觉得，自己需要用一个一个事实，去检验刘秀目前是个什么样的大鸟。刘秀旗下的育才化工资质齐全，早年原本就是公安厅的企业。在流行政府办企业的年代，育才化工隶属于省公安厅企业办，那时的企业办主任是柳家胜，也就是现如今的刑侦总队副总队长、后来的打击狄氏兄弟黑恶势力专案组组长。当时，省公安厅旗下企业没有一个盈利，而且全部亏损严重。育才化工被作为一个巨大包袱推向社会，刘秀成了"接盘侠"，并很快让那个企业起死回生，今天已经成为当地利税大户。但是，只有文碧君等省公安厅最高层才知道，那个企业一直是省公安厅的工作据点，那个企业负责人刘秀是公安机关备案的"深喉"。

20世纪90年代的时候，盗窃原油犯罪开始抬头，并且出现了不可遏制的趋势。那个时候，文碧君觉得，物建高水平线人是很重要的事情。也就是说，在盗油犯罪峰值出现之前，公安机关提前打进盗油江湖一根钉子，所以，刘秀在文碧君那里是不利用则已，一旦利用必须一鸣惊人。

90年代还是经保总队长时，文碧君就坚信，未来会有人因为盗窃原油富可敌国，这个和公安机关打击与否没有关系，和公安机关打击力度的强弱没有关系，因为那是一个不可避免的趋势。文碧君所考虑的，是犯罪形势层面发展的战略性问题，考虑周全方可驾驭那种趋势，进而最终战胜那种趋势，所以他想利用高质量线人一鸣惊人。但是他也知道，如果弄不好就会一败涂地。

"我总觉得，早些年的想法没错，但我现在有了一些新的想法需要验证，主要得看你当局长这两年刘秀到底怎样了。"文碧君对隆子洲说。

育才化工交由刘秀经营后，文碧君在幕后协调油田给育才化工继续拨付原油指标用于企业生产，用以保证这个企业能够存活，同时默许刘秀可以适当购买黑市上被盗原油，但要严格控制数量，为的是不让育才化工因为吞噬社会面被盗原油而虚胖起来，也不至于因为育才化工的生产活动刺激原油被盗活动升级。总之，育才化工存在的最为重要的意义，就是打造一个油耗子们博弈的"龙门客栈"，公安机关可以利用这个"龙门客栈"获取信息，穷尽方法与油耗子们一决高下。

将近三十年过去了，举报刘秀是最大偷油贼和黑社会的信件一次次真真切切地摆在文碧君面前。与刘秀有关的一些小来小去的事情，文碧君都会通过柳家胜摆平，当然也有他亲自暗中相助的时候。这让很多人始终隐约感觉到刘秀是有背景的人。此刻，文碧君想绝对信任刘秀很难，他给隆子洲下达的命令是：一旦查证属实，杀无赦。

文碧君信任隆子洲，所以把绝杀令的权力给了他。文碧君觉得，像刘秀这样的身份，最好安排像韩松一样的优秀民警去贴靠，用高超的手法获取真实情况，但文碧君对韩松还是缺乏足够信任，他告诉隆子洲："密诏一下那个年轻人，咱们观察观察，看看他到底能干多大事儿。"

密诏是以核实立功授奖有关细节的名义进行的。省厅立功奖励处告诉市局立功奖励科："让他自己来，不要功奖部门工作人员陪同。"

韩松从市局出发前，市局副局长张克平叮嘱韩松说："到省厅说明情况，态度一定要好，要有礼貌，不要因小失大。人家要是有什么疑问，一定耐心解释。"

韩松笑笑，似乎没把这个当回事儿，神色骄傲："给我一个一等功都轻啦，还核实？您放心吧，我不会耽误事儿。"

临别，张克平又拿出那个包："兔崽子，你把这个拿走……"

韩松像兔子一样跑掉了。

韩松来到省厅大院的时候神清气爽，到了立功奖励处却立马被引至厅长办公室。过了没多久，厅长文碧君和隆子洲便召见了他。

文碧君和隆子洲分别点燃香烟，默默看着韩松。韩松站在那里面露微笑，满是青年警察的阳光气息。

文碧君指了指班台前边的椅子说："坐吧。"

这样，韩松和厅长的距离更加近了，未来的市局局长隆子洲坐在旁边的一个沙发上。韩松乌黑的头发略带不是那么严重的羊毛卷，毛色锃亮说明他精力旺盛，肤色白里透红说明他正青春热血。完全没有任何谄媚和屈尊，却又有着恰到好处的礼貌。

文碧君说："看了你在冥王星卧底取证的材料，我们都想看看你的真面目。年轻人，干得不错。"

隆子洲说："你这个样子，倒也不像一个吃喝玩乐的人，怎么就能在冥王星耍得开呢？"

韩松说："琢磨着弄呗。心里有干掉他们的目标是关键。"

文碧君问："你觉得，冥王星为什么能够长期存在？是不是有某种保护势力在发挥作用？"

韩松回答："主要还是狄氏兄弟资金雄厚，各种安保措施和防范措施、管理措施特别到位。打击起来的确难。"

"安保？安保措施？"文碧君和隆子洲都苦笑一下。

韩松接着说："就是这个问题。我的同事也有去卧底取证的，但都没有成功，他们的防范措施特别周全。"

"那么，你又是怎么突破的呢？"

"琢磨，关键是琢磨呗。"

领导们的随和激发了韩松的话匣子，于是他开始慷慨激昂模式的嘟嘟，从冥王星涉赌涉黄的所有秘事，到冥王星老鸨和电工的奸情，再到卧底过程中受到的各种诱惑和考验。

"和一个又一个活色生香的美女独自身处一个房间，我心也怦怦跳，但作为人民警察，怎么能被荷尔蒙打败呢？再说，录像机还在暗处架着呢。"

"录像机怕啥，录了再删，还不是你说了算？"

"嗯，不瞒您说，这个我也想过，但就是没那么干。"

两位全省公安机关的高层人物一向紧蹙的眉头呈现出难得的释放，眼前的年轻人在这一刻给他们带来了足够的幽默感和松弛感。韩松哈哈笑着，似乎忘记了眼前的两位是首长。但是，几个对话回合下来，文碧君和隆子洲便感觉到，韩松虽然活泼有余，却有着深入骨髓的正统，很棒。

文碧君说："我这里还有点儿特殊任务，你敢不敢接受挑战？"

隆子洲说："韩松，我是你们未来的公安局长隆子洲。"

韩松听了，立即站起来敬礼。

隆子洲摆摆手，示意他坐下，说："回答厅长的话。"

韩松说："啥挑战我都不怕。"

文碧君向韩松详细介绍了与刘秀有关的事，也详细说明了刘秀的身份。文碧君希望韩松能够贴靠上去，而这一切除了文碧君和隆子洲，对所有人都是保密的。

文碧君说："举报刘秀的信件太多了。我希望，刘秀依然在为公安机关忠心耿耿工作，但是要靠你去检验一切。"

隆子洲说："你目前的身份，已经是公安机关相当高级别的卧底了，你将会有你的特殊代号，也会有属于你的特殊津贴和特殊工作密码。你只对我和文厅长负责。一切还要保密，和市局无关人等一律保密。"

得，又是一次保密行动。这一回，韩松是单枪匹马了。

韩松有了这样一个代号，是很酷的一件事情，代表着他日后一段时间里做任何事情都有了一个免死金牌。如果韩松因为触碰法律底线到了某种危急关头，只要他的这个代号被传递给公检法司安核心首脑，再报上密码，他的困境会瞬间解脱。如果他在工作中想动用各种侦查手段，只要报上代号和密码，所有人就必须瞬间给他提供支持。当然，这一切必须围绕他的核心工作任务进行，他动用的一切都有轨迹记录，最后的工作报告要说明一切。

文碧君说："这个事情，如果做得好，可不是一等功那么简单了。当然，刘秀要是好人，对你来说倒是没什么，如果你查出他的犯罪证据，可就了不得了，因为已经有人称刘秀是'黑手党'了。"

隆子洲说:"至于保密问题,我们就不用强调了,是吧?"

文碧君说:"你只对我和隆子洲负责,余下你放开点。但很多时候,你会单枪匹马,也会有很多委屈和挑战。年轻人,有没有信心?"

韩松说:"这么刺激的工作,我很喜欢,有信心,有啊。"

文碧君和隆子洲看到韩松活泼好动的样子,最后都不约而同地沉默地注视着他。安静了三分钟左右吧,彼此之间似乎都在等待谁再说些什么。最后,文碧君说:"就这样吧,年轻人,祝你好运。"

韩松接到任务后不久,就开始研究刘秀。韩松知道,刘秀曾在报纸上悬赏缉拿杀害父亲的凶手;韩松知道,刘秀经营着育才化工;韩松还知道,刘秀在"金三角"有赌场,等等。

当然,文碧君也有秘密渠道和刘秀保持一定的联系,柳家胜也算是中间人,就像对刘秀不很信任那样,文碧君对柳家胜也心存疑虑。柳家胜负责企业办的时候,把公安厅赔得底儿朝天,财务账户都被法院冻结了。后来,虽然柳家胜抓人办案战功无数,文碧君对他还是缺乏发自心底的尊重与信任。

文碧君把中央领导针对盗窃原油案件做出的批示也转给了刘秀:不法分子打孔盗油侵蚀国有资产,威胁公共安全,破坏生态环境,必须依法打击。要健全联防联保机制,严格责任落实,形成管道安保工作合力,彻底铲除非法利益链条,绝不能让输油大动脉成为不法分子的"唐僧肉"和威胁公共安全的"定时炸弹"。对打孔盗油跨行政区域的"重灾区",公安部要牵头协调开展综合整治,坚决把不法分子的嚣张气焰打下去。

"我不知道你是不是记得你是谁,你的企业是怎么回事。"

"我记得呢。"

百岁高僧源涕任主持的那个寺庙，从来都是文碧君和刘秀秘密见面的固定场所，文碧君会在某个周末带着司机和秘书，以散心名义从省城来到这个寺庙。那一次见面时，文碧君对刘秀说出了自己的目标，他在测试刘秀："你们这个城市要在全国主要石油产区中实现零盗油目标，你觉得有没有办法和可能？"

刘秀说："这个目前已经不难了，但我爹那个案子一直没有着落。你向我承诺过，那个案子一定会破掉。"

文碧君回答："我的承诺，我没有忘记，很多警察也不会忘记。技术手段在进步，你父亲那个案子应该有点眉目了。竭泽而渔，说不定就会有那条鱼。"

刘秀显得很有信心，他对文碧君说："那，我有办法，最起码可以在一段时间内让我们这个城市实现零盗油，否则这么些年我就白活了，也辜负了你的信任。"

刘秀形容文碧君和自己的关系时，用"养兵千日，用兵一时"来形容，他有些慷慨的气势一度让文碧君有所感动。

虽然感动，文碧君仍带有几分警告味道似的说："油城今后几年的公安局长可是一个眼里不揉沙子的人。举报你是最大偷油贼的信件已经很多了。"

刘秀听出了淡淡的弦外之音："那都是血口喷人。我会经受住考验的。我如果这点儿考验都不过关，那不是辜负了你对我的信任？"

于是，在党委会上审议给韩松记功问题的时候，文碧君脑海中就滑过了好好培养一下这位年轻同志的想法，培养方向当然还是卧底。刘秀这样的公安机关备案的所谓"深喉"，发展到一定程度时谁也不知道他已经是怎么个模样了，这时候非常需要韩松这样的警察潜伏于他的身边予以佐证，去摸清他具体是怎样的一个状态。

第二章　卧底冥王星

泪水如今依然在流淌。别看刘秀有着气压山河的庞大气场，而且经常会被贴上这个城市最大黑社会标签，当他想起爹的时候，一颗颗硕大的泪珠子便会在那俊硕的脸庞上一个接着一个爆裂。

爹被偷油贼打死已经快三十年了，刘秀从那时候开始一直觉得自己精神不大正常，但外人却没有觉得他精神上有什么问题，这是因为他始终在努力掩饰那些刻骨铭心的痛。一个彪形大汉的泪水不会让任何人看见。刘秀经常烦躁不堪，总想骂人，因此他的脸上似乎永远保持着怒火，气场表现总是气势汹汹，尽管他表面看起来是一个很安静的人。狄氏兄弟的挑逗让人们又一次见识了刘秀的疯狂与抗暴能力。

无数个夜晚，那个场景经常浮现在梦里，大块头刘秀浑身颤抖，听见那个声音在回响："你没有机会了。"

这是爹在生命最后时刻听到的最后一句话，这是爹的挚友董和平在目睹那三个狠狠吸着香烟的黑影把爹扔进冰窟窿之前，听到的其中一个黑影说的话。那个声音同样一次次在一个名字叫董和平的老人的夜梦里回响。那个声音时刻折磨着董和平，董和平经历那一幕之后变成一个真正的精神病人了。

刘秀一直在报纸上刊登重金征集线索的广告，奖金从当年最初的两万元涨到了如今的二百万元，但爹的案子始终没有任何进展。刘秀相信，那三个凶手应该会接收到来自他的仇恨电波，虽然一时间他无法确定他们都是谁。刘秀有许多警察朋友，知道警察朋友们也一直在很卖力地侦破那个案子，他无数次请他们在自己的别墅里聚餐饮茶，请他们品尝用自家果园葡萄酿造的冰酒，请他们品尝用自家果园苹果喂大的肥猪，而聊的都是与那个案子有关的蹊跷，但是与那个案子有关的一切依然石沉大海。

刘秀压抑着自己的情绪，与各类警察交往，与各种偷油贼来来往往。韩松第一次和我提起那二百万元悬赏的时候，我看到他眼中闪烁着贪婪的光芒。韩松很坚决地说："这二百万我拿定啦。"

刘秀讨厌每个人，因为他与他们的互动始终无果而终，但这种互动必须坚持下去，因为爹的案子一直没有着落。爹是油田历史上第一个因公牺牲的油田保卫人员。油田保卫人员的牺牲始于20世纪90年代初。"铁人"王进喜那代人在这片土地上累死累活，呼喊着"宁可少活三十年也要拿下大油田"的时候，完全没有想到未来有一天这片土地上会诞生一个中国历史上从未有过的犯罪产业，完全没有想到会有人因为盗取国家原油富可敌国，更没有想到会有人因为保护那一滴滴黑色液体献出生命。

双目失明的娘总是说："那个年代，有像王铁人那样开采石油累死的，却没有因为护着石油被人打死的。"

自从爹被偷油贼打死扔进冰窟窿，刘秀注视这个世界的时候，眼睛里总会有一层膜状物，他自己这样感觉，而外人却感觉，他的眼睛里有种幽深的光，像狼眼一样幽深的光，令人不寒而栗。刘秀的神经质性格源于此，所有认识他的人没有不害怕他的。当然，这种害怕还有更深层次的原因。

"我是刑警支队的韩松，那个案子我一定会破掉，给我点时间。我说话算话，这个案子除了我没有人能破……"刘秀接到警察韩松的电话时，觉得有些蹊跷，蹊跷的感觉一时间让他无言以对。电话拨通了却没有声音，韩松有点儿不耐烦了，问："你是不是刘秀？是不是悬赏那个人？"

这些年，提供各种线索的很多，却无一靠谱，但以警察的身份信誓旦旦的除了自己亲生的警察弟弟刘锦，这还是第一次。韩松在电话里嘞嘞个没完，刘秀在电话里保持了长久的沉默，最终在挂断电话前说："……我，是说话算话的……"

韩松问："我们是否可以见面聊聊？"

刘秀说："等你有点儿谱时再说吧。"

第二章 卧底冥王星

韩松就是对我说"当官,要趁早"的那位警校亲兄弟。

此人虽然有些不着调,但外表看起来却正义凛然,抓赌抓嫖或是国庆安保之类以及配合交警抓交通违法时,从来没有一丝贪污受贿的心境。卧底冥王星夜总会也是全身而退,谁能说他水平洼呢?韩松当警察后抓获的第一个犯罪嫌疑人是孔二虎,当有人拿着几捆钞票到他那里平事儿的时候,韩松正义凛然曰:你羞辱我……

说实在的,我的抗腐蚀能力绝对没有他强,我的主要问题是没有那腐败机会。特警,没有那样的机会。奖金的数额对我们来说的确是个诱惑。韩松说了,刘秀悬赏那个案子的奖金他会分我一半,用于改善生活状态,另一半留着全部用于给何烨买玫瑰,买一辈子的玫瑰。

韩松经常帮我幻想我那一百万怎么花。最大的花销,是卖了现在的破旧房子,加上那一百万,就可以在我们这个城市买个不错的房子了。韩松说:"买个大一些的,有两个阳面房间的,把你父母接来一起住。"我说:"再大的房子也不行,房子再大,媳妇也容不下我的父母。"韩松说:"那好办,一百万来了,换媳妇。"

所有的感觉,就像奖金已经到手。韩松许下诺言也好,玩笑也罢,他的这句承诺给我的特警生活增添了点儿幻想和刹那的快乐。韩松走出警校大门参加工作以来的一系列表现已经证明了,我和韩松会一辈子亲如兄弟。

那天,刑警支队两个人来我们特警队选人去油耗子那里卧底的时候,我的脑海里依然在品味着韩松的那些诺言:一百万用于买玫瑰,不得买一万年?但转念一想,这么久了都没破的案子,估计是死案了,哪会像韩松想得那么乐观?那个案子是他说破就能破的吗?但是,我不愿意打击他,于是告诉他说:"行,我等你的一百万啊!"

没有想到的是,我也有了一次卧底机会。

刑警支队要选择一个人去偷油团伙当中担任卧底，主要任务是伪装成油罐车司机，然后受雇于某个偷油团伙，进而搜集一些证据。

"这个人需要混杂在那些大货车司机当中，一点儿也不能让人怀疑。"

这个观点提出来的时候，我心里就笑了。我当年可是警校的学生会主席啊，虽然参加工作这两年烟熏火燎穿越人间烟火一片片，但我那高人一等的气质还在啊，无论媳妇她家那些高薪的油田工人怎样嫌弃我穷酸，但我那高人一等的气质还在啊。所以我以为，伪装成大货车司机这类事情，不会和我有关。

刑警支队来的那两位，其中一个结结实实像个铁块，整个人黑黑的，壮壮的，其正义凛然的神色令人特别印象深刻，一打眼就能看出是警察，名字叫马钧铁。另一个瘦高瘦高，显得虚弱一些，看不出是警察，但其正人君子的文质气息也绝对不像大货车司机，名字叫刘锦。所以，他们来特警队选人去偷油贼那里卧底，看来也的确是工作所需了。一个人是铁块，一个人是虾米，这是他们二人带给我的特殊印象。

"洪图！"

当我们支队长告诉大家我被选中的一刹那，我的三观、我的人生全部自信瞬间灰飞烟灭了。看来，我彻底完蛋了，因为大家的眼光已经证明了我参加工作之后的沦落。去当卧底，我很快乐，到哪里当卧底，我都会快乐。但是，今天选的可是油罐车司机，大家的眼光已经证明，我彻底不上档次了，我在这个职业里注定就是一个干粗活的了，弄不好会永远这样，直到退休。这辈子我还能翻身吗？

"也别多想。你天天训练，没事儿喝酒撸串儿，气质肯定完蛋啦。等我当个像样点儿的官儿，就把你调到我身边，养一养就白净了。等你白白净净的时候，就不会有人小看你了。"

韩松很少对我这么温柔，他越温柔我越没有自信了。一个叫董双红的人给我来了电话之后,我的胡思乱想才全部结束。董双红一看就是一个小农民,但人品很厚实。他见到我就笑了。他那带有东北黏豆包味道的口音随即传来:"特警大哥,你一看就是偷油贼,和我一样。"

那黏黏的口音有点乌鸦音。哈哈……我好像听到了他的笑声。

大块儿头马钧铁和虾米刘锦告诉我说,董双红是他们的金牌线人。但董双红这小子也太不会说话了,好在我的精力已经集中在下一个阶段的工作上。在董双红的指导下,我熟悉了驾驶油罐车应该注意的一些问题。董双红还带着我来到一个塑料大棚,一个油罐车可以开进去的大棚里边竟然有偷油管道和阀门。学习期间,董双红还一再对我说:"特警大哥,我教你偷油吧,各种偷油技巧我都会。咱俩一起卧底,有你在我心里会更踏实。你这外形,没有人会怀疑你是警察。"

我说:"好啊……"

积雪覆盖着大地。身着黑色貂皮大衣的狄成脖子上戴着金链子,肚皮上呈现雪白的无痕衫,左手提着一方便袋包子,右手拿着一肉包子咬了一大口。狄成说:"今天一定要把刘秀那些偷油手下抓个结结实实。弄点儿货真价实的证据,整倒他。"

包括弟弟狄汉在内,所有人都穿着黑色貂皮大衣,和狄成一样的打扮。他们目不转睛地看着狄成。狄汉怀中的短猎枪掉在了地上,他立马捡起来,笨拙地重新放入怀中。

狄成看了看自己弟弟:"揣好了,毛愣三光的……"

话毕,黝黑肥胖的狄成把剩下一半儿的肉包子塞进了嘴里。

众人走出院子,见一辆警车疾驰而来,顿时紧张起来。狄汉把黑色貂皮大衣用力裹了裹。

警车停在众人面前,那个叫韩松的警察走下了警车,一群黑貂皮映入他的眼帘。韩松定神扫视一圈，狄成等人显得木然、紧张。扫视过后，韩松带着满脸的不屑，在众人注视下走进那个包子楼的院子，又走进包子楼。

警察韩松消失在视野当中后，狄汉状态疯狂，照着警车保险杠狠狠踹了一脚："吓一跳。"警车报警器响起。狄成皱着眉看了看他，说："走，干正事儿去。"

听到警报器响声，韩松瞬间冲出来。韩松冲出来的节骨眼，背对着韩松的狄汉又疯狂地补了一脚。韩松箭步来到狄汉近前，一个大耳雷子过去，然后上前疯狂踢打狄汉。

狄汉拔出尖刀，拿出疯狂刺杀架势，但瞬间就被韩松制服。

狄成过来拉住韩松："兄弟，算了，这家伙不懂事儿。"

韩松停手，用遥控器重新锁了一下车，警报器声音停止。韩松怒目而视那一帮人，那一帮人显得有些恐惧。

韩松问："咋地？是和警车有仇，还是和警察过不去啊？操，来，你踹我！"

狄成说："我替他赔个不是，怎么样？"

"还敢跟我动刀？"

"小兄弟，给我一个面子，怎样？"

韩松没言语，转过身。

狄成竖起大拇指："行，大气！有胸怀。你还不认错？"

狄成让狄汉认错时，韩松不予理睬，快步走进包子楼，坐在餐桌前，对站在一旁的狄威说："两屉牛肉包子。"

餐馆窗外，韩松看到狄成等人上了一辆商务车，开走了。

韩松对狄威说："看看你大哥那些手下。今天要不是你大哥说话，我一定拘留你二哥那个混蛋。"

狄威说："韩警官，别生气，今天包子我请你。"

韩松依然嘟嘟："吃个包子都不顺。狄威，过几天在你这里，我要招待几个警校同学，快活快活。"

狄威问："什么标准的饭菜？"

韩松说："都是警校同学，实惠点儿的菜就行。我们关键是——喝。"

韩松举起水杯，干掉一杯白水。

韩松问："你大哥手下那些人今天怎么杀气腾腾的，还敢踹我警车，不要命了？"

狄威说："我哥他们啊，被那个刘秀整天欺负着，火气大着呢。你们警察要是能把刘秀抓了，他们哪能对警察有那么大的怨气？"

韩松："拉倒吧，你哥他们还能被欺负？"

狄威说："我大哥已经举报刘秀是黑社会，是偷油贼。咱们拭目以待，看看你们公安局能不能查个水落石出。"

韩松显得气恼："拭目以待，那也不能踹警车呀。什么玩意儿！"

狄威说："谁不知道刘秀是这个城市最大的油耗子，你们警察都不管，他们见到警察，就不那么尊重了呗。"

韩松说："哦，我是吃了刘秀的锅烙。"

狄威说："你们警察要是真有能耐，就把刘秀抓了，就没人对你们这么不服气了。"

韩松表情狐疑："是吗？"

韩松曾经是冥王星夜总会常客，他曾经在那里以各种方式套取了大量证据，最后让冥王星陨落了。韩松每次光临狄威的餐馆，也都有自己的如意算盘。见到狄威的时候，韩松内心对进入视野的一切都是反感的，也是充满好奇和猎杀心理的。

对于狄氏兄弟，韩松的工作冲动还没完结。和刘秀一样，狄氏兄弟始终处在公安机关的打黑目录里。为了发现狄氏兄弟更多不法线索，韩松还在尝试与狄家多接触，只不过和卧底冥王星比起来简单一些了，他当时主要是想监控和掌握狄氏兄弟的日常接触关系和活动规律等。下一步,韩松也希望自己能够如此近距离接触刘秀,但刘秀似乎显得密不透风,一时间很难近身。

韩松会让所有人看起来很屌,越屌越好那种。处女座的细心让他屌足了每一个细节。只有让侦查对象感觉他是警察队伍里的坏家伙,他才会更加容易得到自己想要的东西。这是他自己内心的角色定位,当然是有一定道理的。但那个时候,我还不怎么理解韩松。别说我不理解他,还有很多人不理解他。

董双红,孔二虎和油缸子的徒弟,从他们那里学会了全部偷油技巧。董双红只是孔二虎和油缸子蚂蚁一样众多手下当中的一个,但他明显比别的徒弟更加心灵手巧。董双红与一般油耗子不同,孔二虎和油缸子带领一帮人在冥王星之类的地方溜冰吸粉折腾得天翻地覆的时候,董双红从来不参与。董双红清晰地知道自己到底要做什么。

董双红同时也是马钧铁和刘锦的线人,我的卧底搭档。那个时候,我们还完全不知道董双红与刘秀、刘锦的特殊关系。按照规定,一切都应该单线联系,我不应该把我和他的关系告诉任何人,但我不可能不告诉韩松,我还带着韩松一起和董双红撸串儿。

韩松见到董双红时显得很喜欢,说:"你这人一看正儿八经的,挺好。"

董双红说:"我爹是油田上的工人,对我从小管得严着呢,我想坏也坏不了。"

韩松说:"偷油这个东西诱惑太大了,你这偷来偷去会不会也栽进去?"

董双红的回答很郑重其事:"别人一定会,我不会的。"

韩松说:"我不信,以后我要是知道你真是油耗子,我可不客气。"

董双红笑了,笑声像乌鸦一样。我感觉刺耳难受,但我和韩松都不讨厌他。

前一段时间，董双红按照孔二虎和油缸子的要求，在建材市场购买了电焊机、阀门、电钻、铁管，他们把他带进了一个塑料大棚。这个塑料大棚是孔二虎协调乡长以董双红的名义租下来的，大棚下面有一条输油管线。租这个大棚的目的，实际是为了在管线上栽阀门盗窃原油。

大棚建设之初，孔二虎和油缸子已经用挖掘机在地上挖了一个长方形的坑，然后用砖头和水泥砌好，这个就是储油池了。一切准备就绪的时候，董双红出场了，他在大棚内挖了一个直径大约一米深也一米的坑，石油管线就暴露出来了。董双红将管线外的护甲扒开，用角磨机将管线磨薄后，把一个铜制阀门焊到管线上，然后又用电钻通过阀门钻透那已经磨薄的管线。原油从阀门滚滚而出的时候，董双红又将一根二十米左右的铁管焊接到阀门上，铁管另一端通向储油池。焊接好铁管后，这个小工程算是完毕了，董双红将焊好的阀门用土掩埋。

孔二虎对董双红说："你拜我们为师父，太幸运啦，没有人比我俩手艺更好啦。"

油缸子对董双红说："你知不知道，有多少人偷油都是在栽阀的时候被喷死了？我俩教你的本领，让你三辈子吃不完不说，小命也安全。咱技术过硬。"

这样的阀门是孔二虎、油缸子等人的财富之门，他们在这个城市有很多这样的阀门，他们甚至在中俄原油管道铺设的时候，就已经把类似的阀门焊接完毕。董双红作为一名高级技工，基本掌握了所有偷油点位。

那些阀门除了属于孔二虎和油缸子的，还有属于老白的、属于奕成的、属于"金边眼镜"的，等等。城市里其他大大小小的油耗子都是他们的分支，都是层级不等的喽啰兵。如果不是占据着某个支系，散兵游勇的油耗子都会被以各种形式干掉。近三十年一部偷油史，最终汇聚成这样一种局面，一种刘秀完全知晓的局面。所以，当刘秀加大原油收购力度时，地下黑市的原油才可以瞬间在他的企业里汇聚成海。

这个早晨，孔二虎、油缸子、董双红来大棚附近区域。孔二虎带人进入外围警戒区域，发挥驾车溜道保护作用，油缸子和董双红进入塑料大棚。董双红简单挖了几下，那个阀门就露了出来。

滚滚原油进入储油池的时候，油缸子说："可以了，我去接油罐车了。你选的那个司机没问题吧？"

董双红说："没问题，我看人眼光还行。"

油缸子刚刚和我接头的时候，孔二虎就打来紧急电话说，好像有警察进入大棚了。董双红没有跑出来。孔二虎瞬间跑路，油缸子也扔下我疾驰而逃。来的人自称是警察，其中一个人还说他是刑警支队的韩松，拿出来的却是短猎枪。拳脚交加，他们瞬间令董双红的脑袋肿大两圈，然后便开始录像，让董双红交代是谁让他来干这个的。他们重点强调："说，你是不是刘秀的手下？是不是他让你来偷油的？"

对方似乎急于确定董双红和刘秀的隶属关系，而且要以录像的方式固定下来。

董双红一口血痰甩过去，一个人的脸上便全是红色黏液状态的物质了。毫无疑问，董双红接下来又遭到了无情棍棒的伺候。董双红在地上连滚带爬，地面上的黑色原油和他流出的血混合在一起，看起来惨不忍睹。

来人接着问："说，你是不是刘秀手下？这油是不是给刘秀的？"

董双红奄奄一息的时候，我正在茫茫大地上一个塑料大棚一个塑料大棚地找寻。孔二虎和油缸子那两个混蛋瞬间蒸发了，我还惦记着那个董双红，我知道他和我都是卧底。当我驾驶油罐车冲进大棚的时候，大棚内的几个人都傻了眼。

趴在地上的董双红惨不忍睹，一把猎枪正顶在他头上。董双红显得无惧无畏，哼哼着对我说："他们说他们是警察，他们其中一个还说他叫韩松……"

"去你奶奶的，你们这些警察一个都不好使。"

听到我一个油罐车司机这样说，他们最开始的时候当然对我无比轻视。但是，我把他们一个一个穿越大棚塑料扔了出去，一开始他们被扔出去后又折返回大棚，最后越来越多的人鼻青脸肿了。他们最后也和孔二虎、油缸子一样跑路了。干仗太过瘾了。我一个人毕竟势单力薄，又没有手铐之类的东西，最后只能任凭他们逃走。

那些人不是警察，都是狄氏兄弟手下，他们这次挑战当然是针对刘秀。短猎枪被我缴获了。那把枪在我的美女同学何烨进行的枪弹检验中，还比对出两起命案和三起重伤害案，成为狄氏兄弟被砍头的重要罪证。当然，这些都是后话了。

由于那个早晨他们和警察韩松遭遇并交手，于是警察韩松便成了他们冒名顶替的对象。当油缸子说有警察的时候，我当时就感觉不对劲儿，所以当油缸子逃走时我还是竭力寻找那个大棚，因为我感觉很好奇。当董双红趴在地上说他们其中有一个警察是韩松的时候，我就明白了一切，所以脑海中就剩下一个字：干！

董双红的忠心耿耿赢得了孔二虎和油缸子的深度信任，那件事也让我赢得了董双红的深度信任。孔二虎对董双红说："你看看，这帮警察多坏，你要是骨头软说出来，我们都得有点儿麻烦。你挺住了，咱们没咋地，警察也没啥办法就走了，只是你遭点儿罪。"

那一年，公安机关缴获的被盗原油高达八千吨，而世面上流通的被盗原油则是这个数字的一百倍，甚至更多。老白、"金边眼镜"、孔二虎、油缸子、奕成等，这些偷油贼的名字几乎家喻户晓，但若将他们一网打尽却是高难度的技术活。偷油贼之所以被赋予"油耗子"的称谓，就是因为他们的确有老鼠一样的功夫。很多迹象表明，这个城市的油耗子队伍一直在不断壮大，民警和油田保卫人员被油耗子打伤乃至打死的案件数字一直在增加。

这个城市里很多人，官员也好，油耗子也罢，见到刘秀时都是卑躬屈膝。说点儿真格的，"金边眼镜"、孔二虎、油缸子、奕成等人表面上卑躬屈膝，心里对刘秀也是毕恭毕敬，所以当刘秀提出让他们把所有原油都交到育才化工，不要再外运的时候，黑市上几乎所有偷窃的国家原油便全部向育才化工汇聚了。

这一次，孔二虎、油缸子带着董双红干的这一票，收获的原油也送到了育才化工。若是在前些年，刘秀如此这般突然垄断黑市原油，这个城市很多地下黑化工厂就会因为断了口粮瞬间倒闭，但那些化工厂早已不存在了，因为刘秀早和老白、"金边眼镜"、孔二虎、油缸子、奕成等人或分或合，明里暗里与公安局里的很多人通力合作，把那些化工厂打得精光。这个城市里的地下黑化工厂几乎被清零后，这几位有名有姓的石油大盗不甘寂寞，开始互相倾轧。在刘秀这一次下达命令前，他们几乎将所有偷来的油运至千里之外的杏州，刘秀是知道的。杏州是全国地下原油市场最大集结地，也是地下黑化工厂集结地，当时政府甚至保护着那些黑化工厂的生产经营活动。

刘秀心里早就清楚，他的这个命令最受伤的就是杏州。当狄氏兄弟索要原油的时候，刘秀心想，看来，应该是杏州那边有人着急了。尤其是当年自己在杏州制造的那起案件突然被重新提起的时候，刘秀尤其确认，一切都和杏州有关。刘秀大致已经推测出了是谁，而且相信八九不离十就是那个人在幕后搞鬼。那个人就是李宝成。

杏州啊，杏州。刘秀经常默念着这个地名。

董双红出了那种事情，铁块马钧铁和虾米刘锦当然要思考冒充警察的人会是谁。他们断定是狄氏兄弟，于是取来照片让董双红辨认，结果证明，那些冒充警察的人的确是狄氏兄弟。他们显然冲着刘秀来的。马钧铁把这个情况告诉了刘秀。

"虎哥，一个说是叫韩松的警察把我弄惨了……"

听了董双红的叙述，孔二虎问鼻青脸肿的董双红："那警察怎么没把你带走？韩松，我知道，不是个东西，没有比他更坏的警察了。"

董双红说："把我打成这个逼样竟然没弄出口供，他们还敢把我带回去？我告诉他们，你们把我打成这个逼样，今天如果带我进公安局，我出来就啥也不干了，天天告状，告死你们，往死里告。"

孔二虎听了竖起大拇指："好，像样，虎哥未来不会亏了你。"

通过这起事件，警察韩松的名字又一次进入刘秀视野中。刘秀向马钧铁打听了一下韩松，马钧铁回答说："这个人不着调，所以才有不着调的人冒充他。"

此时，马钧铁已经完全不了解自己的这位徒弟了。由于多种原因，市局层面领导和省厅层面领导对韩松的信任，远远超过对他马钧铁。同时，所有与刘秀电话联系密切的警察都会以某种方式通报给韩松。韩松万万没有想到，自己的师父马钧铁，还有那个老实可靠的刘锦，竟会与刘秀有瓜葛。

第三章 "三老四严"座右铭

杏州啊，杏州。这个城市的原油，不该养育你那个遥远的小城。刘秀望着远方思量。

刘秀的办公室是典型的中式装修，他身后那面墙上挂着一杆像工艺品一般的老秤，秤砣是油黑色，秤盘也是油黑色，秤杆却是折断的。这杆秤被设计师很恰当地置于中式装修的整体氛围中，又像是整个装修的点睛之笔。刘秀办公桌对面有一幅工整隶书，上边书写着：当老实人，说老实话，办老实事；对待工作，要有严格的要求、严密的组织、严肃的态度、严明的纪律。

刘秀的目光经常停留在那幅隶书上，无论怎样凝视都不会疲倦。那些字是油田赫赫有名的"三老四严"座右铭。

狄成、狄汉兄弟人等算是这个城市黑道上排名靠前的一个帮派了。他们涉淫涉赌谋利，五毒俱全没商量，平日里打打杀杀，但是他们突然把矛头指向刘秀却有些唐突。在这座城市里，狄成、狄汉与刘秀原本井水不犯河水，狄汉兄弟突然发难是在为李宝成卖命？狄氏兄弟为什么能准确掌握自己的行踪？在这个城市经营多年，刘秀原本以为，自己对一切都有备无患，现在看来不是这样。

大量原油瞬间向育才化工汇聚,育才化工的生产能力一时间无法消化。很蹊跷的是,那一车车原油有的被囤了起来,还有些竟然被刘秀重新卖给了中石油。一帮偷油贼对刘秀佩服得五体投地,因为传说他可以委派"金边眼镜"到中东购买废弃油井,然后高价卖给中石油。刘秀把大家偷来的原油又卖给中石油,也就不算什么了。刘秀和中石油的特殊关系,很多人望尘莫及。

石油江湖中,刘秀似乎熟门熟路,这也是他在盗油江湖里一呼百应的原因。

刘秀旗下的两家化工厂连续发生爆炸,是在那年冰雪初融的时候。得知消息的节骨眼儿,刘秀的警察弟弟刘锦正陪伴母亲在江边。母亲的身躯已经弯得很,瘦弱的刘锦笔挺笔挺地站立一旁。刘秀有很多秘密,他有个警察弟弟,也是个秘密。

这是一个谁也不大关心谁的时代。刘秀的过去就像如墨夜色,在那片如墨夜色里所有人都在熟睡,没有人关心他的喜怒哀乐、爱恨情仇。如今他人前显贵,大多数人在他面前直接穿越到哈巴狗模式了。

这条江是爹生命的终点。刘秀和弟弟刘锦每年都会在父亲的祭日跪在江边。爹的骨灰就撒在眼前的大江里,他曾经是一位石油工人。爹的爹曾经也是石油工人。最初参加工作的时候,刘秀也是一名油田工人,所以,他们家祖孙三代都是石油工人。

那一年同样是在冬至,傍晚,火红的夕阳垂落地平线之上,远处平房炊烟升起。刘秀、刘锦兄弟一高一矮沉浸在暮色里,一双小号千层底棉鞋和一双大号千层底棉鞋都出自一个娘亲的手。穿小号棉鞋那个孩子六岁大小,身着厚厚的棉袄棉裤、蓝色外套,身挎木头冲锋枪,头戴五角星棉帽,穿大号棉鞋那个二十出头,身着裁剪和做工很差的粗呢子大衣,戴着厚厚的围脖和棉帽。

穿小号棉鞋的男孩喊：爹……

石油工人刘会战、董和平戴着狗皮帽子，提着红色木棒，正沿着石油管线巡视，听到孩子喊声，回过头，夕阳打在他们脸上，露出洁白牙齿和灿烂笑容。两位大人摆摆手，示意他们回家。不远处，二十岁左右、穿着厚棉袄、戴着棉帽的独眼君刚和皮肤黑得像铁蛋一样的马钩铁，坐在输油管道上晃荡着双腿，目睹着一切。刘会战、董和平转过身，顺着石油管线走向那个叫作裤裆巷的地方。夜色降临，刘会战、董和平的身影越来越模糊。

穿小号棉鞋男孩把木头冲锋枪对准穿大号棉鞋的哥哥："举起手来！是不是偷油的油耗子？举起手来！是不是偷油的？"

就是在那个夜里的裤裆巷，刘会战、董和平与一帮偷油贼鏖战，刘会战替董和平挡住一个粗壮的镐把，镐把断裂。二人被五花大绑。

刘会战大喊："你们这帮偷油的，我不会放过你们。"

一个阴沉而沙哑的声音传来："你没有机会了。"

随后的岁月里，那个声音一直在董和平以及刘秀、刘锦耳边重复着："你没有机会了。"

爹是被偷油贼打死的。刘秀的梦里，无数次出现爹最后挣扎的画面。刘秀的梦总是这样的场景：当着董和平的面，爹被五花大绑扔进冰窟窿。爹沉入江底后猛地一蹬地蹿起，将冰层撞得四分五裂。油耗子们驾驶绿色老式吉普车、摩托车等离去。吉普车后边，爹和冰块一同扬起又坠落江中……

"你没有机会了。"黑夜里那个阴沉而沙哑的声音，无数次在夜里将董和平与刘秀惊醒。那三个人把刘会战扔进冰窟窿后，在冰面上吸着烟缓解紧张，他们点燃一根插在董和平嘴里。董和平已经像一个冻僵的死人，没有任何表情，那根烟最后自燃成灰烬。

油耗子们在裤裆巷的两个"拦路虎"永远消失了。

刘秀心底始终存留着一种对抗血腥残暴的冲动。他凭借那种冲动，一步一步走到了如今的模样，狄汉的那点儿伎俩吓不倒他。母亲的眼睛早已接近失明，仅仅有一点儿光感。母亲感受江水主要靠耳朵。刘锦和母亲的身影形成了一个剪影，熟悉的剪影时常在江边出现，数十年如一日。母亲日益弯曲的身影似乎已经弯曲到最大限度了。爆炸发生之前，用耳朵感受江水的母亲正在凝神倾听，仿佛那滔滔江水中有来自老伴儿的声音……

1960年3月，"铁人"王进喜打井时突然发生井喷，当时没有压井用的重晶石粉，王进喜决定用水泥代替。因为没有搅拌机，王进喜带头跳进泥浆池里用身体搅拌水泥。刘秀的爷爷是跟着王进喜跳下去的工人之一。爷爷跳下去后，他年轻的儿子也跟着跳了下去，他们一起制服了井喷。

爷爷和王进喜的合影，始终挂在那个干打垒土房里最醒目的位置。1960年出生的刘秀和1974年出生的刘锦，都是望着那张黑白照片长大的。王进喜和爷爷在火炕上喝白酒，咕咚咕咚就像喝凉白开。要是下酒菜里有点儿肉片，王进喜总会夹给眼前那个蹦来跳去的名字叫刘秀的小男孩儿。

提起爷爷那一代人时，刘秀和刘锦都很纳闷儿：每天都喝玉米粥吃咸菜的爷爷们，哪里来的那么大力气挖油井，而且是年复一年？爹的身子骨反而赶不上爷爷们健壮，他那次用身体搅拌水泥的时候，身子伤得不轻，不久就被调到了油田保卫部门，和工友董和平结伴，终日巡逻，保护石油管线。

20世纪70年代，巡逻石油管线是很轻松又很光荣的工作。一瘸一拐的董和平是参加过抗美援朝的退伍军人，身体残疾，不能生育。两个人每天在密布的磕头机中迎着阳光行走，他们觉得可以这样和石油管线一起慢慢变老。刘秀的爹曾向董和平许诺："如果我再有个孩子，就送你……"

第二个儿子刘锦来到世间后，刘秀的爹果真要将孩子过继给董和平。刘秀娘舍不得。

爹说:"和平也不是外人,况且是为了国家绝了后。和平亏不了咱儿子。以后,咱俩可以再生。"

娘还是舍不得:"又不是小猫小狗,说生就生。"

爹执意要送,娘拗不过爹。

董和平说:"原本就是玩笑话,当不得真。即使真的要了这孩子,他也姓刘。"

娘听了这话宽慰多了,于是同意了。既然刘锦还姓刘,而享受过天伦之乐的董和平更加喜欢孩子,所以几年后他又收养了一个孤儿,取名董双红。

20世纪80年代中后期,巡逻石油管线不再那么轻松,因为已经有了"油耗子"。油耗子越来越多,就像依附在石油管道和油井上的老鼠,爹和工友董和平也成了众多油耗子报复的目标。爹是这个油田历史上为保护石油牺牲的第一个专职保卫人员。刘锦的养父董和平的人生也彻底变了。经历过战争年代炮火硝烟的他,那个夜晚目睹老友牺牲后,精神失常了。董和平经常在夜里被惊醒,黑夜里,飘荡着那个冰面上的人阴沉而沙哑的声音:你没有机会了……

葬礼那天,大雪纷飞,大号棉鞋男孩儿依然身披那件粗呢子大衣,怀抱爸爸刘会战的遗像,没戴帽子,没系围脖,眼中满是泪水,一言不发。小号棉鞋男孩儿抱着他的一只腿哭泣。独眼少年君刚和马钧铁在他们身后抹泪。

刘锦哭得上气不接下气:"哥啊,好在给我留了一个爹……"

刘秀哭着对刘锦说:"弟啊,我就那么一个爹,却没有了……"

这一幕,整个世界没有人在意,没有人记得;但是,这四位日后的成年人却深深记得。

王进喜那年去北京看病再也没有回来。油耗子越来越多。爷爷百思不得其解,经常看着他和王进喜的合影背着手踱步、叹息。一个漆黑的暴风雪之夜，爹和一伙偷油贼鏖战，鲜血染红了白雪，爷爷悲愤交加离世。爹在冰雪还没有完全消融时浮出水面，他的面色和白雪一样白。那一年，母子三人一次次来到爹牺牲的地方抱头痛哭。爹的鲜血凝结在那里，一个冬天都是鲜红鲜红的。鲜红的记忆，始终深深印刻在刘秀心里。虽然没有和年幼的弟弟交流过，但他相信，经常喜欢独自发呆的弟弟，也会有这样的记忆。

尽管过继给了董和平，刘锦并没有失去这个家庭给他的爱与温暖，兄弟之间的情谊反而因为距离而加深，更因为笼罩这个家族的悲情而加深。

在生命中最为悲伤的日子里，刘秀和刘锦始终被爷爷的胸膛温暖着，爷爷那双有力的大手虽然粗糙，却同样炙热。无论爷爷走到哪里，两个孙子都会一前一后一左一右陪着他。爷爷去世一个月前——那时爷爷已经卧床不起，刘秀和刘锦曾经轮流和他掰手腕，却谁也掰不过他。那种老油田工人的力道，永久存留在刘秀和刘锦的心底深处。刘秀因此对刘锦说：谁也不会比我们更有力气，虽然我们没有爷爷有力气。

爹娘早有约定，身后都将骨灰撒进那条江。刘秀记得，母子三人将爹的骨灰撒向江水之时，爹的骨灰是那样洁白……多年以后爷爷去世，老人的骨灰也是这样，洁白得就像深冬里的雪。后来刘秀知道，并不是所有人的骨灰都是洁白的，有些人的骨灰是黑色的。

董和平患上了严重的精神疾病后，刘锦的两个娘经常见面，经常因为生活的灾难一起抹眼泪。她们是女人，她们的泪水总是滚滚流淌。

两个娘再也没有心情摆弄针头线脑了，刘锦和董双红穿得破衣烂衫，刘秀这边的日子也不太好过。可是，年少时的快乐依然有，比如兄弟之间比赛做俯卧撑，比赛放屁看谁放得响，更会时常弯着胳膊，看谁的肱二头肌更大。

所谓的将来并没那么遥远。弟弟刘锦从衣衫褴褛的小屁孩儿，到一名神采奕奕的大学生，身着警服站在刘秀面前，也就是一转眼的事情。刘锦第一次从警校放假回家时，身着笔挺的警服。刘秀抚摸着弟弟的徽章说："将来，你能把爹的案子破了吗？"

那个时候，刘秀已经用卖带鱼积攒的两万元钱，在当地报纸上刊登广告，悬赏征集线索了，渴望用这种方法得到与父亲遇害有关的信息。谁也没有想到的是，他悬赏的数额今日竟然高达二百万元。多年来，刘秀为各种报纸支付了数不清的广告费用，他在报纸上承诺，无论是谁提供了线索，还是哪个警察侦破了案件抓住凶手，都能获得这笔奖金。但一切于事无补，重金之下仍没有任何线索，警察这边的侦破也没有任何进展。

刘秀三十岁时结婚，妻子蒋梅虽然只是采油二厂一个科级干部的女儿，却总是以高干子弟自居。他们的儿子刘翔出生后的那几个月，刘锦放学后经常跑过来给侄儿洗尿布。可惜，那段温暖时光的热度很快就因为蒋梅的薄情而散去了。

"你有钱吗？你家太穷啦……"蒋梅总是冷嘲热讽，"你两个家都不如别人一个家。你家要是有钱，我就能帮你调到公安局里最好的部门……"

委屈，刘锦始终没和哥哥讲过。多年之后，侄儿刘翔在美国麻省理工学院学有所成，却不想回国发展。刘秀说："你是石油工人的后代，必须给我滚回来。"可刘秀的话再狠也不管用。刘秀飞了十五个小时来到美国剑桥市，照着儿子屁股狠狠踢了一脚，也没能说服这个亲生儿子。没想到刘锦一个电话，就很轻松地把侄儿召回来了。刘锦说："孩子，叔叔没白给你洗尿布……"

早年，刘秀也曾赶着马车去偷油。那时的储油池是露天的，里边的原油就像黑色豆腐。身着厚重军大衣的刘秀，用铁锹一锹一锹地将原油装进袋子里，扔到马车上。警察马钧铁发现他偷油的时候，一次次骑着挎斗摩托疯狂追逐，刘秀狂甩马鞭令两个牲畜疯跑。曾经有那么一次，马车翻了。刘秀便像惊马一般靠自己的力量疯跑。马钧铁的五四手枪子弹呼啸而来，却没有伤到刘秀一根毛发。刘秀曾经把老白那样的大号偷油贼抓住后送到马钧铁那里，马钧铁却不知道，自己追逐的那些戴着狗皮帽子穿着绿色大衣的大小偷油贼当中，有自己的兄弟刘秀。马钧铁更不知道，那个将老白等偷油贼抓获后送到自己面前的刘秀，曾经是自己追逐的一个目标。

在那个年代，刘秀偷油是因为生活的窘迫。现在，老白、孔二虎等人偷油却是为了富贵花开。

早年，为了弄到悬赏经费，刘秀不值班休息的时候，常骑着爷爷留下的三轮车，背着家里那杆老秤，迎着冬日里刺骨的寒风外出卖带鱼。刘秀人帅秤足，街头巷尾的老头儿老太太家庭主妇都喜欢买刘秀的带鱼。可有时，一秤盘子带鱼刚要称，城管冒出来了。

那个冬天，穿着红袜子配着黑皮鞋的双脚猛蹬三轮车，依然穿着粗呢子大衣却已经烫发的青年刘秀背着一杆秤，三轮车上满是银光闪闪的冻带鱼，三轮车后是密密麻麻疯狂追逐的城管，还有两辆挎斗摩托车。结果，谁也没能追上他。伴着一路风雪，大男孩儿似的青年刘秀一路笑着。

傍晚，满身雪花的刘秀回到那个破旧居民楼下。媳妇蒋梅一脚踹折了秤杆，说："给我丢人，丢人啊！三十好几的人了，你还卖上带鱼了你？"蒋梅一脚踹翻了刘秀的三轮车。刘秀像看到命根子一样，扑向那些带鱼，将它们往一起聚拢。

路过的一位邻居说："你这个女人，他为了贴补家用这么辛苦，你怎么能这样对待人家？"

路过的另一位邻居说："你这个女人，这么好的一个丈夫，他大礼拜天忙活一天，你不给倒碗热乎水喝倒罢了，还这样对人家？"

一辆挎斗摩托车驶来。刘秀紧张，想逃跑。逆光中下来一个人，喊：“大哥……”

刘秀看清了来人，说：“是你啊，我以为城管追来了呢。”

刘锦身着绿色巡警警服，扎着武装带，弯腰帮着哥哥收拾满地带鱼。

蒋梅奚落道：“你看看你们哥儿俩都像个什么样子？还不如那些偷油的。”蒋梅过来拍拍刘锦的肩膀：“当巡警多磕碜。想不当吗？告诉你，这事儿我就能办，但办事儿得花钱啊，你们家有钱吗？”

刘秀说：“你说我就行了。”

蒋梅说：“我说啊，你们哥儿俩混得都不如那些偷油的，你们这辈子算完蛋啦。”

刘秀冲过去就给了蒋梅一个大嘴巴，接着又是好几个。

刘秀说：“我警告过你，不要拿我和油耗子比。离婚。”

刘秀原本不想把力气浪费在家暴上，可蒋梅的不屑触碰了他的心理底线。当时混乱的画面一直存留在刘秀、刘锦乃至蒋梅内心最深的地方。最后离婚的决策，是刘秀和刘锦喝啤酒吃烧鸡时确定的。吃烧鸡时没有喜庆，只有悲情。那只鸡的存在，只是为了大口干掉痛苦的酒水。

蒋梅绝望地说：“我千不对万不对，你也不该打我。刘秀，你太不务正业了，我们离就离吧。”

离婚后，刘秀辞职了，他从倒卖油井旁边落地油的小生意干起，从给油田各个企业干一砖一瓦的体力活干起，有时也沾沾与偷油有关的腥，比如倒卖一点儿油耗子手中的存货。刘秀干这样的行为，只是想和油耗子们保持一些接触，他幻想着某个刹那能够从盗油江湖里获取与父亲之死有关的信息。重要的是，刘秀可以巨资悬赏了……刘秀曾经被治安拘留、刑事拘留、劳动教养、短期刑罚。母亲一次次哭着说：“你怎么那么让我操心？你真给你爹你爷丢人。我一次次提着布包到监狱看你，你怎么就那么不争气？你还像你爹的儿子吗？我没有你这个儿子，我只要刘锦……"

刘秀也觉得，自己应该和家人保持距离了，这是他计划中的一部分。人与人之间的冷漠超出了刘秀的想象，这使他可以轻松隐藏自己过去的一切。那些曾经和父亲一起饮酒热闹的人，在许多年后遇到刘秀的时候都是清一色的陌生而又似曾相识的表情。他们似乎隐约知道，刘会战有个儿子一直在悬赏缉拿凶手，而当刘秀站在他们面前时，他们又完全想不起他是谁了。刘秀不想提醒他们中的任何一个人，不想让他们回忆起他是刘会战的儿子。

世态炎凉，世事冷漠。一切，就是这样。

过继给董和平家的刘锦最后回到了母亲身边，后来娶妻生子。

刘秀对刘锦说："弟，我做的一切都是想找出那个凶手，为此我可以不要命，别的就更不用说了。你照顾好咱娘。我的命，也许说没就没了，但你永远要记住，你要好好做人，好好做警察，我一旦遭遇不测，我的案子，还有爹的案子，你都要破！"

时光回溯。夜空中，俯览那个叫作裤裆巷的地方，借着星光与月色可以看到那条路两边油井密布。一口油井磕头机旁，老白疯狂咆哮指挥着一切。那时的老白还不是瘸子，势头正猛，生龙活虎。那个时候，还没有进入挖掘地道偷油的时代，也用不着用塑料大棚之类掩护偷油。油井旁，老白正从事着一贯伎俩，就是从国家原油管道上直接放油。老白一脚踹开孔二虎，又一脚踹开"油缸子"："滚开，这口井是我的。"

一辆油罐车开过来。老白一摆手，从车内下来两个人，把管道接到油井上放油。"金边眼镜"当时还戴着塑料框眼镜，注视着原油从管道内流入不远的油罐车。不远处，另外一口油井旁，奕成指挥着赵辉腾，忙碌着往油井上接管道。孔二虎、油缸子重新各自占据一口油井，分别拿着扳手，急急忙忙拧螺丝。

那条路两旁的磕头机都被疯狂的油耗子占据着。刘秀扛着猎枪从容前行，站定。解决这种棘手局面，显然需要猛人。

刘秀来到老白身旁："老白，那口井是你的？"刘秀接着吼道："全给我停下，停下！"油缸子还在拧螺丝，刘秀一枪射过去，油缸子的扳手掉在地上。刘秀怒吼："全给我过来，跪下！"

刘秀一个口哨，远处的独眼龙君刚骑着摩托冲了过来。

所有人跪在刘秀面前。

刘秀对君刚说："君刚，把他们都给我捆上。"

老白不屈尊，刘秀来到他近前，用猎枪枪托击打在老白右膝盖，那条腿瞬间像丹顶鹤一样反向弯曲了。老白倒地。

老白说："有种你就打死我！我老白活一天偷一天，你就是把我们送公安局，他们早晚也得把我们放出来。"

"今天，我不送你们去公安局了。你们听好了，你们看看那口油井，就是那口井，'铁人'王进喜1960年3月打井时发生井喷的那口……"刘秀说，"当时没有压井用的重晶石粉，就用水泥代替。可因为没有搅拌机，王铁人带头跳进泥浆池里用身体搅拌，我爷爷是跟着王进喜第一个跳下去的工人，我爹是第三个，他们一起制服了井喷，才有了这口井，后来又有了越来越多的井。"刘秀又一枪托甩在老白左脸蛋子上，一大股鲜血跟着飞了出去。刘秀显得狰狞癫疯："老白，你说说，这油井是谁的？你家的？"

寒风中，老白喷着血雾："你的，你的，你家的。"

刘秀又一枪托甩在老白右边脸蛋子上，一大股鲜血跟着飞了出去。这还没完，刘秀上去又是一脚："操，不是我家的，是国家的。"

众人都低着头，不敢言语。

刘秀朝着天空放了一枪："好啊，那些安保人员连影子都不见。你们可够凶狠啊，你们长期在这里为非作歹，都没人敢管了。"

老白一副认败表情，呼哧呼哧喘着粗气："你到底想咋样？"

刘秀的表情就是亡命徒："这支枪，祖传的，打过豺狼虎豹野兔子，我爹、我爷和王铁人吃过它们的肉，喝过它们的血。这支枪不是吃素的。"

老白面色苍白，疼痛令他额头满是汗珠子："服，服了。"

"服"字在东北黑恶势力火拼的时候，是从不轻易说出的字眼，因为一切不是儿戏。老白这意思是日后会任刘秀摆布了。

刘秀的态度略略柔和一些，说："我有点难事儿，我承包了一个政府淘汰的亏损到尿血的化工厂，你们一家支援我一点儿原油。将来呢，等我缓过神来，我不会白白要你们的原油。"

"你想要多少，我们给，随时给。"

"记住，以后和我刘秀来往，都要说老实话，办老实事儿。"

这经典一幕永久奠定了刘秀在这个盗油江湖中的地位。最起码在随后很多年里，刘秀吆喝一声，众人表面上就会相随了。刘秀说话算话，当他的企业日益壮大的时候，他便开始按照地下油市的黑价付款给那些人，在油耗子当中有了独特信誉。

那个被政府淘汰的亏损到尿血的化工企业，原本是省公安厅全资企业。20世纪90年代，流行政府办企业，育才化工是省公安厅旗下众多亏损得尿血的企业之一，柳家胜当时作为企业办主任名声不佳。育才化工白白相送都没人要，但刘秀却成了新主人。正是由于育才化工的落魄，刘秀入主这个破败企业的时候并没有成为新闻，外表上给人的感觉是，刘秀掉进了政府的圈套里，而公安厅彻底甩掉了一个大包袱。按照协议，育才化工连同债务彻底归刘秀私人所有。

那段时间，除了暴力元素，所有人都隐约感觉到，刘秀有强大的官方背景支持。刘秀的育才化工厂扭亏为盈之时，专门举办了重打鼓另开张的盛大仪式。省公安厅那个时候的企业办负责人柳家胜来到了现场，石油公司派来了领导，市公安局局长韩立国为这个企业加挂了公安机关重点保护企业的牌子。这个阵势看傻了老白、"金边眼镜"、孔二虎、油缸子、奕成等人。

日后的岁月证明，这个化工厂的确成为各路油耗子的"龙门客栈"。这个"龙门客栈"的主人刘秀最开始的时候面目清晰，而在后来的日子里却日益令人难以捉摸。韩松揭开狄氏兄弟的面纱似乎轻而易举，但接触刘秀却始终难以成行。

老白、孔二虎等人也和公安局里的很多人来往密切，但他们在公安局的势力似乎永远比不过刘秀，谁也不敢和刘秀抗衡。老白、"金边眼镜"、孔二虎、油缸子、奕成等人之间却冲突不断，他们把各种大大小小油耗子举报到公安机关，利用警察穷追猛打的同时，彼此之间也明争暗斗，只要有机会就互相往死里整，而刘秀却逐渐成了仲裁者。

老白曾经联合孔二虎设计，让奕成偷油时栽了一个大跟头。从奕成进看守所到被判重刑投监，老白始终采用各种手段祸害奕成，甚至想在监狱安排人鸡奸奕成，但没有得逞，因为刘秀始终想方设法让奕成摆脱危机，最后还为他办理了保外就医。奕成身陷危机的时候他的母亲去世，刘秀安排人料理了他母亲的所有后事。

刘秀得知孔二虎参与其中后，对其怒目训斥。奕成走出监狱大门时，刘秀亲自带着孔二虎前来赔罪。

老白这辈子遇到刘秀算是个劫，刘秀告诉老白："老白，做人做事不能不讲究，你那些进入我眼眶子的事情啊，有些已经是再一再二，不能再三再四了。我办公室里的'三老四严'，你有事儿没事儿得叨咕叨咕。"

老白拖着残腿说："懂，我懂……以后我做事，会多想想。"

刘秀恩威并施，也没有亏了老白，谁也不知道刘秀通过什么关系，令老白成了这座城市的残联副主席。老白的社交能力还是不错的，他以残联副主席身份和油田的头头脑脑交往，在那个年代通过批条子弄到了大量原油指标。刘秀的小化工厂在短短几年内成为国内数一数二的民营石化企业,和老白的贡献分不开。

围绕刘秀的一个圈子,表面看起来松散,但刘秀却能做到一呼百应。尤其是老白,由于在获取原油方面发挥了特殊作用,已经是刘秀的育才化工名义上的经理了。这次,刘秀下达原油汇聚命令,老白主管了一切。但是,狄氏兄弟袭击孔二虎和油缸子这条线的举动,令刘秀开始怀疑奕成。刘秀知道,奕成与孔二虎有宿怨,可转念一想,狄氏兄弟强迫董双红把偷油和自己联系起来的举动,又不像是奕成干的,因为奕成不会背叛他。

许多年来,刘秀遇到过太多的脸谱。刘秀发现,太多的脸谱背后都隐藏着一颗黑色的心。在狄氏兄弟把枪口对准刘秀的一刹那,刘秀脑海中突然一闪念:这帮小子的骨灰一定是黑色的。

韩松曾频繁到那个饭店吃包子,一心想摸清狄氏兄弟的接触关系。韩松和狄氏兄弟也没啥聊的,却和他们的小妹狄威你来我往很火热。后来狄氏兄弟被干掉,狄威一心想通过韩松报仇,韩松则想通过狄威干掉刘秀。这些都是后话了。

刘秀与弟弟刘锦继承了老一代油田工人的基因。两个人的品质似乎都像油井一样结实、牢靠,虽然刘锦外表文弱像只虾。若干年后的这个初春,冰雪初融的时候,刘锦正陪着母亲在江边。世界几乎已经把双目失明的老人忘记,没有人在意她是警察刘锦的母亲与否,也没有人把她与刘秀这个名字相联系。化工厂那边发生爆炸的消息传来,蘑菇云升起,烈焰红黄夹杂……

狄老大打来电话威胁刘秀说,日后要么一比高低,要么和谐共处。狄老大说:"你的原油都是咋来的,地球人都知道。俺的那一点儿点儿油你咋能不收呢?你天天吃唐僧肉,俺都知道,给别人一点儿汤喝,不行吗?"

刘秀的回答抑扬顿挫："狄老大，你这是没完没了啊！人啊，就怕自不量力。你等着，我会在今年冬天看到你们兄弟的骨灰。你们的骨灰一定是黑色的……"

刘秀总感觉，买卖原油不是主要的，他们兄弟明显是在挑衅，明显是想激怒自己。刘秀隐约感觉这一切背后有文章。

"干掉他们的时机越来越成熟了。"刘秀从小玩到大的警察朋友马钧铁表态。

原省公安厅纪检书记、市公安局新任局长隆子洲即将上任之前，常务副局长鲁奎主持了一次特殊会议，但这次会议却是刘秀召集的，他还专门请来了省厅刑侦总队领导柳家胜。隆子洲后来谴责这个会议的时候，鲁奎说，那并不是一次会议，而是一次省厅与市局刑侦专家共同接待群众上访的行为。

那一次，省公安厅刑侦总队副总队长柳家胜，市公安局领导鲁奎、张克平，市局刑警支队支队长刘志东四人围坐在会议桌一角。

柳家胜说："这帮王八羔子不知深浅，还敢制造爆炸事件了！我们是不是得出点儿彩啊？"

鲁奎说："没错，狄氏兄弟称霸一方，民怨很大，我觉得涉黑是一定的。"

张克平说："育才集团是市里重点保护企业，企业有困难，我们不能坐视不管。"

刘志东说："那我们就干了。"

于是，才有了前边所说的韩松与何烨卧底冥王星。

干掉冥王星不久后，刘秀又来到市局，一是为了感谢公安机关的支持，同时也为了催促公安机关再加把劲儿，干掉狄氏兄弟。依然如故的接待阵势，证明了市局对刘秀的重视。

恰好那一天，刘秀的手机响起。手机视频显示，刘翔被狄成、狄汉兄弟绑架。狄成在电话里嚣张蛮横："哥，别说谁的骨灰黑和白，我知道这个刘翔是你们企业里最大的宝贝，你要是不和我合作，我就废了你的这个宝贝，让你一时半会儿看不到他。"

刘秀显得很轻蔑："狄成，你实在是过分了，你也太低估那个刘翔了。你不用拿他威胁我，你和刘翔的事情，你们自己处理。"

狄成说："你不要报警，报警我就撕票。"

刘秀说："你多虑了。我说了，你和刘翔的事情你们自己处理。哦，对了，是刘翔帮我处理你们。"

关了视频，刘秀摇摇头说："大家看看，欺人太甚了！他们怎么就和我过不去呢？"

鲁奎对刑警支队长刘志东说："志东，马上锁定那个手机信号，找到车辆位置。"

刘秀听了却立马阻止："不必这么着急，让我们的刘翔自己处理。"

鲁奎很惊讶："你们自己处理？公安这几大要员都在这里呢，碰到这么一起绑架案子，怎么能视而不见？那不是不作为嘛。"

刘秀回答："对方说了，我要是报案那边就撕票。刘翔自己能行，我对他有信心。"

鲁奎态度坚决："你们那个刘翔干刘翔的，我们公安干我们的，不让绑匪感觉到就是了。出了问题，是我们公安机关没能耐。"

鲁奎和刘秀交流的时候，马钧铁、韩松、何烨等一线侦查员在画面中冲出会议室。接下来，会议室内大屏幕全部开启，城市街道瞬间呈现。

鲁奎在指挥台话筒前发布命令："狄氏兄弟制造了一起绑架案，城区各刑警队、派出所、巡逻车辆一级战备，视频侦查队启动应急预案，特警待命随时出击。"

刘志东在对讲机中呼喊："手机信号锁定，车辆位置锁定。"

鲁奎在对讲机中呼喊："特警出发，刑警出发。"

这个时候，特警车内的我和几个特警战友戴着头套，紧张地喘着粗气，鼻间哈气将我们紧紧包裹，表情状态是随时准备战斗。我们出发的时候，马钧铁、韩松、何烨等人也同步跑出公安局大楼，分别登上便衣车身轿车，飞速驶出。对讲机内传来鲁奎的呼喊："特警车辆关闭警报器，和绑匪车辆保持三百米左右距离，切记不要让对方发现。钧铁、韩松、何烨，你们的车辆要贴近绑匪车辆，做好交叉掩护。"

此时，绑匪车内，坐在副驾驶位置的狄成看到周围几辆车很可疑，气愤地说："好像报案了。"

刘翔被狄汉和另一位绑匪夹在中间，眼神扑朔迷离："不会的，他不会，他不是说了嘛，我和你们自行解决。"

狄汉急了："别他妈和我耍嘴皮子，再装犊子，一会儿到垃圾场干死你喂乌鸦。"

刘翔说："好啊，就去垃圾场吧。"

狄成、狄汉面面相觑。狄汉把猎枪枪口用力在刘翔脖子上顶了一下。

刘翔说："不要用枪口对着我。"

突然，刘翔一只手握住枪管，将其从自己脖子位置挪开，拿着枪的狄汉眼看吃不住劲儿了。狄成拿出短猎枪回身，刚刚指向刘翔，刘翔握着的猎枪响了，狄成的枪被打飞，风挡玻璃粉碎。

绑匪车辆在马路上画蛇，里边枪声不断，子弹不断穿过车顶射出，转眼间那辆车像个筛子，最后急速侧翻，倒在路边。

特警车辆、刑警车辆迅速将那辆车包围。韩松第一个冲过去，马钧铁、何烨等人全部赶到，我和特警战友们戴着头套，下车后以车门为掩护，将狙击步枪对准那辆车。

一位特警兄弟喊话："里边的绑匪听着，你们已经被团团包围。放了人质，立刻投降！"

那辆车里死一样沉寂。

在我的狙击步枪瞄准器内，我看到司机和前排副驾驶那位已经昏厥，后排中间的那个人拿着猎枪对准左边那个人的脑袋，右边那位正痛苦呻吟，似乎没有任何行动能力。

我立即对麦克风呼喊："发现绑匪，正用枪支挟持人质。我已经做好射击准备，请指示。"

会议室那边的鲁奎呼喊："请重复一遍。"

所有人的对讲机内传出我洪亮的声音："发现绑匪，正用枪支挟持人质。我已经做好射击准备，请指示。"

我兴奋，我太兴奋了。他奶奶的，一枪过去，我的一等功就又来一个，万元奖金也就来啦。

鲁奎却接着呼喊："请说明一下具体情况，车内的具体情况。"

对讲机内接着传出我的声音："司机和前排副驾驶那位已经昏厥，后排中间一个人拿着猎枪对准左边一个人脑袋，右边那位正痛苦呻吟，已经没有任何行动能力。"

此时，刘秀急得站了起来，说："从绑匪刚才的视频画面能看出来，刘翔坐在后排中间，被两名绑匪夹着。"

鲁奎大声喝道："不要盲目射击，不要盲目射击。刘翔的照片已经通过警务通传过去，注意甄别。"

所有人看过刘翔的照片后，我又通过瞄准器认真端详，感觉中间那位的确像刘翔。

这个时候，从车内传来声音："绑匪已经被我制服。我们都受伤了，请来帮忙。"

原来如此。

我很失望地看着几名特警将那辆车翻转过来。

韩松在一旁奚落我说:"你这一身力气,顶一辆吊车。"

何烨说:"别嚼舌头,当心车里边子弹。"

司机和坐在副驾驶位置的狄成以及坐在后座的一个绑匪全部昏迷。刘翔押着狄汉下车,到处都是血。

韩松拍拍刘翔肩膀,竖起大拇指:"好样的,要不刚才你们老板怎么说让你自己处理呢,功夫的确了得。"

韩松对我说:"洪图,你行啊,你刚才差点儿把人质给毙了,大傻子。"

何烨对韩松说:"你老实点儿啊,别欺负洪图。"

强壮的我挠挠脑袋:"我脑袋反应总是慢半拍儿。"

何烨安慰我说:"别多想,不是有领导指挥嘛。谁能在危急时刻想得那么周全?"

有了这样的开局,一次高效率的打黑行动轰轰烈烈地开始了。狄氏兄弟刚刚想在刘秀面前立棍儿就被撅了。看来狄氏兄弟想和刘秀斗,无论哪个方面似乎还都太嫩。

老白等人似乎无论怎样和柳家胜套近乎,也无法达到刘秀和柳家胜的那种高度。刘秀前些年经常陪着柳家胜到阿尔卑斯山滑雪,最近几年则经常陪着他一起去西藏,他们还曾一起攀登珠穆朗玛峰,一起去清澈的黄河源头与混浊的壶口瀑布,两个人的合影被刘秀放大摆放在办公桌上。

柳家胜对刘秀说:"混浊,都是从清澈开始。"

刘秀对柳家胜说:"混浊的黄河,最后到了大海就回归了清澈。"

狄氏兄弟刚刚落网,君刚就按照刘秀要求到公安机关投案自首了,他把那天晚上在刘锦家走廊与人交战时用的猎枪上交到马钧铁那里，同时也把狄氏兄弟到刘秀办公室胡作乱闹又开枪的情况做了笔录。

此前，刘秀打电话告诉马钧铁："钧铁，我是说话算话的。那个晚上袭击我的人一定是他们兄弟。现在，可以兑现我当时对你的承诺了。"

刘秀又打电话给刘锦："弟，我现在让君刚去自首了，说明一下那天晚上枪战的情况……"

这一次，刘秀原本不想亲自去公安机关，而是想让他比较信任的手下奕成顶替他。刘秀对奕成说："我去也没啥，但还是在幕后比较好。枪是君刚开的，和你没关系。对于君刚有枪这事儿，你说完全不知道，就行了。"

结果，刘锦知道了，很不高兴，对哥哥说："我可不想再为你说谎了。有什么大不了？让别人知道你是我大哥吧，我不在乎了，反正我不想说谎了。"

无奈，刘秀亲自来到马钧铁面前作证。

马钧铁说："有我在，我会处理好一些。把事情说清楚，既能把狄氏兄弟送上审判台，又能隐藏好你和刘锦的关系。"

但是，这个情况不可能回避刘志东和张克平。两个人知道情况后，一起找刘锦谈话："刘锦，你在我们心中可是老实人，没有人比你再老实了，你……"

这一幕弄得刘锦都想找个地缝钻进去。

张克平说："其实，即使你不说，世上没有不透风的墙。你和谁有血缘关系不要紧，没有案子时更不要紧。可一旦有案件上的事情，就不好办了。懂得吗？"

这一幕让刘锦感觉自己像犯罪了一样。

刘志东解围说："算了，刘锦，我们都是一起工作很多年的老同事了。当时，你隐瞒情况也不是没道理，万一狄氏兄弟没像眼前这样身陷牢笼,那两起枪案也很难查明白,我理解你。"

刘锦说:"事情到了这个程度,我不想说什么,只想说,以后一切看我行动……"

张克平说:"很多事情我们还是会替你保密的,我们明白你其中的难处。但是,很多事情,你好自为之吧。"

君刚属于自首,处理起来从轻许多。但关键是随着君刚自首,狄成兄弟被加上了重要罪责。

到公安机关自首之前,君刚陪着刘秀、刘锦去探望了董和平老人。正在打点滴的董和平在梦中喊着:"你没有机会了!你没有机会了!"

鼻梁上有块纱布的董双红呼喊着:"爸,爸,不要紧,不要紧,爸,爸。"

刘锦说:"又犯病了,唉……虽然我是过继到董家的,但对这个爸和咱亲爸是一个感情。"

刘秀说:"这句话,喊了这么多年……"

刘锦说:"哥,我会找到那个人的,我一定会把那个案子破了。"

刘秀说:"警察里边最近有人给我打电话,也说了同样的话。这个城市里和我这样许诺的警察有两个了,一个是你,一个是他。他说他叫韩松。"

刘锦笑着说:"韩松啊……也许吧,也许他有那个能耐。"

"我没当回事。那家伙好像是在奔那奖金使劲儿,能耐有多大,只有天知道了。"刘秀说完,转过头对董双红说,"双红,给老爸最好的条件。缺钱你就说话,这是咱们共同的爹。"

刘秀扔下两捆钞票。

小便池旁,刘秀放了一个响屁。紧接着,刘锦也放了一个屁,但却没有哥哥放得响。

刘秀满脸幽默式的忧虑:"弟啊,你的屁不够响啊,男人这样可不行。放屁都不响,能压住那些坏人吗?你小的时候,哥抱着你拉屎,你从来都是先来一个响屁,把地上浮土崩得精光……"

刘锦说:"能不能有那么一天,可以光明正大地喊你大哥?这辈子,什么时候能出头?"

刘秀说:"会的,会有那么一天的。目前啊,无论到哪里,我都不会提起有你这个弟弟,你过好你的小日子……但你要记住,男人两件事,屁响、拳头硬……"

刘锦说:"我不希望你干违法的事情,比如,我希望给咱爹上坟买的茅台用的钱是干干净净的。"

刘秀说:"我也希望干干净净,但我更希望这辈子能够找到那个人。"

狄氏兄弟落网前,油城通往外界的运油通道已经被封锁得密不透风了。明白人都能看出来,刘秀和公安局的关系非同一般,刘秀已经通过董双红掌握了所有外运原油的路径了。当刘秀把有关情况向鲁奎和张克平等人通报后,大量的设卡堵截已经令杏州那边无米下锅了。杏州近海的走私油轮再也不能畅通无阻了。崩溃的是杏州大大小小的油化工企业,热闹的却是油城这片土地。这一切都是刘秀精心设计的。

密不透风的封锁中,董双红设计了一条可以躲避所有堵截的运油通道,有董双红和刘秀的关系在那里,这条通道在刘秀的默许下,在狄氏兄弟已经深陷牢笼的时候,形成了一条新通道,可以将一部分原油运送至杏州。许多人没有意识到,这条通道是刘秀投出的一个鱼饵,老白首先入瓮了。

在一处地下车库内,孔二虎和油缸子挖掘了一条隧道,这条隧道直通一条输油主干线。孔二虎和油缸子正指挥工人灌装油料,老白一瘸一拐地盯着。

老白说:"加把劲儿,提高产量。这批油,让董双红抓紧运到杏州,不要让刘秀知道。"

孔二虎忧虑地说:"哥,要是刘秀知道了,我二虎就有点不讲究了。"

老白的表情满不在乎:"我们彼此获利、彼此保密,就没有人会知道,鬼都不知道。我知道你和刘秀的关系,但这管道里的油要多少有多少,白白流走多可惜。"

孔二虎说:"我只能给你一部分,大部分我还要上交刘秀。你知道我和刘秀的情分儿,是吧?"

此时,老白的油源吃紧,杏州要货要得紧,他自己的化工厂也在紧锣密鼓地生产。刘秀的汇聚命令下达后,孔二虎、油缸子、奕成都很服从刘秀,将大多数偷来的原油送到了育才化工。听说董双红开辟了新通道,经不住诱惑的老白便开始跃跃欲试了。孔二虎、油缸子耐不住老白软磨硬泡,重新为老白打开了偷油阀门。奕成是绝对不听从老白的,因为奕成和老白是死敌。但是,当董双红把自己的通道告诉奕成之后,奕成也跟着跃跃欲试,也重新为杏州打开了盗油阀门。杏州那边对于原油来者不拒,无论老白的还是奕成的。

刘秀明白,这些家伙的确会给他刘秀面子,但只要诱惑足够,安全足够,背叛随时可能发生,虽然他们目前因为顾忌自己只将少量偷来的原油送往杏州,可早早晚晚会一发不可收拾。自己和狄氏兄弟缠斗这一段时间,他们将偷盗的原油都送到自己的化工厂,是因为自己动用公安力量封锁了出路,否则他们怎么会对自己绝对忠心呢?

董双红开辟的那条路,是某些人的末路。

当天下午，在刘翔的实验室里，刘秀召集老白等人前来议事。

这个城市里，只有最要好的朋友诸如君刚、马钧铁等，知道刘锦是刘秀的弟弟，而君刚、马钧铁一向沉默寡言，使这个秘密永久成为秘密。而刘翔是刘秀独子这件事，同样无人知晓。同各类人等互动缠斗二十多年，刘秀总是有意或无意地隐藏一些隐私，冥冥之中就像是在专门为某些事情提前做一些必要的准备，这种准备是天衣无缝的。

这个城市里，关于刘秀生活里的一切都是个谜。人们只通过那个悬赏告示知道，他的父亲死于一起杀人案件。刘秀独来独往，不近女色、酒气是出了名的。在和一些大官员、大客户等迫不得已的小聚上，当有人问起他为何没有人了解他的过去时，刘秀回答粗鲁："因为一个人狗鸡巴都不是的时候没有人关心他是谁，我是从狗鸡巴一步步走过来的……"

"油田这点儿油产量逐渐下降，越来越金贵，是谁想要就要的吗？狄氏兄弟以为他们是谁？"那天，刘秀告诉大家一个特殊情况，他说，全世界每个油田的石油成分都是有细微不同的，他们这个油田的石油成分最为特殊。

"你们都知道，我们企业里来了一位麻省理工学院材料专业的高才生，他现在已经在咱们这儿的石油里提取出了一种特殊元素。这种元素加入导弹或飞机涂料当中，会大大增强隐身效果，让萨德系统之类的全失效……"刘秀告诉大家，"我把刘翔重金请回国不是开玩笑的。我这么说，大家都明白了吧？我们的企业将在两年之内上市，前景不用我说。"

那一天，刘秀强调："从今天开始，大家要停止各种偷油活动。有刘翔在，我们未来一起干干净净做富豪。"

听到这个消息时，老白问孔二虎："刘秀说的这个你信吗？反正我不信。"

油缸子还有奕成等,似乎都面露难色。这些年整天和黑色原油打交道,怎么能说停就停呢?这么多年来,刘秀说的所有话都似圣旨,刘秀让把所有原油向育才化工汇聚,大家都照办了。但这才没几天,他又下达命令永远停止偷油。奕成的表情和心理状态都是惊讶的,他的神态说明,他很不理解刘秀了。

刘秀说:"新来的公安局长非常严格。我不想让大家受到伤害。"

第四章　劫法场

"明天，我要劫法场……"

深冬的夜晚，当我接到韩松电话的时候，正睡意蒙眬。我曾经无数次在电影、小说里遭遇过这个词，却完全没想到，寂静的夜里，会从老友韩松口中听到这句怪话。

我顿时困意全无，韩松那边却是一阵大笑。公安厅那边要是知道今晚有两个警察在开这种玩笑，我们的警服一定不会穿到天亮。

时间过得飞快。俄罗斯兼并克里米亚导致全球的能源产业重新洗牌，美国通过压低油价打击俄罗斯，我生活的这座石油城市也受到波及。油田效益不佳，人们脸上愁眉不展。在油田工作的媳妇已经没有了前些年暴发户般的嘴脸，不再埋怨警察工资低，不再埋怨我整天看报纸没出息，有时还会对其他人说，多亏找了一个公务员，多亏找了一个警察。

每天下班，拖着疲惫的身躯回到家后，我终于可以安心看报纸了。额外增加了警衔工资后，我的待遇进一步提升，她甚至主动向我提起："要个孩子吧。"

我带着满足感对韩松讲起这些时，他却绷着脸对我说："你媳妇小市民……待我把那个悬赏二百万的案子破了,分你一百万砸蒙她。"

一份份报纸时常陪伴着我。我和狄氏兄弟第二次遭遇是在报纸上。我不喜欢值班的时候听某些人吹牛胡扯,更不喜欢听某些人对这个职业无休止的抱怨,所以常常读书看报打发时光。市里的这份晚报又在刊发悬赏告示征集一起陈年旧案线索,价码已经涨到了惊人的二百万元,韩松说的就是这个悬赏。估计这是全中国开价最高的悬赏告示了吧,这也算是我们这个城市比较奇葩的一件事情了。在我的读报经历当中,因为那张《南方周末》,我有时会羡慕其他城市,原因是那些城市总有各种事情整版整版发出来,而且发出来的文字都那么深刻。终于,这一次,报纸破天荒为我的城市发了整版。

从上一个冬季省公安厅展开打黑行动开始,狄氏兄弟成了整个城市热议的话题。明天就是枪毙狄氏兄弟的日子。而即将到来的这个寒冷的早晨,我将执行押解狄老大的任务。我和狄氏兄弟也算有缘,两次遭遇都是在刑场。上一次,是狄氏兄弟给董双红设的刑场,却让我给劫了。这一次,是国家给狄氏兄弟设的刑场,这个属于他们兄弟的劫是无人能解的。

报纸用两个整版通栏刊发了与狄氏兄弟有关的那些事情。尤其令人印象深刻的是那张压题照片:狄老大抱着肩膀,穿着黑色大衣,旁边是一口井……

关于狄氏兄弟是否涉黑,争论始终没有停止。每一个涉黑团伙被打掉的前前后后,这样的争论都不少。狄氏兄弟做的坏事不需要一一罗列,我曾经翻阅过大量法律书籍和资料,作为一个警察,我觉得他们涉黑毫无疑问——打打杀杀的事情一箩筐,重伤害、命案应有尽有,涉毒涉赌涉黄,而且还有制造爆炸事件的恶劣情节。

但这一天报纸上的照片,设计得实在让人无话可说。这是在为涉黑团伙张目吗?意思是说有人给狄氏兄弟设置了一口井,然后让他们掉下去？可细读文字，觉得也不是。这篇稿子写得奥妙精深，那种中性意境把思考空间留给了读者。至于那口井具体是谁挖的，文章并没有清楚说明或是点出某个人。

毫无疑问，这篇报道中给人印象最深的采访对象是狄氏兄弟的小妹——狄威。

"我认怂了。我的哥哥们罪有应得，我觉得，给他们定性为黑社会不为过，犯了国法领了死刑，对判决书我没意见。但我要说，举报我哥哥的也不是什么好人，比我哥哥他们还要黑得多，他们更加罪该万死……"狄威接受采访的照片赫然刊登在报纸上。狄威面目清秀，知性十足，与她哥哥们的凶悍之气完全不同。"我们家基本上算是被满门抄斩了，但有我在，这个事情没有完……法律上的事情，我的四个哥哥去承受了，但情理上的事情我接下来会办……对办案民警，对国家法律和审判机构，我没有任何异议。我今天许下的这个诺言，是针对把我兄长们置于死地的另外一股涉黑势力……"

话到这里，记者提醒狄威："这不是诺言，这是威胁。你一个弱女子，你觉得这种威胁有用吗？"

"我相信，有正义良知的人会和我结伴而行。接下来，法律和道义都会站在我这边。就像我的哥哥们做了那么多违法的事情，最后失势、失道直至走上断头台一样，有的人同样应该是这样的结局。我说到做到。在这里，我要对那些人说，你们打着终结罪恶的旗号干掉了我的兄长们，但你们更要明白，电影里那个真正的'终结者'最终将自己熔化在铁水里。想做终结者，就得承受终结者的代价……"

这篇报道的结尾挺深刻："也许，这已经是结局；也许，在这个结局后边还会有结局……"

深刻归深刻，我觉得狄氏兄弟这个小妹还是很幼稚的。她说的这一切有什么意义？她那些黑心哥哥完全是罪有应得。报仇？找所谓干掉她兄长的那些人报仇？简直是笑话吧！我扔下报纸，回卧室找老婆去了。

明天我就要执行押解狄氏兄弟的任务，而且我押解的是狄老大，重任在肩。危险应该是没有的，黑老大到了这份儿上，还能出什么幺蛾子？我干的工作就是将狄老大押解至刑场，在他生命的最后，拍拍他的肩膀说"一路走好"。通常我转身不久，就会听到枪声。几声枪响过后，罪恶的生命就此魂飞魄散，这是必然的结局。

……

我完全没有想到，在这个深夜会接到韩松的电话，而且这个电话竟然和狄氏兄弟有关，和狄威有关。我更没想到，狄威所说的会和她"结伴而行"的人竟然是韩松。

这家伙吃错药了？

"欲变节以从俗兮，愧易初而屈志。"

我始终认为，我是这个世界上最了解韩松的人，也始终认为，自己知道韩松那个破旧电话本扉页上这句话的大概意思，应该是莫忘初衷吧。

"行了，你这一辈子的目标都实现啦。你在警校的时候想当刑警队长，眼下已经当上啦，够本啦。"我和韩松搂着一堆大绿棒子和啤酒瓶哈哈大笑的时候，我总这样寒碜他。

他也总是摇摇头："不行，现在还是副的，我得当正的，一把手的大队长。"

前一段时间，韩松又对我说："我的欲望长大啦。现在，我的目标是当局长啦。"

韩松搂着大绿棒子狂饮的那副熊样，一点儿看不出《楚辞》里的那句"欲变节以从俗兮，愧易初而屈志"会是这种人的座右铭，但我从来没拿这个和他开过玩笑。我俩反正是一辈子的朋友，一切慢慢走着瞧。

韩松常常一本正经地对我说："好女人太少啦，就像好吃的大绿棒子再也找不到了一样啊。"

我一直觉得，这家伙对女人的爱和情都是碎片化的，他能同时喜欢上好几个。当他谴责当代女性很烂的同时，我总想对他说，其实你的爱也很烂。当然我不会这样说，韩松和我亲如兄弟，他咋个样子我都不介意。

虽然常年拈花惹草——其实最多是占两句口头便宜，而且从事着他最喜欢的刑警工作，可我觉得韩松一直是闷闷不乐的。直到他遇见狄威，我才明白什么叫被打了鸡血。那个夜晚，眼看着他的心气越升越高，我内心的恐惧也越来越强烈。我们是警察，但我们也是普通人，其实，我们都没那么大的尿性。

那段时间里，狄威一直四处奔走，她说要给兄长报仇，却又承认几位兄长罪有应得。在大多数人眼里，她的一切举动仅仅是个笑话，但在韩松那里似乎不是那样。确切地说，韩松态度明确，他就是要帮助狄威。韩松意气风发，他说，自己一定可以做到。他还向我保证，这跟荷尔蒙无关。

"不要脸……"师父马钧铁为了这个事情，几乎是追着韩松要甩过去一个大耳雷子。师父似乎很讨厌韩松整天和那个小丫蛋折腾。当然，马钧铁不知道韩松背后的名堂，而韩松对他也是有着某种怀疑的。

韩松边躲边说："师父，以前我不要脸的事情的确没少干，这回可要长点儿脸啦……"

夜里搂着老婆的时候，是我最能觉得天下第一的时刻。

每次夜里值班和巡逻，我最想念的就是眼前这个女人。虽然在无数个日子里，她会埋怨我挣钱太少，而且常年霸占我的工资折，只给我一点点够买报纸的零用钱，但完全不影响我的幸福感。当警察这么多年之后，我的脑海里似乎只剩下两个单一感觉，一个是巡逻时的冰冷街头，一个是眼前这个女人的温暖怀抱。我最喜欢的是巡逻时接到她的电话，最讨厌的是在搂着她时接到与工作有关的电话。

很不争气，电话响了……

"明天枪毙那几个人，你去吧？"

"我去啊，我押解那个狄老大。"

"明天，我要劫法场，你帮帮忙呗？"

"劫你个球，你敢来劫法场，我就敢把你就地正法。"

"把我干掉了，你这辈子就没朋友了，你傻啊……"

"你把狄氏兄弟推上法场，现在又要劫法场？"

"送上法场有送的道理，劫法场也有劫的理由。"

"你自己一个人抽风吧，我不和你说了。"

"别挂，别挂。我就是想你了……抱歉啊，我知道你夜里总是忙。媳妇的腰间盘突出好利索没有？别整犯病了，下手轻点儿啊……"

我听见韩松的坏笑。那年我带着媳妇去北京做腰间盘手术，是韩松给我联系的301医院，这家伙的路子确实野。媳妇进手术室之前，韩松带着责怪的语气对我说："看你把媳妇弄的，都突出了……"

他这番话的确提醒了我，也许真是我造的孽。我就夜里那么点儿能耐，白天当警察却不那么成功。

此刻，这小子又在提醒我啊。

"记着呢。啥时候喝点儿啊？"

"喝点儿，今儿晚上就得喝点儿。我明天真要去法场，我要陪着一个人看狄老大他们最后一眼，你得帮帮我忙……"

"狄老大？"

"你别害怕。除了生活作风，你对我啥事儿都放心，对吧？"

第四章 劫法场

"到底咋回事？你要折腾什么名堂？开枪毙人的当儿，你让我帮啥忙？我能帮你啥？"

"你也知道你是个笨蛋，你帮不了我啥。我就是让你帮我做点儿小事儿。"

每次韩松污蔑我是笨蛋的时候，不知道为啥，我都很开心。很久没有这小子的消息了，来了电话就说要劫法场。我知道他不可能干这种事情，但他一定有啥文章。韩松这人胆子大，性格怪，在警校时人缘不差，但纯铁就我一个。在我眼里，他完全是一个受荷尔蒙支配的家伙，工作出色这没话说，但到处留情也是事实。我经常怀着无比嫉妒的心理义正词言："别总和女孩儿瞎折腾行不？"

韩松总是说："亏你还是我老铁，你一点儿不懂我。"

我不懂他？他这话总让我觉得匪夷所思。我觉得我特别懂他，而他并不懂我。韩松一直尊称外表憨厚的我为兄长，其实我啥能耐也没有，直到眼下还是普通特警一枚，关键时刻披上铠甲，一声令下我就会像狼狗一样扑向目标。

好在我的身体一直强壮，绝对对得起特警这个称号。我曾经追吐过多少人，我自己都数不清了。从我的发型就可以看出我的精干，除了头顶薄薄一层常年维持在半厘米左右的黑发，周边全是秃秃的。特警队里只有我这种骨干才敢于常年保持这种发型。记得小时候，我妈称这种发型叫尿盆头，周边光光上边一个小盖盖的意思。现如今呢，人们把这种发型叫炮子头。我不是哗众取宠，留这个发型主要是常年各种训练出汗太多，图方便而已。

这段时间我右胳膊始终疼痛难忍，原因是前几天抓捕安寿县的越狱逃犯时，我被吊在直升机上好多天闹的。当时我戴着头盔风镜，挎着冲锋枪，一根缆绳吊在我的后背上。支队长让我保持这个样子，做给别人看的意义远大于抓捕那个逃犯。逃犯落网和我没有任何关系，但很多媒体记者的长枪短炮都对准了我，我的特写照片发在了全国各大网站和许多报纸上，可惜的是，没上我最喜欢的那份报纸。

吊在直升机上飘来荡去，脚下一会儿是茫茫林海，一会儿是玉米地，单调的景色让我上下眼皮直打架。我曾经中过枪的左腿和完好的右腿悬在空中——那次枪战，我击毙了一个坏家伙，立了一等功。

我肯定是睡着了一会儿，醒来的时候，努力回忆刚刚做过的梦——我梦见了在警校的那段时光。

上警校那会儿，我和韩松每个周末都去师大院子里那个丁字路口。我们在那儿分手。我向左走，去电影院看大片儿，他向右走，去和女孩儿约会。看完电影，我会回到那个丁字路口，如果韩松在那里等我，那就意味着他和女孩儿没戏了。如果看不见他，那就说明他把人家勾搭上了——总的来说，他在路口等我的次数比较多。

我羡慕韩松，至少他想到就做，能主宰自己的命运。我不行。我现在仅仅是一件工具，抓人的工具，目标别人都锁定好了，我的任务就是等候命令，只要一声令下，我就扑上去。说我这样的人是鹰什么的太文绉绉，当我扑上去的时候，感觉自己更像一只狗，一只不必有太多想法但却很凶猛的狗。其实，我也想像韩松那样，追自己想追的女孩儿，抓自己想抓的人。但是，我做不到，即使别人给我介绍的这个丑老婆，我也忍了。

尽管如此，我受到的表扬却一直很多，比如忠诚，比如可靠，这些元素让我在警校时成为学生会主席，也让我成为特警队的第一捕吏。押解狄老大，我责无旁贷。我要把他从看守所接出来，等法官宣读完死刑复核材料，一路押着他去刑场，最后还要把他身上的锁链扣在地环上，然后拍拍他的肩膀："一路走好……"

我是不是很变态？还没有送某人去刑场，我的脑海里却在反复预演着枪决的情景。

闲啊，当特警实在是太闲了。一年下来，除了训练之外，高精

第四章 劫法场

尖的刺激任务实在是太少了。真实的特警生活就是这个德性，电影里惊心动魄的飞虎队模式是不存在的。所以呢，配合法院执行死刑一类的任务，就是比较重要的事情了。于是，相关的一些场景便会在空洞洞的脑海里频繁闪现。

多余的精力需要发泄，酒精当然是很好的渠道。只要有人找我喝酒，我一向来者不拒。于是，要劫法场的这位深夜约我喝酒，我欣然前往。无论如何，托韩松的福，前半夜在报纸上看到的那个女子，后半夜我就亲眼见到了，我很开心。

如果单位知道我在枪决狄老大的前夜和他的妹妹喝酒，是绝对不会让我执行押解狄老大的任务的。但警察也是人，总得有些秘密吧？况且，韩松不可能劫法场，我也不可能为了狄家做任何违反原则的事情。

我赴约，主要是想看看韩松这小子又要弄什么名堂。我原本认为，韩松是在利用这个机会讨好狄威，说不定我还要假惺惺地配合他一下，谁让我们是兄弟？万万没有想到的是，这个深夜让我对韩松有了重新认识。至少此时的韩松跟荷尔蒙没有任何关系。

没有抽泣，没有怨恨，明天哥哥们就会被押赴刑场，狄威的表情却一直很淡定。

我的对面，坐着我这辈子最要好的朋友韩松以及他带来的这个叫狄威的女孩儿。与报纸上侃侃而谈完全不同，眼前的狄威很沉默，甚至有些阴冷，可以看出她平常也是少言寡语的女孩儿。

我和他们二位之间，摆着一大盘子牛肉串儿、羊肉串儿、烤腰子、烤板筋以及一堆大绿棒子。小店老板依然在不断上菜。

韩松说："够了，够了，啥也吃不下去，不要再上了……"

喝啤酒撸串儿那点儿钱，媳妇还是保障的。这个店，我经常和朋友几串儿羊肉串儿撸得直冒火星子，啤酒却是一直喝到后半夜。时间久了，老板也就成了熟人。老板满头大汗地说："洪图说了，今晚有他最好的朋友，要上硬货。"

　　处女座的韩松明显有洁癖。开餐之前，他用开水把餐桌上的盘盘碗碗还有筷子等，反复冲洗了许多遍。韩松最喜欢撸串儿，眼下却没啥胃口。于是，我们一杯接着一杯地干。我们不用交流也知道彼此在想什么，比如……

　　"你帮她？你为什么帮她？"

　　"我帮她有帮她的道理……"

　　这样的对话，我们可以省略，因为这是老友间的默契。

　　"那张报纸，我看得很细……尤其是那口井。"

　　听我提起报纸，韩松把一串儿肉撸光，往嘴里扔了一瓣儿大蒜，然后提出要求："明天，她想和她的大哥拥抱一下，能多坚持一秒就多坚持一秒，最好还能多说上几句话。"

　　这个我能做到。我看看韩松，又看看狄威，两个人似乎不容置疑地相信我和他们是一伙的。

　　狄威说："来世，我们还是兄妹。麻烦您告诉我大哥，安心走。只要有机会，小妹会给他报仇。"

　　我点点头。我可以传话，给一个即将死去的人传话没有什么不妥。我拿了一个肉串儿递给女孩儿。

　　她礼貌地轻摆小手："告诉我大哥，小妹已经不是小孩儿了，一切请他放心。"

　　"我会尽力。"

　　"最后那点儿时间，请对我大哥多多关照。如果大哥那边说什么了，也告诉我，好吗？"狄威干掉一杯酒。从她干杯的姿势看，她是喝酒老手，却是有几分浅薄的那种……

　　这时，狄威转脸对韩松说："谢谢你，韩松，你真是个好人……"

　　韩松的反应平平淡淡，似乎根本不需要感谢的样子："这不算什么，一切才刚刚开始，我一定帮你把刘秀那帮人一网打尽。"韩

第四章 劫法场

松干了一杯酒，问我，"知道刘秀吗？狄老大炸了他的化工厂，所以狄老大就这样被干掉了……刘秀，给人家挖了一口井。"

我当然知道，狄氏兄弟的一条重要罪状就是把一家化工厂给炸了。看来，《南方周末》没有直接点到的那个人，也就是干掉狄氏兄弟那个人，就是刘秀了。常年身处特警队的封闭环境，我们往往对一些事情只是看到结果，却不知道结果产生之前的那些复杂原因。韩松却不是这样，他在刑侦岗位，当然知道的内幕也就多一些。对刘秀这个名字我当然有印象，除了常年刊发悬赏通告，他好像不只经营化工厂，还是房地产开发商。对我来说，这类人也处于灰色地带，和黑社会之间有恩怨也不稀奇。

韩松看了看狄威，又转过头对我说："关键的关键，狄威知道一个人，那个人有一张光盘，都是与刘秀有关的犯罪线索。"

狄威说话了："我的哥哥们的确没少惹祸，这个我认。但是，刘秀也绝对不是好东西……我永远忘不了那张照片，尤其是那张照片上的那口井，我的哥哥们是被他们害死了。"

我插话说："我已经看过报纸了，明白你的意思。你一个女孩儿公开叫板，不怕那边报复你？"

"我家已经被满门抄斩了，他们还能把我一个弱女子怎样？以后，我活着的唯一目的就是报仇。"

我很忧虑："能够证明刘秀有罪的光盘怎么会在你手里？他们知道吗？会不会给你带来危险？"

狄威说："其实，刘秀身边有一个我哥哥的过命朋友，有他帮忙，我们一定可以将刘秀置于死地。但是，一切需要时机成熟。刘秀在警察那边的势力可不是闹着玩的。"

这么秘密的事女孩儿都肯告诉我，看来她对我很信任，当然，这是源于对韩松的信任。这让我也有点儿热血沸腾的感觉。我问："你哥哥既然有这样的朋友，他首先应该帮助你的哥哥们，提供一些刘秀的犯罪线索才对啊?"

韩松回答:"线索当然提供给了咱们公安机关,但一点儿动静都没有,就像石沉大海。所以,接下来的事我来办,我要把每一个证据搞得扎扎实实。我会因此搞掉全中国最大的一个'黑手党'。"

对于刘秀,韩松当然是有着极大兴趣的。韩松不断附和着狄威,他的气势给了狄威极大鼓励。

狄威说:"在那个人的帮助下,我哥哥向公安局交了一张反映刘秀一伙犯罪情况的证据光盘,那也有投石问路的意思。结果,警察真是不争气,一切杳无音信。"

韩松问狄威:"如果不是刘秀身边的核心人物,不会掌握那么多情况。那个人是谁呢?"

狄威淡淡地回答:"总之,刘秀身边不是铁板一块。韩松,你要是真能够帮助我,我们不会是孤军奋战。"

韩松说:"就像刚才狄威说的那样,刘秀在警察这边的势力不是闹着玩的。洪图,你就等着看好戏吧,我一个人的打黑除恶行动马上开始了,看我怎么干掉一个真正的'黑手党'。明天把狄威照顾好,听到没有?"

这小子当着外人也一点儿不给面子,好像我是他小弟似的。算了,谁让我俩铁呢。

他们俩走了。我回到家里刚刚躺下,又接到韩松的电话。

韩松说:"明天你一定照我说的办,面子一定给足,我要彻底感动她。今晚你配合得不错,给你一百分!"

"你到底是啥想法啊?我的智商可跟不上你。"

"说你是傻子,你就是傻子,别以为每天看几张报纸你就聪明了。还不明白?把她掌握的那些情况都弄出来,我真能干掉一个'黑手党',我就会被写进公安史啦,未来当局长也不是不可能⋯⋯但

第四章 劫法场

是，之前啊，那个二百万的案子，我得先破。"

折腾了大半夜，第二天早晨，我差点儿没能按时起床，都是韩松闹的。交友不慎，没辙。

我昏昏沉沉地到了单位，又从单位奔看守所。

转眼间，戴着脚镣的狄老大从看守所里走了出来，被交到我和另外一名特警手里。当然，两人一组的押解小组，我是组长。

"我负责陪你走最后一段路，有啥要交代的你就说。"

狄老大一声不吭，失魂落魄，却又硬撑着。他已经完全不记得我，完全不记得塑料大棚里发生的那些事了。他的脖子上围着一条类似哈达的白色围巾，估计是家人给他预备的吧。黝黑肥胖的狄老大围着一条洁白如玉的哈达，看起来有点儿滑稽。从看守所出来，我们上了囚车。我在路上给他点了一支香烟，他接过去贪婪地吸着。

很快，囚车到达法院。我们刚下车，狄威就冲了过来。即便是狄成那位老鸨媳妇也没能得到这样的机会，但当她看到狄威与韩松火热接触的时候，眼神却是直勾勾的。由于有约定，我让狄威有机会拥抱了他的大哥。狄威满眼泪水，信誓旦旦地说："哥，放心走，我给你报仇……"

拥抱时间很短暂，当然，没有我的配合就不会有这一幕。韩松很快识相地将狄威拉走，狄威已经最大可能地延长了她与哥哥的拥抱时间。老二狄汉和其他几位因为抢劫杀人等各种罪名的死囚，在我们后边接踵而至。狄威也想和二哥狄汉互动，却没有任何机会，因为没有像我这样的人给她帮忙。狄威依然努力向前冲，一旁的韩松拉扯着她。狄汉竭力地向小妹妹这边张望。

狄成也和自己的老鸨媳妇深情遥望，两个人的眼神瞬间碰撞眼泪汪汪。

韩松见了心想：生离死别，海誓山盟，背后却是不折不扣的背叛啊，可悲的狄成。

也就是在这个时候，韩松尤其注意到了烦躁不安的侯伟，侯伟是韩松在刑警支队的同事。后来，韩松告诉我，他从来没有见过侯伟那样失魂落魄。韩松在那个时候很看不起侯伟，侯伟当天的状态在随后一段时间里一直是个谜。狄氏兄弟马上就要踏上死地，侯伟为什么失魂落魄？韩松想和侯伟搭个话，侯伟却完全没有搭理他的意思。

所以，狄氏兄弟被执行死刑那天，给我和韩松印象最为深刻的不是枪声和死亡，也不是狄威的悲伤和泪水，而是表现奇怪的侯伟。

那边还在宣读死刑复核之类的法律文书，狄老大却向我投以感谢的目光，好像宣读的一切与他没有关系，只是他的身体始终颤抖着。我把狄威的话原封不动地转告了他，那些话我是从牙缝里挤出来的，外人察觉不到我和狄老大的交流。那天，狄老大扫视侯伟的时候，显得嗤之以鼻。

宣读判决完毕，我押解狄老大返回囚车奔赴刑场。一路上，狄老大吸光了我整整一包烟，我的副手在一旁皱眉，似乎是在谴责我：给他抽那么多干啥？

临别时，狄成对我说："帮我转达侯伟一句话，既然他对一切还那么好奇，估计他很快也就没命了。"随后便笑得嚣张、狰狞了。

刑场被白色积雪覆盖。刑场那红砖围墙形成了红红的正方形，将刑场与茫茫野地分割开来。漫天飞扬的大雪模糊了视线。很远的地方，周边居民占据各种各样的位置看热闹。即使没有大雪的阻隔，他们也基本看不清刑场内部，但却可以看到囚车驶过，可以听到枪声，这已经可以最大限度满足他们多年来一成不变的好奇心了。此时，距离刑场更加远一些的一处高地上，瞬间跃上数量路虎揽胜，卷起阵阵雪烟，狄老大把目光全部集中到了那里。从那个小高地可以相对清晰地看到整个刑场的轮廓。狄老大脸上现出一丝无奈，摇

第四章 劫法场

头叹息。

许多年来,刘秀经常在这个距离刑场很远的高地上观摩各种死刑执行。他希望有一天,能够看到那些害死他父亲的凶手就那样跪在围墙里。

我和狄老大小声嘀咕的那句话,副手是听不到具体内容的——或许能够感觉到我在和死刑犯交流。这种交流是正常的,每次押解死刑犯,都会有类似交流,只不过没人知道我昨夜和眼前这位的妹妹在一起碰杯。然而,狄老大留给这个世界的最后一句话,我和副手都听得很清楚。走下囚车前,他在不大宽敞的囚车里向我礼貌躬身:"谢谢……务必转告我妹,千万不要给我们报仇。我都不是对手,她一个小女孩儿,不能自不量力……"

刑场围墙外边,那个侯伟还是幽灵一般地存在,他在吸烟,混杂在那些死刑犯亲属当中张望着。侯伟是老刑警了,很多在这里被行刑的人都是他送来的,但那样一个时候,侯伟绝对是一个很特殊的存在。

我给狄老大扣好地环,他便跪在那里等待行刑了。逼人的寒气中,狄老大被自己的呼吸形成的洁白雾气团团包围。我快速转身离开,狄老大光秃秃的脑袋冻得红红的。

"操,刘秀,我一点儿不亏,当年干死你爹有我一份儿,但没有人稀罕你那二百万……有人,会有人给我报仇的,你走着瞧……"

跪在地上,狄老大猖狂地笑着,而且在枪响前一直狂吼着。他的吼声在正方形红色围墙里激荡,又清晰地传递到围墙之外。

在这种狂吼和枪声中,侯伟大声呼喊:"停、停、停……"侯伟的呼喊于事无补,他的神经质令人不解。

后来,当法警把这些话以碎片化的形式转达至我耳朵里时,我第一时间就告诉了韩松。

韩松怒吼:"你怎么……你怎么没多问问他与这个有关的事情?你陪他到生命的最后,我还给你创造了那么好的条件……你怎么那么傻?二百万……二百万就这么从你手里边丢啦!最起码,你当时得让枪下留人啊!"

我说:"是你傻了吧?我就是个押解的,狄老大死前嚷嚷的时候,我早就退到车上去了,法警也不明白那个啊!"

后来,当这个消息最终传到刘秀耳朵里时,刘秀惊呆了。

第一声枪响时,狄威就昏倒在韩松怀里,任凭韩松怎样呼叫也没有任何反应。从那一刻开始,她完全不像在报纸上表现得那么刚强,后来很长一段时间,她也没有恢复过来,哪怕是韩松跟她提起报仇的想法,或是索要刘秀身边那个卧底的联系方式时,狄威都是一副麻木不仁的样子,显然是惊吓过度了。

那一天,法警的枪法不太好,似乎补枪很多。那一天,狄威在医院里醒来的时候,嫂子们已经取回了兄长们黑色的骨灰。狄老大生命最后说的那些话传遍了大街小巷。刘秀的悬赏告示依然继续刊登,他的这个告示因为狄老大那番话显得更加诡异了。

狄汉在临刑前的遗言很有嚼头。包括狄成在内,其他人在刑场上都穿一套崭新西装,只有狄汉穿了一件崭新貂皮大衣。狄汉跪在地上的时候,呼吸产生的洁白雾气把他紧紧围裹着,他流着泪说出了最后遗言:"我想吃包子,我想吃包子……妈的,永远吃不到了……"

第五章　黑色骨灰

死刑执行日，这个车队一大早便风驰电掣驶向刑场，清一色的路虎揽胜卷起一路雪烟。天上，成群的乌鸦盘旋跟随。车队最终停在了距离刑场很远的一个山丘上，也就是在狄老大生命的最后时刻进入他视野的那个山丘。他一度把视线集中在那里，但那个小土堆已经成为他生命中无法越过的山丘了。

那个山丘与刑场的距离恰到好处，站在那里可以目睹刑场内发生的一切，却又不会被刑场那边的法警当回事。那些作为看客的附近居民，谁也没有发现这个山丘才是观摩行刑的最佳位置，他们只是看着囚车驶过，然后在围墙之外听到枪声响起。

其他人都下车了，刘秀还在车上，车窗的缝隙中不断有缕缕烟雾溢出。当时，他完全没有想到狄老大会在生命最后发出呼喊，没有想到狄老大身上竟然有与父亲之死有关的密码。

大地被茫茫白雪覆盖着，被红色砖墙包围的五十米见方的刑场寂静无声，里边连一个鸟兽脚印都没有。囚车从远处驶来，到了刑场院子的铁门前，法警将铁门开启。两兄弟和其他死囚陆续下车，然后，几个被剃了光头的脑袋暴露在寒风中……

刘秀依然坐在车里,老白、孔二虎等人在山丘上目睹着这一切。一度呼风唤雨的狄氏兄弟因为涉黑走上死地,全国各大媒体都在连篇累牍地讲述着他们的罪恶发家史。

曾经担任狄氏兄弟涉黑专案组组长的柳家胜,因为成功打掉狄氏兄弟黑恶集团,由省厅刑侦总队副总队长提拔为经保总队总队长。他在接受采访时说:"狄氏兄弟的覆灭,是正义的胜利,他们都有着强大的关系网和保护伞。可以说,从去年冬至到今年冬至,一年时间的较量,不是我们打掉他们,就是他们打掉我们……"

柳家胜接受完采访,第一件事就是给刘秀打电话,算是一种庆祝。狄氏兄弟黑恶集团的案源就来自于刘秀。最后的发展结果没有让刘秀失望,更没有让刘秀的手下们失望。四兄弟所有的罪恶都被翻了出来,他们的保护伞也受到了查办。

刘秀笑着对柳家胜说:"我现在就在刑场不远,枪还没响呢……"

放下电话,刘秀把烟屁扔到外边的雪地里。他闭上眼睛,先听到了整齐的枪响,而后不久又听到连续四声枪响。这四声枪响之间的间隙不长也不短,显得很有节奏,那是补枪的声音。枪声惊起了树枝上的乌鸦,当那些乌鸦开始盘旋的时刻,刘秀下了车。

刘秀说:"你们这些黑心骨头的人都看好了,要是脑袋不够用,也许某天也有人会站在这个山岗上看我们的热闹。"

奕成说:"大哥,你的话永远都是我们的圣旨。"

刘秀说:"他们在刑场上好像都穿着西装。这么冷的天!"

奕成说:"狄汉还是穿着貂。"

刘秀说:"他还是最朴实的,所以总是被人当枪使。哼!临死还想着穿西装,人模狗样的一帮人!"

接下来,刘秀默不作声了。

这个时候,从刑场那边传来了几个女人撕心裂肺的哭喊,凄厉

第五章　黑色骨灰

的哭喊具有无穷的穿透力,越过山岗,传到了更远的地方。山丘这边没有人在意这些。刑场上总会有哭声,这次的哭声和以往也没有什么不同。当着众人面,刘秀说:"惨啊……"

车队下了山丘,又奔向火葬场。当天中午,女人们为丈夫收殓骨灰的时候,完全没有注意到人群当中的刘秀等人。在那个特殊时刻,女人们也曾和刘秀有过对视,刘秀准确地知道她们各自是谁,她们却不知道眼前这位就是仇人刘秀。刘秀亲眼看到了狄氏兄弟的骨灰——的确,那些骨灰都是黑色的。

一切都结束的时候,狄成的老鸹媳妇当着狄威的面质问韩松:"原来你是警察?你在冥王星玩得很嗨。"

韩松说:"警察就不能玩得嗨一点儿?但是,再也没有冥王星那样的好地方了。"

老鸹的智商还不至于把卧底侦查和韩松联系起来,可韩松对她的质问很反感。于是,韩松低声对狄威说:"哪天,得做个 DNA,我感觉你那个小侄儿不是你大哥的。"

刘秀扬扬得意之时,却得知了狄老大临死前那番话,当时就浑身冷汗,独自跪在了地上。许多年来,与父亲之死有关的消息,从来没有这样真切过,但那个宝贵信息却因为狄老大被枪决而像流星一样划过。刘秀感觉命运在捉弄他。看着切近,却瞬间走向茫远。与狄氏兄弟有关的所有画面在刘秀脑海中流转,刘秀完全没有想到,一次较量的背后竟会暗含着与父亲之死有关的元素。狄老大到底是什么人?他的背后除了李宝成又有些什么人?关于父亲的死,李宝成会知道什么?

"一切还是和石油有关。哥,你在这个行当里折腾,还是对的。"刘锦对刘秀说,"既然狄老大说他有份儿,那么就说明除了狄老大还有其他人。我们需要找到他从早年到现在的各种各样的接触关系。"

刘秀说："狄老大竟是咱们的仇人，而且是杀父之仇，如果我没有走上这条路，不在这条路上折腾，怎么会有机会把他送上刑场？他的重要接触关系是李宝成。"

时至今日，刘锦似乎终于明白了大哥刘秀的一些算盘。自己的这位兄长一直在用一种特殊的方式和那三个凶手较量。

刘锦说："既然狄老大是三个人中的一个，咱们算是已经干掉了三分之一的仇人了。哥，时至今日，我开始真正理解你了。当年，你和老白他们那些偷油贼搅和的时候，我还曾不理解，现在我特别理解你了。"

刘秀说："这个世界，只有我们兄弟可以彼此真正相信，只有我们兄弟……"

刘锦说："我们在明处，他们在暗处。你看看，害死咱爹的那些人这些年其实一直在默默注视着我们，李宝成很有可能就是其中之一。"

刘秀说："只有狄老大被干掉的一刹那，才露出了这么一点点。"

刘锦说："他们在明处，我们在暗处？"

刘秀说："不，具体来说，是我在明处，他们在暗处。至于你，还没有人知道，这是我许多年来苦心经营最想要的结果。弟，就这样搞下去，我在黑道上折腾寻找，你在警察那条道上寻找，我们兄弟只有通过这样的方式，才会最终找到所有凶手。"

刘锦说："你干你的，我干我的。为了找到他们，我们什么都可以舍弃。"

刘秀说："我需要做好油耗子。你需要做好警察。这样，就会有好消息等着我们。"

两个人聊天的时候，独眼君刚一直静静地坐在沙发上，从不说一句话。这么些年，君刚就是这样一个角色，他对刘秀绝对忠诚。这个城市里，没有人不羡慕刘秀有这样一个兄弟，而且从小玩到大。这一天，刘秀和刘锦谈话的时候，两个人的眼睛都是火红火红的，而且全是眼泪，毕竟这么多年来俩人第一次听到与父亲之死有关的消息。

重重的敲门声响起。

刘秀说："去，给钧铁开门……"

刘锦在刑警队的前辈马钧铁，和刘秀、君刚是从小玩到大的光腚娃娃。当然，这也是秘密，城市里的黑白两道上没有人知道这一点，韩松之类的小警察更不会知道。这几个人本身就像是命中注定要在一起干大事儿，而且需要用一生的精力去谋划一些事情，所以除了他们彼此，他们在这个社会上都有一张密不透风的嘴。在人人都关心自己、人人都注意表面的年代，没有人过多在意许多幕后的东西。

除了马钧铁，没有人会在敲刘秀房门时这样下重手。但是，刘秀喜欢听这个声音。

马钧铁进门就说："他奶奶的，邪门啦，一个枪下鬼竟然在临死前给了咱们最想要的东西。狄成背后的人，李宝成一定知道。"

马钧铁可是经验丰富的老刑警了，这个城市的黑白道上，没有人比他熟门熟路，但他在脑海中认真梳理了狄氏兄弟这些年的接触关系后却没发现任何破绽。没有任何破绽从另一个角度证明了，一切都是有备而来，那个隐匿对手很有心机。

马钧铁还带来一个不好的消息，马钧铁对刘秀说："当年杏州那起案件，李宝成开始告状了，隆子洲局长已经签批了。矛头已经指向你了。"

刘秀接手育才化工以后，干得最狠的一票就是和当时的杏州石油化工霸主李宝成角力。刘秀一心想让育才化工摆脱危机，可那时老白、"金边眼镜"、孔二虎、油缸子、奕成等人偷来的原油，都必须全部卖给李宝成，当时一切的规则都是由李宝成制定的。倒卖偷窃原油案件很特别，警察想彻底干掉李宝成也是个高难度的活儿。当时，李宝成给刘秀打电话，威胁他不要再打那些原油的主意，并说，需要原油必须经过他这一关。

刘秀那时的心理状态，有点儿像后来狄氏兄弟向他索油，心想，李宝成，你给还是不给吧？

那个时候，李宝成的儿子已经两岁了，比刘秀的儿子刘翔小两岁。孩子玩耍的时候，李宝成接到刘秀的约见电话。李宝成说："我是你想见就见的吗？小崽子，你算个屁。"

关于父亲的案子，李宝成不想给自己提供些什么也就罢了，自己想弄点儿油，李宝成还不同意，刘秀觉得，李宝成这个人敬酒不吃吃罚酒。刚刚起步打江山的时候，刘秀除了手下君刚没有谁可以信任，尤其是和李宝成这样的人较量时，老白等人都在观望，刘秀必须拿出最大力道才可以奠定永久地位，只有彻底搞定李宝成，才能从真正意义上在地下油市奠定自己的地位。

无论刘秀怎样约见李宝成，李宝成就是不见，态度极其傲慢的背后，依然是对刘秀的不屑一顾。君刚的怀中握着短猎枪，枪柄被他握得发烫，他却无处发泄。李宝成很早便在这个城市将自家老宅翻新，拥有了独门独院的别墅，母亲一直和他的妻儿生活在一起。李宝成曾一次次恳求母亲和他一起搬到杏州海边养老，可母亲就是不同意，还要孙子也不许离她左右。母亲说："金窝窝银窝窝，都不如我这个土窝窝……"

母命不可违。李宝成是孝子，以母亲为中心的生活状态始终是他的全部。因为有孝顺的子女，这位老人后来很高寿。但在早年那个冬天，刘秀利用李宝成的这个优点使用了卑鄙手段。早年那个冬天，李宝成妻子将儿子紧紧包裹着刚走出家门，蹲守多日的刘秀突然来了灵感，和君刚下了车。就在李宝成妻子要打开木田车门的一

第五章　黑色骨灰

刹那，刘秀夺下孩子扔到君刚怀里，然后抱起李宝成妻子回到座驾上。

吉普车直接向杏州驶去，车内开着热风，温度撩人。

刘秀问："李宝成呢？"

女人以为是丈夫在外边欠了债，估计是债主催债之类的事情，于是紧张的心情放松下来："不知道。李宝成从来不会欠钱，你们不要着急。"

"他不欠我们钱，是他偷了点儿东西。我们只是想告诉他不要再偷了，但他不见我们。"

听了刘秀这番话，女人更加放松了，态度有些嚣张地说："你们说的我不信，一定是误会了。李宝成怎么能偷东西？开玩笑，你们是警察吧？你们这样对我，可要想想后果。"

"别那么急躁。我们只是想见见李宝成，他不见我们，我们才想麻烦你告诉我们他的去处。你给他打个传呼或打个电话。"

刘秀把自己的大哥大递给女人。

女人拿过大哥大，直接扔到吉普车地板上，愤怒异常："你们这帮警察狗子，告诉你，明天我告死你们。"

那个年代，羞辱警察的语句就是称呼警察为狗子。显然，女人把刘秀等人当作警察了。车内很热，加之女人过于激动，她的额头满是汗珠。

君刚听了女人的话，直接在狭窄的空间里甩过去一个嘴巴，说："别他妈糟蹋警察，有一只眼睛当警察的吗？"

刘秀说："你和你丈夫看来都是不咋地的人啊，不是一家人不进一家门。今天，我只想告诉你和你老爷们，不要再偷国家的原油。想要油啊，从我这里买，明白吗？"

从表情上看，女人似乎明白了他们的用意，看来她清楚自己丈夫是什么货色。一个嘴巴没有让她过多在意，她觉得一切就是个威胁而已，所以更加放松了心情。任凭刘秀和君刚怎么问话，她就是不回答，只是说："你们快点儿把我们娘俩儿送回家。你们还能要我命？"

君刚笑着说："小娘儿们，真有悟性，我们是不会要你命。"

女人说："那你们想把我怎样？"

女人说到这里的时候，君刚便开始撕扯她的衣服，襁褓中的孩子正在熟睡，完全没有任何反应。刘秀透过后视镜看了看，依然专心开车。

女人想大叫却极力压抑着，明显是害怕惊到了孩子。女人极力挣扎，但怎么扭得过君刚。转眼之间，女人只剩下内衣、内裤，君刚甚至把她的袜子也扒了下去。车内温度很高，即使一丝不挂也不会觉得冷，但女人却因为害怕瑟瑟发抖，眼神中呈现出特殊的惊恐。她似乎明白眼前这些人接下来要做什么了，她本以为将会有最难以启齿的羞辱等待她，但接下来的羞辱远远超出她的想象。

郊区的小路空无一人，同时寒气逼人。君刚一脚将女人踹了下去，女人屁股上的洁白短裤，瞬间印上了君刚的大脚印。女人从地上爬起来，抱着肩膀在寒风中瑟瑟发抖，原本炙热的身体迅速降温。

"他在哪里？打电话！"见女人不理不睬，刘秀猛轰油门，做出要撞女人的样子。吉普车轰鸣着前行一段，女人便不由自主地向前小跑一段。刘秀接着说："他在哪里？打电话！"

冷是冷一些，但还不至于冻死，女人紧咬牙关，一言不发。虽然这一幕是巨大羞辱，但不会有身体的伤害，她觉得，再忍一忍一切就会过去了。然而，就在她快要被冻僵的时候，刘秀抱着孩子下了车，而且把襁褓中的孩子放到了吉普车机器盖子上。

刘秀点燃一支烟，悠闲地吸着，君刚则坐到了驾驶位置。

那个被棉被紧紧裹着的男孩儿进入了哭喊模式。君刚猛轰油门一下，吉普车便向前蠕动一下，孩子跟着也在机器盖子上晃动一下。

女人崩溃了,撕心裂肺的尖叫声和哭声在旷野回荡。她崩溃了,于是拨打了丈夫的电话……

李宝成靠着偷油暴富,成了全体偷油贼的偶像,甚至在千里之外的杏州建了化工厂。

李宝成出现在刘秀面前时,铁青着脸一言不发。

刘秀看了看他,说:"大成子,大名鼎鼎啊!你到杏州发展,也得遵守我们老家的规矩啊。家里那边的人,你打听打听,现在都听我刘秀的。你要是不走,也得听我的。风水轮流转。"

李宝成从怀中拿出短猎枪直接扣动扳机,却被君刚玩了命地闪电般夺下。争夺的一瞬,猎弹射出的刹那,枪口恰好对着李宝成右小腿。那颗猎弹威力巨大,李宝成的右小腿直接被炸掉了。

刘秀对李宝成说:"我的企业要活下去,我也要活下去,你懂吗?"

李宝成默不作声,点了点头。

刘秀问:"大成子,我问你一句话,你有没有像我这样好的手下?没有我这样的好手下,你就别嘚瑟。"

刘秀这句话让李宝成印象十分深刻,所以后来花重金培养人马。

三个人互相对视,刘秀和君刚眼神中霸气十足,李宝成显得虚弱许多。李宝成也挺有种,一声没吭,咬着牙单腿蹦到不远处,捡起了自己的小腿抱在怀里。

虽然满脑门子汗珠子,李宝成还是不说话。

刘秀问:"大成子,你咋不说话?但你能照我说的办,是不?"

李宝成点点头。

刘秀说:"好,识时务,识时务。我们会照顾好你的家人,我很羡慕你那么孝顺……你们家日子过得不错。"

于是,李宝成离开了这座城市,永远地待在了杏州。

多年来,刘秀时不时地从地下黑市弄点原油用于生产,有时也会倒卖一些给李宝成旗下企业，李宝成从此不再阻拦了。这一次，刘秀突然出手垄断地下油市，接下来又喝令手下停止各种偷油活动，无形中等于切断了对外界的原油供给，包括李宝成的企业。老白暗中卖给他那些油远远不够。

这些年来，李宝成的化工企业已经成功上市。国家给他旗下企业原油指标再多也是有限的，他不仅从油城地下黑市搞油，还从海湾走私原油过来，迪拜油轮经常出现在杏州附近海面上，那些都是给李宝成供油的。但是，少了油城这一块，虽然对李宝成谈不上致命，却是一个重要损失。然而，就在刘秀切断原油供给的时候，迪拜的原油走私油轮也被连续查扣，李宝成陷入崩溃之中，他的企业被迫停产。

也就是在这个时候，李宝成九十五岁的老母去世了。那个城市从未有过的奢华葬礼结束后，李宝成那位一直照顾婆婆的妻子也离开了油城。李宝成没有了任何羁绊，便开始旧事重提了。凭着当年刘秀对他做的一切，他开始秘密到公安机关控告刘秀，但一切怎么能够瞒住刘秀呢？

葬礼开始前，二十来辆劳斯莱斯顶着白花在城市游荡了一圈。刘秀知道后轻蔑地一笑。刘秀对参加李宝成母亲葬礼的老白、孔二虎、油缸子、奕成等说："李宝成很幸福啊，老母亲活到最后都是心明眼亮，很舒服的，九十五岁，喜丧啊，喜丧。"

刘秀显得阴阳怪气的。

寺庙的钟声响起，很多人慕名会聚于此。

小的时候，韩松经常去那个寺庙玩耍。那时的源涕七十多岁，那时的寺庙破旧不堪。除了一些像韩松这样好奇又淘气的男孩儿经常骑自行车来玩耍，整座城市没有几个人对这里感兴趣，甚至有很多人不知道这里。

第五章　黑色骨灰

那个时候,刘秀已经定期光顾,在一间破旧的偏房里打坐、跪拜。蹦蹦跳跳的韩松不止一次从那个偏房门前跑过,他早就注意到了这个人,但从未打听过与他有关的任何事情,更不知道这个人就是刘秀。韩松只知道,这位虔诚的佛教徒在打坐时,静得就像一尊佛像,让韩松有些望而生畏。

寺庙里有很多人来来往往,彼此不知道谁是谁,也不必知道谁是谁,但代表他们每个人的那点点香火,都在一个香炉里相遇焚化。韩松喜欢默默注视着点点香火化作袅袅白烟而去。

上学期间,韩松有空的时候总会去看望源涕,但参加工作后就很少去了。刘秀每次遇到源涕,源涕都会不由分说牵着他给佛祖烧香,韩松想拒绝却不行。那些年,源涕靠种植中药材维持寺庙生计,韩松经常到庙里干活,暑假时浇水种菜锄草收采药材,冬天为源涕劈柴、引炉火,还经常把公安局食堂里的大白馒头送到寺庙里。韩松拿馒头的时候,他爸韩立国已经是市局副局长了,无论他在食堂怎样胡闹都没人敢吱喝一声。

韩松不信佛,但就是喜欢到寺庙里玩,喜欢与源涕还有两三个年轻和尚开玩笑。在韩松心里,那时的源涕与公安局大院那位看门老头儿差不多。

现今,寺庙已经完全变了模样,所有建筑焕然一新,寺庙规模也扩大了不少,香火很旺。已经接近百岁的源涕看起来比七十多岁的时候还精神。人们传说,源涕打卦解签尤为神奇,但一般人难以得到这个待遇,甚至见源涕一面都难。政界要员和大老板们都以能够见到源涕法相为荣。

寺庙那边人山人海、香火缭绕的时候,韩松反而不喜欢去了,偶尔去那么几次,有时也会遇到打坐的刘秀。许多年了,韩松依然不知道,他就是这个城市里大名鼎鼎的刘秀。

二十多年来,源涕从来没有给韩松算过卦,韩松也从来不相信

89

源涕有那么神奇。在韩松心目中，源涕就是一个身上经常有一股酸味的老头儿。眼下，韩松觉得自己应该带狄威见见源涕，他希望通过宗教的力量让她摆脱痛苦，当然更关键的是，能够提供他想要的东西。

早年一起劳作过的瘦弱小和尚慧及如今已肥头大耳，弥勒佛一般。他为韩松禀报后，当然毫不费力地得到了源涕的应允。

一般的香客源涕是不会出面的，但韩松不是一般人。源涕依然不由分说把韩松牵到佛祖前烧香，然后几乎是将他按到地上磕了三个头。人民警察韩松并不信佛，但既然是求源涕办事儿，一切便都得忍了。接下来，源涕燃香诵经，为狄威的兄长们超度。狄威的情绪竟神奇般得到缓解，而且，对韩松更加信任了。

狄氏兄弟有很多生意，歌厅、洗浴中心、宾馆等，大多是黄赌毒藏匿于其间，但他们从来不让小妹狄威触碰这些。他们兄弟从小一起打打杀杀起家，坏事做尽，却一起努力呵护着最小的妹妹狄威。他们把狄威送到英国读书，虽然这个妹妹的学习天分差一些，他们依然花费重金，想帮妹妹拿下一个文凭。可妹妹游遍欧洲列国，文凭硬没拿下来。

狄氏兄弟为妹妹在市区买下了一处门面，狄威从英国归来后，就在那里开餐馆。狄威也只有这点儿本事了，所谓的英国留学经历，除了虚荣心什么也没剩下。但她的留学经历对餐馆经营倒是也有好处，很多食客都慕名而来。如果不是哥哥们东窗事发，狄威会踏踏实实地经营她的餐馆，她的小资生活不会起什么波澜。

大哥落网前一天失魂落魄，就连他最喜欢吃的包子也一个吃不下了。那时，狄威还没意识到事态会那么严重，更想不到哥哥全都上了刑场。她记得，那天她还说了很多安慰大哥的话，她清楚地记得大哥脸上的苦笑。

何烨、华生、韩松还有我，在警校读书的时候一直来往密切。

韩松和狄威勾搭上以后，我们不止一次看到他们在各种场合出现。韩松这小子每次遇到我，总会和狄威故作亲密，他那示威式的骄傲表情隐含着针对我的潜台词：你没有，气气你……

韩松在冥王星的卧底经历是一个绝密，除了高层并不是谁都知晓的。与卧底冥王星不同，韩松与狄威形影不离的一幕幕都被某些人记录在案了，韩松却全然不知。这些反而让张克平、刘志东、马钧铁等人对韩松充满了误会。

宣读死刑复核那天，省厅的柳家胜带着专案组部分人员在现场聆听庭审。刘秀的手下老白、孔二虎藏在现场的隐蔽处。省厅有人给韩松做了密拍。柳家胜知道韩松是谁，而对于省厅专案组大多工作人员来说，他们认识每一个与狄氏家族有关联的人，韩松却是新面孔，韩松为他们提供的都是镜头里的东西，却没有他本人。省厅专案组工作人员查来查去，终于得到准确消息：韩松是刑警支队一大队副大队长。

谁也不明白整天陪着狄威折腾的警察韩松到底要干啥。柳家胜虽然知道韩松是卧底冥王星的功臣，却不知道文碧君厅长派给他的新任务，于是对他的举动充满困惑。看到韩松和狄威亲密的样子，柳家胜心生反感，想起了文厅长说的那句话：咱们公安民警卧底也好，物色各种信息员也罢，长期接触灰暗面，对这部分同志要多提提醒，咬咬耳朵、扯扯袖子是非常必要的，惨痛教训可是有的。

柳家胜望着韩松，无奈地一笑。

"超度？一群黑心肝，怎么能超度？下地狱吧。"刘秀的手下们这样说的时候，脸上同样清一色露出了轻蔑的笑，"竟然还有一个小警察陪着超度？"

刘秀的目光冷冰冰地扫了他们一圈。他们不知道，刘秀这时也在想：笑吧！谁知道你们的心是不是更黑！

刘秀此生最痛恨的就是偷油贼。自己的老爹命丧偷油贼之手，刘秀又怎能不心中有恨？刘秀可以成为一个小偷油贼，混杂于众多偷油贼当中，然后慢慢搜集与父亲遇害有关的线索，但是，刘秀似乎成了贼王。

"这油啊，是咱爷爷咱爹那一代人辛辛苦苦打下的底子，一想到这些原油被油耗子一罐车一罐车地拉走，我就难过。"刘秀对刘锦说，"所以，我一直谋划主宰一切。"

"哥啊，仇没报，但这贼的帽子这辈子还怎么摘？"

"帽子不着急摘，但你记住，我不是贼，是贼王。在这个圈子里，不成贼王就是死路一条，那些狼会瞬间把我撕烂，我哪里还有机会报仇？"

"那些油毕竟都是赃物……"

"这个世界欠我们家一条命。我说过，哥哥不会做对不起你的事情，也不会对不起咱爷、咱爹。咱们是老石油的后代，名声最珍贵。我有我的原则和方法。"刘秀笑笑，"放心，我无论到哪里都不会提起有你这个弟弟。我也知道，你无论到哪里也不会提起有我这么一个哥哥。你过好你的正经日子……只要有机会，你能抓到谁尽管抓。记住，一切是属于我们兄弟的游戏。"

"好吧，你要努力找到那个人，我当好我的警察，也要努力找到那个人。"

刘秀总是西装革履，刘锦总是一身有些褪色的警服。谁也不知道，这两种装扮背后有着怎样炙热的兄弟情。

董双红和刘锦一样，都是董和平的牵挂。虽然董和平精神不佳，但心中还是满满地装着两个儿子。刘锦很看重董双红，一心想利用他在抓捕油耗子方面取得突破，因为大哥刘秀说，董双红就是信息员。刘秀和董双红一直紧密团结。董双红不负众望，已经掌握了所有偷油技巧，也立足最底层掌握了各大偷油势力的组织架构。董双红把一切都告诉了刘秀，但至于董双红具体应该告诉刘锦什么，却需要事先征得刘秀同意。这是因为刘秀心中有一盘棋,他不想让任何人坏了自己苦心经营的这盘棋,包括弟弟、警察刘锦。

这一次,刘秀对刘锦说:"现在,已经到算总账的时候了。双红已经几乎发现了他们的所有问题。但你们俩配合着干活时,要格外注意安全。"

江面和陆路密布着各种油料外运的通道,有合法的也有非法的,有明道也有暗道。夜晚,江面和陆路总有黑影闪动,刘秀也是其中之一。

"这几口井是我的……"

"这几槽子油是我的……"

"别找不自在,你让开……"

黑夜里,偷油贼之间这样的对话比比皆是。爹的命就是被偷油贼夺走的,刘秀怎能容忍他们?刘秀下手狠,在油耗子当中是出了名的。最初,刘秀把那些偷油贼和他们偷的油料送到公安局的鲁奎那里,但不久后就发现一切都是徒劳,偷油贼们很快就被放出来了。刘秀和鲁奎的相识,气愤与误会是两个核心基本点。鲁奎说:"油耗子们在盗、运、销三个环节都很有技巧,他们不是说处理就能处理的,证据不全,到检察院那里也费劲儿。"再后来,刘秀成了警方安插在盗油江湖里的"深喉",刘秀也常常出于笼络人心等林林总总的需要,轻松地为老白等人说情。

老白曾是偷油大户,被刘秀打折了一条腿后落下终身残疾。最终,老白选择了臣服于刘秀。多年来,刘秀每天都在与油耗子们和谐共处,却又从骨子里看不起这些油耗子。金边眼镜、老白、孔二虎、奕成等人,在刘秀面都服服帖帖。刘秀望着他们的表情,总是带着几分怒气和阴森。他想得到与父亲之死有关的线索,但始终一无所获。刘秀知道,凶手也许就是他们其中的某个人,所以在他和他们交往的这些年里,内心始终有着天然的隔阂与痛恨。所有人敬重刘秀不假，似乎又和他隔着一层膜状物。

刘秀常同许多警察朋友互动，比如鲁奎、张克平和侯伟等，却始终没有结果。

刘秀问过侯伟："我总感觉，你在我父亲那个案子上有些欲言又止的东西，能告诉我是什么吗？"

侯伟说："一旦我说出来的时候，就是证据确凿的时候。这之前，我不想说什么，请理解我。"

"我们的原油不会再外卖一滴。刘翔的技术已经成熟，提炼稀有元素卖给军工企业，将会是我们企业转型后的利润爆发点。"刘秀又在给大家洗脑，刘秀说，他们的产品只卖给国内军工企业，外国政府或企业一律免谈，"我争取带领大家做大，大家未来一起干干净净做富豪……"

刘秀阴着脸接着说："希望大家明白我的好意。"

刘秀阴险以对，人们在这个时候是不服气的，似乎没有人相信他说的话，但多年的情分儿摆在那里，也没有人说反对。

刘秀给大家规划了一个美好的未来，一些人表面上显得很振奋，但有些东西是他们舍不得抛弃的，他们在私下里继续做些小动作是免不了的，比如，继续把偷来的原油私自交给杏州，或是弄点儿其他意想不到的"节目"。

刘秀旗下有多个化工厂，其中的育才化工已经是当地最为知名的民企和利税大户。工厂大门前有一个牌子，上边写着"公安机关重点保护企业"。这个牌子已经很旧了，但的确确是公安局给挂上去的，而且当年举行挂牌仪式的时候，还是韩松他爸、时任老局长韩立国揭去的红绸子。

秀才集团目前是一个响当当的名字，业务涉及石油化工和房地产，还整天嚷嚷着未来会上市。刘秀自称是搞土建起家，靠石油化工发家。最近这些年，秀才集团又靠着房地产产业的强劲态势，成为当地家喻户晓的知名企业。除了普通民宅开发以外，秀才集团建在城市中心的写字楼项目也十分令人炫目，那三幢标志性建筑高耸入云，A、B、C座对应的名称分别为状元、榜眼、探花，人们往往称其为"三炷香"。

但这只是外人眼中的秀才集团。

狄老大曾给省公安厅文碧君厅长写信，也在狱中反复向市公安局局长隆子洲反映，育才化工厂是被盗原油的集散地，刘秀不仅使用赃油生产，还进行赃油倒卖。隆子洲对狄成的这句话印象深刻——普京惹事儿把油价弄得这么低，刘秀的化工厂为啥还能利润丰厚？那是因为他的原料都是偷来的，零成本……

针对刘秀，隆子洲没有忘记文碧君下达的"杀无赦"命令的前提条件。

一年一度的"两会"期间，政府组织了一次职能部门与企业家的座谈会，被省公安厅派至这个城市出任公安局局长已经一周年的隆子洲与刘秀第一次见面，彼此毫不客气。隆子洲到任这一年见证了干掉狄氏兄弟涉黑团伙的全过程，其间屡次接到举报，称这个城市最大的油耗子是刘秀。

隆子洲说："刘总大名鼎鼎。我是初来乍到，但是眼里不揉沙子。"

火药味很浓，但刘秀显得异常沉静："干掉一粒沙子是政绩，比如干掉狄氏兄弟。干掉所有沙子才是成绩。成绩更让人佩服。"

刘秀的回答令隆子洲备感意外。

刘秀接着说："局长来了一任又一任，民警换了一茬又一茬，谁也没有解决这个问题。隆局，我祝您成功。您需要我做什么，只管说话。我是油田老工人的后代。"

隆子洲的表情竟然放松下来："我知道，打击涉油犯罪是一件很复杂的事情。国家领导人有批示，文碧君厅长在短短时间内也已经连续批示十一次,我们的决心,当然是干掉所有沙子。"

"文厅长的批示不新鲜,您对于这个城市来说是新的。这个城市有很多旧的情况,不是一两句能说清的。一切就看文厅长和您能够承受多少压力,能够抵挡多少诱惑了……如果您没让我失望,我会尽地主之谊,竭尽全力给您想象不到的帮助。反过来说,您若是没那个能耐,我也爱莫能助。"

隆子洲与刘秀彼此对望的眼神显得扑朔迷离。

"两会"期间,我和韩松、何烨都在安保现场,我在车上备勤,韩松与何烨在责任区到处溜达巡逻。我在车上玩手机看朋友圈的时候,何烨给我打来电话,说要一起见见韩松。尽管安保无小事,忙里偷闲,我们三个人还是很快见面了。

虽然是我们三个人见面,但那两个家伙根本就没拿我的存在当回事,见面和我连招呼都不打,就直接步入火光四射的桥段了。

"你离那个丫蛋远点儿。"

"和你啥关系?"

"别不知道好歹。和黑社会家族沾边儿,你疯过头了吧你?"

"你要是天天陪我喝咖啡,我就不和她疯了。"

"我提醒你,现在很多人对你有误解,你不要太招摇。"话不投机,何烨怒气冲冲地转身离开。

韩松赶紧追上去:"哎,别走啊。何烨,我实话实说还不行吗?你也知道,狄氏兄弟是刘秀那边提供的案源,他们双方有深仇大恨。那个狄威掌握着刘秀的一些致命证据,我是想把那些证据泡来……"

我也跟上去,帮韩松作证:"这个千真万确。"

韩松接着说:"但有一点先说明白,我可不是为了讨好那个狄威,或是要给她家报仇,你别把我瞧扁了。我就是想寻求真相,真正干一场打黑大事儿。"

我给双方打圆场:"你干大事儿行,但何烨的提醒也没错,我看你都快为那个女孩儿走火入魔了……"

我的这句话惹了祸。何烨加快了脚步。

韩松狠狠瞪我一眼,赶紧追上何烨:"我在女孩儿方面哪那么容易走火入魔?何烨,你知道我……"他拦住何烨,从兜里拿出一个油光锃亮的桃核,那是韩松参加工作后第一次外出抓人时何烨送给他的吉祥物。"这个我走到哪里都带着,辟邪,不只是求身体上的平安,也求精神上的平安。请放心,我不会走歪路的。"接着,韩松又变魔术似的从兜里拿出一张纸条,在何烨面前展开,上边是何烨的字迹:你是一朵蒲公英,飘啊飘,飘到哪里都是家。

韩松说:"无论走到哪里,我都随身带着。时间越久,感觉越珍贵。"

"我不是让你烧了吗?"

"怎么舍得?"

何烨的样子气鼓鼓的。若是后退若干年,何烨肯定会一个大嘴巴扇过去。现在,她已经不会那么冲动了。她走上前,给韩松整理了一下领带。面对韩松,何烨的表情很复杂,是喜欢?是讨厌?我整不明白。

"祝你好运,坚持你想坚持的吧……"何烨转身要走。

韩松却一把抓住她,表情回归正经模式,说:"有个事情你得帮忙。帮我搞一系列测谎,行不行?我知道,你在这方面非常在行。"

何烨爽快回答:"案子上的事情一点儿问题没有。我随叫随到。"

韩松问:"测谎,我总是怀疑这个,你说准吗?"

何烨回答:"你要知道,我是靠谱的,你要是怀疑什么就是在怀疑我。"

两个人的对话,我真是听不大懂。但我知道,在警校的时候,很多人都追过何烨,而何烨却专心致志追韩松。毫无疑问,韩松喜欢何烨,却又对何烨若即若离。后来有一段时间,何烨对韩松像对仇人一样。韩松工作以后又反过来找何烨,人家就再也不搭理他了。感情啊,就是这么古怪,折腾的当事双方也不见得弄得明白。

"两会"后不久,我被调入刑警支队。让我没想到的是,我的调转是隆子洲局长钦点。他还和我进行了一次单独谈话。他对我说:"我从多个侧面了解过你,你忠诚敬业,老成持重。打击涉油犯罪最需要你这种年轻人。你要掌握一些实情,领导和同志们都是什么样的状态,如实告诉我……过一段时间,我会把你和一些值得信任的同志集体调入油田支队,品质不过硬的一个不要。希望你多学习刑侦业务,多观察人,早日成为刑侦骨干。"

我当然很激动,可媳妇得知我调转的消息却不以为然:"就是个屎窝挪尿窝。你看人家韩松多有能耐啊,人家都提拔多久了!你还傻高兴呢……"

韩松几乎每天陪伴着狄威,陪她痛苦,陪她忧伤,陪她去寺庙,陪她去吃哈根达斯……

"这个女孩儿嘛,"韩松几次蜻蜓点水地对我说,"虽然喝过点儿洋墨水,但骨子里还是比较浅薄的,所以是一个不折不扣的假洋鬼子。要不是为了案子,我不会和她多待一秒钟。我……其实……最想和何烨一起吃哈根达斯……"

"你和狄威喝茶的时候,为什么从来不带着我?"

韩松怒不可遏:"说你是大傻子,你就是大傻子。你是把人家大哥押到刑场的人,她见到你得啥心情?这叫血仇!你有没有点儿政治素质?你以为你天天看报纸就有思想啦,醒醒吧你……"

"哦,你和狄威,我有点儿懂了。但你和何烨,你俩到底咋回事?"

第五章 黑色骨灰

"记得《大话西游》里的台词吗？曾经有一段最真挚的感情摆在我面前，我没有珍惜……"

"不用曾经，我感觉现在还在那儿呢，你现在就开始珍惜，来得及。"

"不行，我得干点儿大事儿攒点儿资本，要不不般配。"

"拉倒吧你，等你般配了，何烨弄不好都是别人的了。"

韩松怒了。

"以后我和哪个女孩儿互动，以后我泡谁，你都不要乱评价！你就是一个傻子，不要以为看几张报纸就档次提升了。男人压过女人，靠的是实力，不是体力，你懂吗？你知道不，我想给狄威过生日，给她个惊喜，我就在公安网查她的生日，结果查出来十六个本市开房记录。就这么个玩意儿，我还得给她唱 happy birthday to you。你以为我真的走火入魔了？我是在为职业理想屈尊呢……狄威虽然留学过几年，其实就是一个假洋鬼子。"

我其实是很自卑的一个人，我也很肤浅，我的爱情也很浅。狄威那种女孩儿，我是看不出她的心的，可韩松一眼就能看穿。潜意识里，我羡慕韩松，羡慕韩松的聪明，羡慕韩松与某个女孩儿的互动，更羡慕韩松与何烨的互动，但我没那个本事，只有羡慕的份儿。

韩松整天泡着狄威，狄威渐渐有了恢复状态的意思。忧郁不振的狄威出现了转机，一个韩松自认为无比宝贵的电话号码就在这个时候浮出水面。狄威说出那个号码的时候，韩松把她抱起来转了一圈儿："好啊，你的魂儿终于回来啦！"

喝咖啡的时候，韩松会托着下巴望着狄威发呆。韩松后来对我说："那时候我才意识到，打黑除恶不是那么容易的。如果不是立功心切，我会立马跳起来走人。我是个有事业心的警察，所以才会这样坚持……"

欲变节以从俗兮，愧易初而屈志。通过韩松的这句座右铭，通过发生的一些事情，我的确感觉到他似乎一直在坚持着某些东西，只不过不是那么清晰罢了。

韩松还对我说，狄威和她的哥哥们一样，长得从里到外都黑，骨子里除了复仇没啥内涵。他不喜欢她这种现代派和撒野派。他说，他永远只喜欢何烨。可是，提起何烨，韩松总是说着说着脑袋就耷拉了。

狄威想方设法给自己的小侄儿做了DNA测试，结果表明，那个孩子根本不是自家血脉。韩松说得完全没错。那段时间，狄威是屋漏偏逢连阴雨，愁烦事一件接着一件。过去，有哥哥们做靠山，她经营的饭店食客如云，眼下生意惨淡不说，工商、税务、卫生防疫、消防、派出所全来了，狄威完全没有能力面对。更要命的是，这个饭店的店面是哥哥因为债务纠纷从朋友那里抵来的，还没来得及过户更名。如今，原房主上门索要房产，官司打到了法院。

韩松出手，把工商、税务、卫生防疫、消防、派出所都摆平了。法院那边虽然没有结果，韩松也为狄威出谋划策。折腾来折腾去，韩松似乎成了狄威唯一的依靠。哥哥们的女人和孩子们，随着哥哥们的灰飞烟灭也都散了，就好像从来没有在狄威的生命里出现过。

"洪图，搞完这个案子，我就青史留名了。但是，干掉这个中国最大'黑手党'案子之前，我还是得把那个凶手找出来，把'黑手党'的二百万悬赏先弄到手再说。你的零花钱还是得搞到手。"事实上，韩松闲来无事已经很久，他叨咕叨咕对我说，"工作干再多也没用，关键是得有关系，得有市局某个领导帮你忽悠。早年我抓那么些坏人，一个副科都没给我。这回，我破个惊天地泣鬼神的大案，就谁也挡不了我了。我和刘秀也算是有缘，给他爹的案子破了，算是做了一件好事情，而干掉他换取我锦绣前程呢，也是一件好事情。"

"你还好意思说你没关系？你爹不是公安局长吗？"

"这个局长爹还不如没有。不让他疏通关系还好，我只要提起这个话题，他就会骂我没出息。他是不会为我说一句好话的。我这个'官二代'比一般人进步都难。"

"再难你也比我强吧？你好歹有个局长爹，别人不看僧面看佛面。"

"你这话就是小市民思维，难怪我骂你这么多年。"韩松很气愤，"我那个爹啊，两袖清风，一肚子酒精，绝对是共产党的好干部，可谁信呢？你都不信，别人就更不信了，你说我活着多难……"

第六章　佛与哈根达斯的日子

"韩松,我不要你了!"

两年来,师父马钧铁这句话对于韩松来说始终字字千钧,曾经无数次打断他的美梦。马钧铁转身离开,背影是那样决绝,没有一丝原谅与留恋。韩松追了出去,马钧铁却已经上了警车,重重关上车门,掉头离去,闪烁的警灯将卷起的浮雪染得火红……

韩松拼尽全力追啊追,被警灯映红的脸庞很快恢复了雪白。酒馆门前那条街只有一百米长,但韩松却觉得路的另一端遥远没有尽头。纷飞的大雪很快将他笼罩,韩松像一个雪孩子,而这个雪孩子的脸上清晰地呈现着两条泪河。酒气混浊,但那两条河中的泪水却清澈无比。

两年前,韩松因为竞聘失败情绪消沉,每天买醉解忧。那天,他喝了整整一下午。当时,队里的战友们正在抓捕孔二虎,但无论谁打来的电话韩松都不接,包括自己的恩师、队长马钧铁的电话。案子办完了,队里的老大哥刘锦受伤进了医院。

马钧铁腾出时间来到那个酒馆,看到韩松那副没出息的样子,便决绝地说出了那句话。两年来,师父从来没对他笑过一次,从来没分配给他一次像样的任务。即使前段时间韩松二次竞聘，成功地当上了副大队长，马钧铁也像什么也没有发生一样，对他不理不睬。有时，刘锦办案会找他帮忙；有时，他自己也会弄些案子搞搞。每次他到马钧铁那里签字办手续时，马钧铁却总是只看卷宗，从来不抬头看他。

韩松把狄威给他的光盘当着马钧铁的面播放。马钧铁看着那些资料，异常冷静。

"哪里弄来的？"

"您先别和我急眼，上次我和您说过狄威。狄威，就是狄成、狄汉的妹妹，我想办法从她那里搞来的线索。"

"在报纸上发誓为兄长报仇的那位？"

"就是她。"

马钧铁剜了韩松一眼："哦，想起来了。我因为她骂过你。你们到底怎么认识的？"

"打掉狄氏兄弟那会儿，不是总让我去她那个餐馆了解狄氏兄弟的接触关系吗？就这样，慢慢熟了……"

"你想利用她，打掉刘秀，然后立一大功？"

"是啊，师父，这两年，您也知道，我也没咋干活，所以这次……很上心。"

"嗯，这个案子如果你给破了，美人儿的仇报了，估计你也得升官。"

韩松心里涌起一股暖流。尽管马钧铁眼中寒气逼人，但毕竟这是两年来师父第一次和自己说这么多话。

"美人儿不美人儿的不要紧。师父，您知道，我还是有上进心的，不想当官的士兵不是好士兵。"

突然，马钧铁拍案而起："官、官，就知道官！没有官当，你就不办案了？功利心怎么总是那么强？你看看人家刘锦，资格比你

103

老不老？这么多年出生入死，还是一个普通科员，人家像你这样天天要官了吗？一个副科没提上，就像个孙子一样。当副科了，你又干了什么？你脸红不？你到处送礼拉关系，把本该属于刘锦的副科级都抢走了……"

"师父，我……"

"别叫我师父，我没有你这个徒弟，我受不起！让你弄点接触关系，估计快搞出男女关系了。"

"您，您误会我了……"

"滚犊子！没人要你的狗屁线索，你泡你的姐，做你的当官梦去吧！"

此刻，韩松更加坚定地认为，一切不只是误会，师父和刘秀的关系不一般。

噩梦还在继续。下午，市局纪检书记鲁奎代表市局党委找韩松谈话了。

"韩松，你知不知道自己的身份？你是人民警察。"

"我……我咋能不知道。"

鲁奎拿出一些照片，包括他陪狄威在刑场，包括他陪狄威在寺庙……

"你知不知道，我们与狄威的哥哥们是什么关系？假如你和狄威成了夫妻，你自己还能不能当警察，你想过吗？"

韩松想解释，但又不知从何说起。

"你年纪轻轻，整天和她搅和在一起，前途就都报废啦！卧底冥王星你立功了，但在狄威这个问题上可不要犯错误。"

"书记，我有我的想法……我也没和她搅和那么深。"

"你有啥想法都不行。你爸爸是老公安局长，你也算我的孩子辈，我才和你说这么多。这样的女孩儿和你在一起能是真心？你想没想过，她和你在一起是什么滋味？"

韩松不以为然："真心？她真心不真心，和我啥关系？"

鲁奎没有听懂韩松这句话的意思，但感觉有点儿挑衅的意味。鲁奎不想把这次谈话继续下去了，要不是新任局长隆子洲要求他约谈韩松，他才没这兴致。过场走完了，他眼神中流露出的意思是：眼前这个小子可以快点儿滚蛋了。

夜晚，人们在城市不同的角落演绎着各自的人间烟火。而雪野下面那方土地时刻暗流汹涌，黑色的原油澎湃激荡，争相涌入人类虔诚面具背后密布的欲望沟壑。

原油是生财之路，对那些以偷油为生的油耗子更是这样。兄弟二人，一个成了油耗子的驾驭者，一个成了抓油耗子的老猫。

韩松还不知道刘锦是刘秀的弟弟。马钧铁知道这个秘密，但他从来不向任何人提起。马钧铁自幼与刘秀私交甚好，成年后却始终无法弄懂刘秀，他也常常敞开心扉与刘锦一同探讨刘秀是否与涉油犯罪有关。最近一段时间，反映刘秀涉油犯罪的线索第一次比较清晰地出现了。是确凿证据？还是栽赃陷害？一切不得而知。

另外，最近对徒弟韩松的各种议论太多了。不仅如此，韩松也在不断用自己的实际行动证实着那些议论，令马钧铁对他越来越反感。

韩松被师父骂得一头雾水。正好有同学来看他，他决定晚上还是去大喝一顿。

这个大雪纷飞的夜晚，我们都在单位忙碌着。警校同学王强在杏州工作，出差来此办理那起多年前的绑架与重伤害旧案，也就是刘秀与李宝成角力那个案子，但一时难有结果，准备会会老同学便打道回府。酒桌上，还有王强的几位杏州同事以及李宝成的妻子。

这一晚，李宝成的妻子极力请客，她此行是作为关键证人陪同警察来的。

"韩松啊，有案子……"

"喝酒呢，去不了……"

"韩松！有大油耗子……"

"喝酒呢，不去……"

雪夜，餐馆里热气滚滚。一连挂断两个电话后，韩松与警校同学王强频频碰杯。狄威端坐一旁，冷眼旁观。她端详每个人的时候都是面无表情，偶尔的浅笑却没有任何温度。

王强说："韩松，案子要紧。你去吧，咱们都是当警察的，有案子不能不去……"

韩松说："洪图在特警队值班，华生在办案，连何烨这个大美女也在办案，我再不陪你喝一杯，也太不讲究了吧？咱们毕竟八年没见了！"

韩松与何烨每天都能够见面，他们的办公室很近。所谓的相隔遥远主要是心理上的距离。何烨几乎不怎么搭理韩松，这是两个人在警校时就养成的坏习惯。一般人看不明白两个人到底是咋回事。何烨一度坚定地认为，韩松这个人无志无求。我把韩松笔记本上的那些话背诵给何烨听，何烨嗤之以鼻："我知道你俩穿一条裤子，你就给他贴金吧。"

我总感觉，韩松与何烨之间存在一个巨大的误会。对于和狄威的互动，韩松坚定地认为，自己要干点儿大事了。干成了，何烨就会对他有个准确定位。对狄威也好，别的女孩儿也罢，韩松都没杂念。要说这个世界上对于韩松最为恐怖的事情，其实只有一件，那就是——何烨有男朋友了，何烨要结婚了。

"大半夜的，又是周末，刘锦这个大折腾，折腾啥？"

这么一会儿，手机上已经有刘锦的十来个未接电话了。韩松看了一眼手机，扔在酒桌上，举起一杯冰镇啤酒和大家接着干。

王强说："韩松，听说你当初参加工作的时候很猛啊，现在也太不敬业了吧？"

韩松说："敬业不敬业，那不重要，提拔的时候和这个都没关系，我以前也不是没经历过。"

王强说："韩松，你的变化可真大。"

韩松说："别那么说啊！我对得起这身警服，我曾经为它拼命N次，以后还会有N次。只不过，今天是周末，你来了我得陪。工作干多了心寒，酒喝多了心才热！"

王强同来的一个兄弟操着杏州口音说："不要这么悲观不是？哪里干工作都不是一帆风顺啊，净土哪有那么容易找……兄弟，你去忙吧，办完案子，抓完人，我们接着喝。今晚喝不上，我们在杏州等你，来日方长。"

韩松细声慢语："不要来日方长，我们今晚就喝透它……"

刘锦在这个时候推门而入，身上带着雪花。

韩松说："锦哥，你咋知道我在这里？"

"哼，我知道你这个人八年不换酒馆，恋旧！"

韩松说："今儿晚上，你要是办案，我不陪你去；你要是坐下来喝酒，我欢迎。你看，这是我同学王强，我们毕业八年没见。今晚我哪儿也不去……"

刘锦向王强抱抱拳："王强，欢迎你。实在不巧啊，今晚有重要案子，等下次我请。"

韩松说："你请什么请，我见他一次都得八年！你耽误了我们兄弟相会，我们再聚不定猴年马月呢！"

刘锦摇摇头，笑着对王强说："这位兄弟别见怪。韩松其实很优秀，从来不是临阵脱逃的人，也从来没给你们警校同学丢过脸。不过，我觉得最近他是有问题。若在以前啊，让他三十年不见他爹他也会先拼命完成任务,他在工作面前那才叫无情无义。他现在这样,和你八年没见就黏黏糊糊,肯定思想有问题了……"

韩松突然有点儿脸红:"停、停,你把我研究这么细致干啥?狄威都没这么研究我……"

刘锦说:"狄威不用研究你。你忠贞不二,是当今时代典型的英雄儿男,哪个女孩儿遇到你都是免检。但在工作方面,等哪天不忙,我在这儿灌你几杯,掏掏你心里话,也不知道你最近在工作上为什么这么不积极……"刘锦顺势对他耳朵小声说,"今晚孔二虎可能有动静,我一个人整不过他们……只有咱俩干活儿才顺溜。"

孔二虎?韩松听到这个名字立即起身,和大家干了一杯后随即离开。

刘锦已经在韩松那里疑窦丛生了。但韩松对刘锦感兴趣的同时,对孔二虎更感兴趣。

在这个城市的茫茫盐碱地深处,有一座幽深院落。高大围墙当中,一幢干打垒土房修旧如新,韩松曾在一个夜里踩着我的肩膀翻墙入院,又拽着我甩过去的警绳爬了出来。韩松当时呼哧呼哧喘着粗气,眼神里那种神秘与叵测令我牢记一生。韩松告诉我说:"那里边好像是个灵堂。"

后来,刘锦驾驶一辆警车进入院子的时候,四架无人机已经在远处天空的东南西北升起。韩松在座驾里升起一根天线,四架无人机围绕那个院子拍照。韩松看到了刘锦,发现了刘翔,更看到了刘秀还有君刚在院子里溜达。

韩松座驾内,监控设备呈像清晰。就连韩松所说的那个灵堂也被他安装了摄像头,因此,一个个令韩松目瞪口呆的画面清晰地呈现出来。

第六章 佛与哈根达斯的日子

刘秀点燃三炷香,插在供桌上的一个香炉里,香炉后边是他爷爷和父亲的老照片。刘秀和刘锦二人跪地磕头,刘翔跟在后边跪下磕头。

刘秀说:"刘翔,你要记住,男子汉大丈夫学有所成很重要,你的拳头在任何时候都不能软,你的家国情怀在任何时候都不能丢。"

这个精彩对话后不久,刘锦站起身,他发现了一个阳光反光的小亮点。刘锦上前,发现是个摄像头:"有人监视我们。谁?你是谁?"

四架无人机迅速撤回,车内的韩松表情叵测,接下来,驾车一溜烟地逃窜了。

刘秀怒吼:"能是谁?竟然找到了我们家的老宅,而且还安装了摄像头?是我的手下?"

刘锦很冷静:"不会。我看,那个装备应该是警察装的。哥,除了我,谁能不怀疑你?

一周前,韩松和狄威到电影院看《老炮儿》,刚要熄灯的时候,看见孔二虎和油缸子分别带个妖艳老妹儿走了进来,而且坐到了自己前一排。死冷寒天的时刻,穿着貂皮大衣的孔二虎和油缸子都敞着怀,露出雪白的无痕衫,无痕衫罩着他们满是肥肉的皮囊。

韩松对狄威说:"看见没,进来的那两位是刘秀的手下,你的仇人。"

貂皮大衣很黑,无痕衫很白,韩松的眉头却是皱巴巴的。不知道为什么,韩松见到这两位就有捂鼻子的冲动,他潜意识里会闻到一股臭气。但是很多人却都喜欢围着他们转,比如那些老妹儿。那些老妹儿的黏糊眼神表明,孔二虎和油缸子已经将她们全身心迷倒。

孔二虎一边往座位上走一边打电话。虽然孔二虎努力压低声音,但还是影响了其他人看电影。孔二虎和油缸子这副德行,是这座城市里炮子们的标配，即使人们心中有怨气也不敢惹他们。

孔二虎没看到韩松。韩松有心吆喝一声让他把电话挂了，但最终还是没出声。《老炮儿》开演半天了，孔二虎那边还是电话不断，依然影响着别人。前排挨着孔二虎坐着一对儿情侣，女的忍不住了："电话能不能不要打了？影响大家看电影……"

没等孔二虎回答，孔二虎身边那个妖艳老妹儿先怒了，旁若无人地说："影响谁了？影响谁了？你看谁说影响了？"

碰到这样的无赖，那女的非常气愤，但依然很礼貌地说："别人不说，不代表人家没意见……"

孔二虎还在打电话，他的暴脾气老妹儿接着说："谁？谁有意见？"

整个电影院竟然没有一个人敢回答，那种带着某种威胁味道的语气轻而易举地让所有人成了缩头乌龟。

"说这话，你们要脸不？"韩松终于忍不住了，他清晰的声音盖过了电影里的台词。

孔二虎像猎豹一样从前排蹿起，扑向韩松所在的位置。

如果孔二虎知道说话的是韩松，打死他他也不会逞能。孔二虎扑过来的时候，韩松借着他的冲力，一手抓住他的黑貂皮大衣，一手握住他光秃秃的后脖颈，将他"咕咚"一下推入两排座椅之间。

韩松用力极猛，孔二虎摔得极重，卡在那里一动不动。电影院里漆黑一片，谁也没看清是怎么回事，恍惚中人们的感觉是：前排那个家伙冲到后排要打人，却失足摔倒了。

肥胖的油缸子冲过来，依然重复了孔二虎的动作，而且重重地压在孔二虎身上。两个披着黑貂皮大衣的肉团将两排座椅之间的缝隙挤得满满的。混乱之中，韩松带着狄威离开了。

当晚，孔二虎和油缸子报警称，他们看电影时遇到地痞无赖闹事。他们还拿着撕坏的貂皮大衣说:"这个得赔,得赔啊……"

韩松的电影票是用手机订的,办案民警第二天上午就找到了他,也用这个方法找到了更多的目击者。

韩松对上门的警察一顿奚落:"挺上心啊,这是当命案搞呢?"

办案警察找到目击者,目击者普遍指责孔二虎看电影打电话,态度嚣张,他们要打别人,结果自己摔了。甚至还有人说:"后排那位好像是怕前排那位摔着,拉了他一下,但没拉住,就是这样……"

真是公道自在人心,大多数人虽然当时不敢站出来,但心里是雪亮的。他们的证言有力地证明了韩松的无辜。韩松自己也说:"咱当警察的关键时刻得出手,对不对?我原本想拉他一下,但他的貂皮大衣太滑了,没拉住啊……"

孔二虎最终得知后排那位是韩松的时候,只能暂时把报复的想法放一放。他当然知道,韩松不好惹。

要说这个孔二虎,韩松和他绝对有缘分。

韩松刚入警不久,第一天值夜班,就碰到市委书记家大公子陈国栋和女商人蒋梅同时遭遇抢劫的案子。这还了得?限期破案的批示一个接着一个,承办这个案子的韩松和师父马钧铁压力巨大。这个蒋梅就是刘秀的前妻。

调查费尽周折,终于孔二虎走进了韩松的视线。孔二虎绝对不是一个好东西,除了偷油就是抢劫。他是刑警侯伟的线人,给侯伟曾提供过很多线索,所以表面看起来和侯伟关系不错,可他犯了抢劫这类大罪,侯伟到审讯室看望他时也无可奈何。就在各种证据都指向孔二虎的关键时刻,陈国栋却矢口否认孔二虎是抢他的人。韩松感觉,有人在帮孔二虎,而且做通了陈国栋的工作。韩松觉得是侯伟干的。

韩松的感觉没错,的确有人在帮孔二虎,但却不是侯伟。在警方调查孔二虎的时候,刘秀找到了陈国栋……眼看着案子就要破了,韩松警察生涯的首场胜利近在眼前，不料陈国栋的矢口否认终结了他的美梦。面对孔二虎的笑容，韩松以苦笑回应："你行！"

很快，那起抢劫案就像从来没有发生过一样，无人再提起，却深深印在了韩松心里，而刘秀也从孔二虎那里收获了永久的忠心耿耿。

对当初那个案子，韩松一直耿耿于怀。侯伟一直很邪，但若把这个事情扣在他头上又没有什么证据。

多年来，孔二虎偶尔因偷油进入侦查视线，韩松与他的交锋时常会有。但凡能抓住孔二虎一点儿把柄，韩松都会把他往死里整，可惜都是一些鸡毛蒜皮的小事。面对韩松，孔二虎总是一副嬉皮笑脸的样子，韩松总是不能把他怎么样。但韩松知道，他和孔二虎永远不可能化敌为友。

"行，你把我忽悠来了。孔二虎呢？"

韩松已经换上了警服，望着刘锦的眼神显得很诡秘。韩松想恨刘锦，但不知道为什么又恨不起来。刘锦为韩松泡了一大杯绿茶，让他喝了解酒。孔二虎一时没有消息，韩松故意寒碜刘锦。但韩松心里知道，既然刘锦那边有线索，今晚就一定不会白来。但刘锦并没有跟他解释什么，而是拿起一本《读者》，好像看得挺投入。

走廊里乱糟糟的。这个夜晚，刑警支队正在搞统一行动，但却似乎是一次奇怪的统一行动，而且是从未有过的奇怪。奇怪在于，这次统一行动，刑警支队长刘志东不知道，市局主管刑侦的副局长张克平也不知道。除了综合大队、技术大队和专案三大队以外，专案一大队全体、专案二大队包括韩松在内的四名刑警全部有所动作。

韩松说："今晚怎么了？怎么这么热闹？"

刘锦说："一大队搞案子，和咱们碰一起了。"

这个时候，三大队刚刚参加工作的刑警谢晖探头探脑地走了进

第六章 佛与哈根达斯的日子

来。今晚,他们的大队长侯伟并没有组织队里办案,谢晖脸上带着几分失望。

谢晖说:"韩队,一大队何姐那边抓的人黑压压的,你们怎么一点儿动静没有?"

韩松说:"今天我休息,不办案。"

谢晖的鼻子尖动了动:"酒味不小啊!我们大队今晚也没案子,我在家待着没事来支队转转。韩队,走啊,咱俩接着撸串儿去?"

刘锦放下手中的《读者》,对谢晖说:"我刚把他整回来,你还想把他整出去?"

刘锦一瞪眼睛,谢晖立马灰溜溜地离开了。

外边的雪越下越大。

韩松把绿茶往刘锦杯子里倒了一多半,又拿起水壶往自己杯子里续水。刘锦马上阻止。

韩松问:"你不是一直喜欢喝绿茶吗?"

刘锦说:"最近心脏不好,早搏,越喝茶越厉害。"

其实,韩松是由衷钦佩刘锦的。整个支队里,韩松最钦佩两个人,一个是自己的队长马钧铁,另一个就是刘锦。上次竞聘,自己的这个副大队长位置原本刘锦的呼声最高,由于韩松耍了点儿"小手腕",副大队长的官帽就被他摘下了。但事后,刘锦就像什么也没发生一样,抓人办案依然全力以赴,对待韩松的态度也一如既往。

"锦哥,你真没生我气?我抢了你副大队长的位置……"韩松借着酒劲儿,第一次试探着问刘锦。

刘锦放下《读者》:"哪里来的气?副队也好,队长也罢,对我来说,当不当无所谓,就像喜欢钓鱼的人,能钓鱼就行了。"

韩松说:"但大家都知道,是我抢了你的位置……"

"你不抢,也有别人抢。领导那儿我从来不走动,谁关注我啊?你坐这个位置,我还舒服些。"刘锦起身,把自己的运动鞋从柜子里取了出来,让韩松穿上,"冰天雪地的,一会儿要是跑跑跳跳,你那皮鞋可不行。"

那双鞋很臭。韩松皱皱眉,但并没嫌弃,麻利地换上了。

两年前,刘锦抓孔二虎翻墙时掉进一个坑里,腿受了伤,一直没好利索。刘锦让韩松换上运动鞋,意思是,这个夜晚如果有追人的活儿,还得由韩松承担。

韩松说:"锦哥,你的为人真的没话说。但我觉得,领导那儿你还是应该走动走动。你懂事儿些,提拔就能快些。你也知道,刚来那五六年,我破了多少案子,多少次命悬一线,可一个小副科都没给我……过年过节的,弄两瓶茅台,去拜几个菩萨。其实,不在乎你送什么,那就是个敲门砖,让领导知道你心里有他。"

刘锦摇摇头,叹了一口长气:"我给我爹上坟,都没买过茅台呢……"

油田工人吼一吼,地球也要抖三抖。这话绝对不是瞎说。老一代石油工人都有着粗壮的臂膀,一副副粗壮的臂膀令一滴滴黑色的原油在这座城市汇聚,点亮了将这座城市引向璀璨辉煌的第一盏烛光。

刘锦儿时的记忆中,他出生的这个城市总共有四个要素:茫茫的白雪、成群的乌鸦、密布的油井上起起落落的磕头机,以及身着厚厚的羊皮大衣的两个爹和他们的同事们。现如今,这座城市又给刘锦的记忆里增加了一个要素——油耗子。很长一段时间里,这个令刘锦感觉麻酥酥的字眼,甚至取代了他对成群乌鸦的记忆。成群结队的油耗子在黑夜里四处乱窜,刘锦不知道,哥哥刘秀和这些油耗子到底有没有瓜葛……

韩松说:"锦哥,今晚我喝酒了,酒后工作不怕遇见督察?"

刘锦说:"怕啥?我给你作证,你喝酒是在下班后,业余时间喝点儿小酒不违纪,你是酒后加班。"

第六章 佛与哈根达斯的日子

刘锦的电话响了,他接通电话,听对方说了几句,对韩松说:"走,有戏了!"

"哥,我们抓到油缸子了,你快点儿啊。我怎么感觉心里发毛呢。"采油三厂的保安队长小董给刘锦打来电话。

油缸子是条大鱼,其盗油本领与孔二虎匹敌,也是孔二虎的死党。原本是要抓捕孔二虎,却抓到了油缸子,刘锦非常兴奋,但也非常着急。他担心孔二虎就在小董周围不远的地方。油耗子夜间作案,从油田保安那里劫走同伙的事情很常见。

油缸子落网的地点是裤裆巷。裤裆巷不是城市中的街巷,位于郊区的茫茫雪野当中,两条油田公路的交会处。油田值班室地势略高,无论风雪多大,都可以在值班室清晰地看到两条油田公路在那个位置交叉,就像一条硕大的东北棉裤在雪野中无限伸展。

这条棉裤的一条腿伸向一片塑料大棚和星星点点的村落,另一条腿伸向密密麻麻、磕头机密布的采油三厂主作业区。裤裆巷被马钧铁的二大队称为一号目标位置,一号目标位置是二大队辖区,这里经常会有油耗子出入,刘锦那次追逐孔二虎受伤也是在这一带。按照市局要求,油田犯罪由刑警支队和油田支队交叉打击,刑警支队在侦破各种要案的同时,油田犯罪也是他们关注的重点。

小董他们将肥胖的油缸子五花大绑。油缸子对小董他们怒目而视,眼睛瞪得溜圆溜圆,呼哧呼哧地喘着粗气,戴着手铐的双手紧紧地攥成了拳头,还真像一只硕大的肥鼠被老鼠夹子擒住。

由于一直被油缸子用这样的眼神盯着,小董越来越不安。油耗子每次盗油都不孤单,一定有同伙在不远处接应。房间内空气闷热,油缸子满脑门子都是豆粒大的汗珠。小董打开窗户,一股清新的空气涌了进来。然而,就在小董刚刚因为这股清新的空气松弛了几秒钟的时候,房门被人一脚踹开。

来人是孔二虎。孔二虎和手下把油缸子身上的绳子全部解去,随后伸出左手:"把钥匙拿来!"

他的右手握着一把斧子。小董拿出手铐钥匙,却直接把它扔到了窗外。孔二虎大怒,举起斧子欲砍。小董面不改色,孔二虎手起斧落,其他保安被吓得闭上了双眼……

不过,孔二虎的斧子没有落在小董身上,而是落在了油缸子手铐中间的锁链上。锁链被砍断后,油缸子一脚将小董踹到了墙角。随后,几个人鱼贯而出。保安队院子里的两辆白色路虎揽胜刚刚发动,孔二虎等人发现一辆警车疾驰而来,直接将大门堵上了。警车上下来的两个人孔二虎都认识,一个是刘锦,另一个是韩松。

"二虎,咱们还用再过过招不?"刘锦、韩松非常自信地站在孔二虎面前,刘锦一手握着枪。

孔二虎是油耗子,二大队的刑警都知道,但谁也没有找到过确凿证据。孔二虎和支队很多人都非常熟悉,有时也会给支队某些刑警提供线索,侯伟是最大的受益人。因此,孔二虎在平安无事的时候,总腋下夹个小包到支队转悠,大家常能听到支队长刘志东、三大队大队长侯伟等人对孔二虎半真半假的训斥。

孔二虎每次见到韩松都说:"韩松,要点儿线索不?油耗子的。"

韩松总是答复他:"你的线索我不要,等哪天我要你,你就是大油耗子。"

偷油的人都叫他孔二虎,而二大队刑警们往往称他为孔二泥鳅。二大队每次在野外遭遇孔二虎,都会有一番恶斗,可每次抓到孔二虎都因为没有足够的证据给孔二虎判实刑,往往是关几天就放出来了。所以,二大队的人一听到"孔二虎"的名字,牙齿就咬得咯咯响。

现在,面对刘锦和韩松,孔二虎意识到,要脱身不那么容易了。他一把拉过油缸子,直接送到刘锦面前:"油耗子,你拿走!我刚刚要把他送到你们队里。"

这就是孔二虎,从来不按套路出牌。刘锦、韩松不吭声,继续看他表演。

孔二虎冲着一帮手下说:"我刚才是不是跟你们说过,要把油缸子送到刑警队?"

一帮手下连连点头称是。孔二虎又冲着小董等人说:"几个小保安,你们有执法权吗?油耗子放你们这里安全吗?自不量力!万一你们谁和油耗子勾结,把人放了呢?"

孔二虎的手下都笑呵呵的,像看热闹一样看着眼前发生的一切。

孔二虎接着对刘锦说:"我可不是第一次抓油耗子了啊,你们公安局有记录。我刚才发现有人偷油,一看是油缸子,我熟啊,我和他太熟了,他怎么能这么干呢?我就决定带着他来自首……"

的确,孔二虎没少抓偷油的,这是他清除异己的小手段,只要不是自己这边的人,他统统抓了送公安局。虽然二大队这边总和孔二虎过不去,孔二虎却是三大队大队长侯伟的所谓线人。侯伟那边每年都会因为孔二虎的举报抓获很多油耗子,三大队的打击成绩从来都比二大队高,甚至比何烨的一大队还要高。

韩松说:"二虎,说完了吗?说完就跟我走。"

"韩松,在我手下小弟面前,给我点儿面子。"孔二虎嬉皮笑脸地说。

韩松二话没说,上去一把扭住孔二虎的手腕,给他上了背铐。

孔二虎疼得龇牙咧嘴:"我是见义勇为的人民群众啊,你们怎么能这样对我?"

"人民群众?你也配!"韩松环视孔二虎的手下,"你们是老老实实跟我一起走,还是等我一个个上铐子?"

在一帮手下面前,孔二虎觉得特别没面子:"韩松,以前你收拾我,都是咱俩自己,顶多有一两个你同事,今天我这帮兄弟在这里,你太让我没面子了!"

"你他妈一个油耗子,跟我谈什么面子?"

韩松的暴脾气是众人皆知的。那个夜晚，也许是酒气未消，韩松狠狠发泄了一次。他把孔二虎的手下像打保龄球一样左摔右打，那些人慑于韩松的威名，没有一个人敢反抗。刘锦原本想上去拦阻，又觉得那样会助长油耗子的气焰，便一动没动。

　　孔二虎怒不可遏："你不就是刚刚当个小官吗？脾气又长了？告诉你，老子能让你这个官当不成！还以为你爹是公安局长那会儿呢？今天，我当着这些人的面，宣布两件事儿，一是宣布你免职，二是宣布要你的命，你等着！"

　　听着孔二虎的狂言，韩松不怒反笑："小样儿，我等着你。"

第七章　连续三次被查否的涉黑线索

孔二虎第二天上午就被取保了，侯伟还帮着忙里忙外，韩松看着就生气。那个上午是我到刑警支队工作的第一天。从特警支队到刑警支队，我只把那一对儿大号哑铃带了过来。

刑警支队长刘志东专门把韩松找到办公室狠狠批了一顿。

刘志东说："你爹是局长的日子早已经是过去时了，你现在一定要稳当点儿，否则出了事儿没人管你。那么多人一起控告你打人，你还想不想干了？"

韩松说："孔二虎明目张胆去抢人，这难道也能取保？"

刘志东说："也不知道你这个副大队长是怎么当的，就你这点儿业务水平……刑拘油缸子一点儿问题没有，刑拘孔二虎……这案子到了检察院那边就是个退卷，比这结实的案子到了检察院都得退回来，何况这个。要不是我和克平局长一再做工作，孔二虎能告死你！咱们警察现今是弱势群体，你知道不？"

韩松说："你让他告！千万别不告啊！"

刘志东说："行了，你是我爹，你走吧，马上把孔二虎和那几个无关手下放了!"

第二天,孔二虎专门来到韩松的办公室,用只有他们两个人能听到的声音嘀咕:"韩队,我取保了,别忘了我的承诺,两个承诺……"

韩松说:"我记着呢,小样儿!"

刚刚过去的一夜里,韩松还在纠结一些小事情的时候,何烨的一大队却大动作不断,呼呼啦啦抓了很多人。紧随其后的上午,整个刑警支队都在忙碌。

无事可做的韩松靠在办公室门框子上,眼看着何烨、华生他们在走廊里出出进进,那个无所事事、一身名牌的侯伟也在走廊里闲溜达。侯伟的头型很特别,看起来就像社会上的炮子。这个城市里,有不少警察都是这个头型。我本人也留着这种发型,特警大多是这种发型,因为长期训练出汗,这样的发型洗头方便。韩松经常对我说:"你这好发型,被一帮驴马蛋子糟蹋啦……"

韩松曾经和我多次探讨狄氏兄弟被枪决那天侯伟的反常表现,但是,我俩啥也没研究出来。狄成让我转达侯伟那番话,我告诉了韩松,却一直没有告诉侯伟,因为我不想和侯伟那样的人交流。至于狄成让我转达侯伟那番威胁的话,我和韩松怎么也没想明白是怎么回事。

何烨是华生的队长,我也被调入了何烨的大队。给何烨干活,我怎么干都毫无怨言。何烨参加工作不久曾去科索沃维和,归国后当了刑警。别看她是女流之辈,而且年龄不大,但支队内外没有人不服她。

在走廊里无论遇到谁,何烨都会用各种方式和别人礼貌地打招呼,有时一句话,有时一个眼神,有时摆摆小手,有时拿着手中的案卷冲人家晃晃,总是显得特别有人情味儿。而华生几乎不和任何人打招呼,看上去就是个有些自闭的小胖子。遇到我和韩松,他倒

第七章 连续三次被查否的涉黑线索

是挺亲热的,有时候会故意撞一下我们的肩膀。遇到别的同事,他总是沉默寡言,给人一种旁若无人甚至傲慢的印象。每次各种民主测评,他的得票都很低。而韩松要好许多,他的群众基础没问题,最后问题都出在领导那里,比如,他第一次竞聘失败。

过去的那一夜里,在特警的配合下,何烨带领华生等人端了育才化工厂,抓获二十多个嫌疑人,扣押了四百多吨来路不明的原油以及各种生产物资和账目。马钧铁带领手下刑警曹海、于强也参加了这次行动。

韩松倚着门框子看热闹的时候,马钧铁、曹海、于强押着老白出现在刑警支队的走廊里。老白是育才化工厂的法人,也是秀才集团里的重要人物。马钧铁开门、关门的声音都很重。无论是警察这边,还是老白等人,谁也不知道马钧铁和刘秀的交情。但是,交情归交情,马钧铁和刘锦一样,遇到老白等人偷鸡摸狗的时候,从不手下留情,该抓就抓,这也是刘秀和他们长期以来的默契。如果刘秀说要放过某人,他们就会想一些办法。

走起路来,马钧铁的每一步都那么坚定。老白一瘸一拐,走在马钧铁三人的前面。老白就像一条软软的蛇,而马钧铁则像一块厚重的黑铁块。

马钧铁从韩松身边走过,就像韩松根本不存在一样。韩松不由自主地离开门框子,挺直了身体,一副恭恭敬敬的样子。韩松羡慕曹海和于强,因为他们可以像自己以前那样时刻不离马钧铁左右。韩松眼看着马钧铁等三人将老白押进讯问室,随后就听到了马钧铁瓮声瓮气的吼声。韩松听不清马队在吼什么,但明白一定是老白不太配合。

老白说:"快点儿问,我中午还有事情。"

马钧铁说:"我们在你的工厂里发现了来路不明的原油,油缸子那车来路不明的原油也是运到你们那里的吧?"

老白说:"油缸子的油送到哪里我不知道。至于工厂里来路不明的原油,我不具体负责原油的来路,你可以去问我的采购科长刘翔。"

"我先不问他,我只问你。我就奇怪了,国家给你这个厂子的原油配额用不完,你们这里怎么还有来路不明的原油?"马钧铁把一个账本重重地摔在桌子上。

"我们的企业对这个城市的贡献是巨大的,是你们公安机关的重点保护企业,牌子还是你们公安局长给挂上去的。企业有什么违法问题,你该找谁找谁,但我希望不要影响企业的正常生产,我们可是全省非公有制企业纳税五十强……市委主要领导对我也不会像你这样没有礼貌!"谁都听得出来,老白的话中带着威胁。

马钧铁还要问什么的时候,谢晖喊他去开会。出了讯问室,谢晖在马钧铁耳边嘀咕:"马队,别那么生气了。张局来了,和刘支队大喊大叫呢,这个老白估计一会儿就得放掉……"

马钧铁非常吃惊:"放掉?谁的意见?"

谢晖说:"我感觉是张局的意见。"

马钧铁说:"为了抓这个老白,我们可费了很大力气……"

谢晖说:"那是一定,咱们这活儿难干啊!"

他们又从韩松身边走过时,马钧铁依然没有理他。韩松又开始羡慕谢晖,羡慕谢晖可以和马钧铁那样亲近地说话。韩松不知道自己是否还会有那样的机会,他觉得,自己对师父的那份感情已经日益复杂了。谢晖走过去又折回来,对韩松说:"哥,开会,叫刘锦一起来开会。"

这天上午,刑警支队的会议室里充满火药味。分管刑侦的副局长张克平与刑警支队长刘志东是这次会议的主角。即便会议室的门关着,在刑警支队的走廊里依然可以听到愤怒的吼声。

第七章 连续三次被查否的涉黑线索

大怒的是市公安局副局长张克平。张克平说:"这么大的行动怎么能够事前不汇报,事中不汇报,事毕依然不汇报?你们想干什么?"

刘志东说:"张局说得对,这是咱们的工作规矩,政治规矩!你们这样妄动有什么意义?"

张克平说:"何烨,你怎么能这么胆大妄为?谁给你的胆子?"

所有人都默不作声。昨夜发生的一切原本就是奇怪的,这样大一个行动主管刑侦的副局长与刑警支队长居然事先全然不知,所以,两位领导怎样发脾气也不为过。

张克平说:"重点保护企业的牌子在那里挂着,那是老局长亲手挂上去的。市委主要领导对这个企业的态度是始终如一的,你们现在捅了马蜂窝,怎么收场?"

何烨说:"张局,证据确凿……"

刘志东打断她的话:"我们公安机关是听党指挥的,是党委政府的刀把子。党委政府为了地方经济发展殚精竭虑,我们公安机关要配合。当然了,虽然对方是利税大户,如果有犯罪行为,我们必须打击,但要统一行动,必要的时候还要向市委领导汇报。你们这样一哄而上是不成熟的,也是不负责任的!"

张克平说:"我一大早就接到了陈建书记的电话,他很生气。他亲口交代,对育才化工这样的企业采取行动要慎重,请示汇报很重要……"

"陈书记那边,我去解释……"不知什么时候,市公安局局长隆子洲突然出现在会议室门口。

作为省厅下派的公安局长,隆子洲与张克平比起来,带着几分儒雅,消瘦的外表使他看起来没有时下官员比较流行的那种气场。

隆子洲给人的感觉是按部就班、墨守成规,说起话来惜字如金。隆子洲不恋权,非常信任自己的班子成员,所有权力都按照分工下放。但是，隆子洲平日里并不清闲，他每个周三都会亲自接访，而且是雷打不动，他的电话号码、他的微博都是向全社会开放的，老百姓反映的热点、难点问题大多由他亲自操刀解决。

"作为公安局长，不和老百姓保持面对面零距离是不行的。如果没有接访的勇气，如果没有接听老百姓电话的勇气，还当什么公安局长……"隆子洲从来不避讳自己的观点，但这样的直白往往会得罪兄弟市公安机关的局长大人们，因为隆子洲做到的他们的确做不到，所以，隆子洲是一位真真切切的亲民型局长。

在这座富得流油的城市里，隆子洲乘坐的只是一辆普通的中华轿车，基层单位的车都比他的强，比如何烨、马钧铁、侯伟到外地办案时，开的是途锐、丰田大吉普，经常令外地同行们的瞳孔放大。当人们知道他们的局长日常乘坐的是中华时，无不竖起大拇指："你们局长，像样。"

无论走到哪里，围绕隆子洲的都是赞誉声。隆子洲却总会保持一如既往的沉静，他的内心从来没有因此而满足和松弛；相反，隆子洲总有一种特别的危机感，这种危机感来自对涉油犯罪的思索。

最近一段时间，隆子洲感觉自己的疑心特别重。在打击油田犯罪方面，政工干部出身的隆子洲始终感觉有一股暗流围绕在自己左右。他不好说谁是叛徒谁是内奸，也看不好哪位是忠将哪位是奸佞之人，也不想说出这样的话，更不想发现这样的人。在隆子洲眼中，所有外表上的大义凛然都微不足道。

全市公安机关每年都会打掉数目可观的盗油团伙，抓获大量涉油犯罪嫌疑人，缴获大量被盗原油。主管刑侦和涉油犯罪的副局长张克平也好，刑警支队长刘志东也好，油田支队长何景利也好，都兢兢业业，似乎没什么不妥。但是，隆子洲就是放心不下，总感觉某个人内心深处有什么文章。

没有人知道，隆子洲一直有一个心头大患。纪检部门已经报上来的一个处理名单上面,都是与油耗子有勾连的民警,好在问题都不是很严重。隆子洲担心,这支队伍中还会有人与盗油巨贪有关联。这种关联也许在基层,也许就在班子成员当中。虽然市委领导和油田领导多次对公安机关打击油田犯罪高度肯定,但隆子洲始终不敢盲目乐观。也许,一切都只是也许。

这一次打击育才化工行动,是隆子洲亲自指挥的。他的目的就是拿刘秀旗下的化工厂当"试金石",通过这次行动考验一批人,同时也警告一批人。隆子洲希望自己的这支队伍坚不可摧,不希望任何一个人掉队。在隆子洲心中,警服最珍贵,他知道有人多么深爱它,有人多么痛恨它。隆子洲更加清楚,有的人虽然身穿警服,但其实已经不配当警察了。隆子洲希望,自己的行为能够成为一种召唤。

隆子洲激情满怀,张克平与鲁奎私下里交流的时候,却对他意见很大:"……这样治标不治本的行动就是作秀。他初来乍到,怎么能确定他选中的办案人员就一定忠诚可靠?"

"陈书记那边,我去解释。昨夜发生的事情都是我的命令。"

局长隆子洲突然驾到,身后还跟着鲁奎、李德胜等党委班子成员,张克平与刘志东都感觉有些突然。隆子洲对何烨、马钧铁等人满意地点点头,然后示意他们出去一下,房间里只剩下几个局党委成员。

隆子洲说:"育才化工厂涉嫌偷油的线索,我已经批示了三次,三次的结果都是一个'否'字。虽然举报刘秀旗下企业的是狄氏兄弟,但我们也不能不重视。"

张克平显得很有耐心:"局长,每次调查确实都是按照程序一步步来的,真的没有查出什么。"

鲁奎说:"单凭狄氏兄弟临死前几句咬人的话就断定刘秀涉黑,不够严谨。"

隆子洲说:"要说不严谨,不严谨的事情还有很多。据我所知,有些局领导曾经专门约请刘秀到公安局商量打掉狄氏兄弟的问题,这恰当吗?公安工作这么干,难道不会落下一个黑吃黑的名声?有一种说法,说是刘秀给狄氏兄弟挖了一口井。那么这口井,公安内部是否有人也挖了两锹土呢?"

鲁奎立即回答:"局长,这是有人乱扣帽子。狄氏兄弟的犯罪事实清清楚楚,任谁也翻不过来。至于案源嘛,的确是刘秀那边过来的。严格来说,当时他来公安局是一次上访行为,而且是省厅和市局联合接待的上访行为。"

张克平补充说:"接待阵势是大了一些,但毕竟人家是那么大的一个企业家,市委书记见了都客客气气,我们能不重视吗?"

鲁奎说:"这个刘秀不是一般人。他们家几代都是油田工人,他本人也在油田工作过。早些年我在基层当民警的时候,他就抓过许多油耗子送到我这里,他是很有正义感的人。他的父亲就是被油耗子打死的,是油田历史上第一个因公牺牲的油田保卫人员。当然,刘秀如果有什么问题,我们绝对不会姑息,比如,几天前杏州那边有人举报他涉嫌绑架和重伤害,我们就进行了认真调查。"

刘志东说:"是啊,刘秀涉嫌绑架和重伤害的案子现在还没有结案,还在调查中。我们是不会保护他的。但至于狄氏兄弟提供的刘秀犯罪线索,我觉得是狄成临死前乱咬人。刘秀那么大个企业,难保里面的人良莠不齐,要说一点儿问题没有也不可能,但绝对不会像狄成说的那么严重。挖井的事,就是报纸上的标题党,吸引人眼球的。"

"省厅文厅长最近已经针对打击涉油犯罪进行了十一次批示。我觉得,这十一次批示就是十一道金牌。不要再说我们打击涉油犯罪战果多么显著,还差得远呢。不久前,省厅刚刚处理了一名为油耗子充当保护伞的干部,希望大家引以为戒。"隆子洲一边说一边

第七章 连续三次被查否的涉黑线索

打量着眼前这些人,心想,也许像他们说的,一切都是出于谨慎?还是像自己怀疑的那样,他们中的哪个人出了问题,或是都出了问题?他没法下判断,于是把问题引向了具体办案人员,这样大家都有台阶下,也有利于他进一步观察。

隆子洲问:"每次调查育才化工厂的都是侯伟的大队,是不是他那里出了什么问题呢?"

张克平说:"侯伟政治可靠,业务精通,不会有问题。不过……也许是侯伟有顾忌,重点保护企业嘛,调查起来不那么彻底也正常。"

刘志东说:"是啊,局长,基层刑警办案也不容易。"

隆子洲愤怒了:"还说他不容易?大家应该知道,我这里有一张举报刘秀等人犯罪活动的光盘,在秀才集团行贿的明细里就有这个侯伟。数额虽然不大,但却有他的名字。"

张克平明显是在压抑着自己的情绪:"有他的名字倒也正常,问题没那么严重。我们可不要错怪了好同志,否则他太委屈了。"

众人沉默了。

隆子洲说:"我一向反对给企业加挂重点保护的牌子,我们一旦保护不好就会被加个'伞'字,成了'保护伞'。当然,现在已经既成事实也没办法了。但即便是重点保护企业也不能无法无天。我们查处他们的违法行为,说到底,也是对他们的一种保护,能够提醒他们悬崖勒马,不要越走越远。我想,一个守法企业的经营者应该和我们公安机关想法一致。"

隆子洲的这番表述对这件事情的后续处理给足了空间与想象力。

张克平喝了一口茶水,首先打破沉默:"我刚才也对办案刑警说了,证据确凿的,该抓就抓,不必客气。"

刘志东说:"下一步,我们会深入调查育才化工厂,看他们是不是真有问题。既然已经动手了,企业员工也好,企业经营者也罢,无论谁有问题，我们绝不手软。"

隆子洲问："有一个叫孔二虎的，马钧铁按照我的命令已经抓到了他。那个光盘上的资料很清楚，他是刘秀手下第一偷油干将。侯伟就是孔二虎的行贿对象。"

张克平说："一张光盘说明不了任何问题。那张光盘说不定就是谣言。"

刘志东说："孔二虎原本就是侯伟的线人，帮助我们侦破了很多大要案。偷油行为他肯定是有，但他不干这个就不能给我们提供像样的线索。线人哪有不沾腥的？侯伟偶尔收点儿他的钱财也是为了假意和他打成一片。这个嘛，侯伟在我这里有备案。"

张克平接着说："回头我和侯伟谈谈，让他把前三次查否的情况详细说明一下，看看其中是否有什么文章。"

刘志东说："隆局，我和克平局长对刑警发火，您别误会。我们就是觉得这样大的行动有统一组织比较好，一是为了防止执法出纰漏，避免哪个企业领导到市领导那里告刁状；二是有利于深入开展工作。"

这是隆子洲担任局长以来，第一次越过分管领导直插基层指挥办案。不过，他也给自己的部下们留足了余地，即使张克平、刘志东、侯伟当中有哪一个环节与盗油企业有关联，也可以通过隆子洲今天预定的思路解套。隆子洲是这样想的，只是他自己这样想而已。其实，张克平等人也都有自己的办案逻辑，毕竟他们在这个城市的时间更久。

这一次，隆子洲只是想敲山震虎，希望自己的战友乃至哪个不法企业对法律多一分敬畏之心。至于两者之间怎样沟通互动，隆子洲并不在意，他唯一希望的是双方就此悬崖勒马。但是，张克平等人对隆子洲这种猛打猛冲的做法并不满意，他们觉得，这是省厅干部长期在机关工作的缘故。

可是，文碧君的一个电话过来，明确要求隆子洲放刘秀一马："我和刘秀有约定，我们再给他一个机会，即使他在表演，也要给他一个机会。"

其实，刘秀的育才化工有点来路不明的原油很正常，因为育才化工就是油耗子们的"龙门客栈"，刘秀是高级线人。这样一个现实给打击育才化工额外增加了难度。

出击很简单，隆子洲的收场却有些尴尬，但一切似乎无妨，所有人似乎对一切早已习以为常。老白一帮人对于刘秀的能耐从来就是百般折服。在油耗子们的眼中，新来的局长在刘秀面前成了轻易跨过的门槛。

韩松说："怎么突然静下来了？"

会议室的门依然关着。隆子洲进去后，从房间里没有传出一点儿声音，更没有了张克平那瓮声瓮气的吼声。会议进行的时候，韩松、华生、刘锦和我在华生的办公室里闲聊了一小会儿。我在玩哑铃，华生在盯着手机玩游戏。突然，后背靠着门框的韩松闭上眼睛嗅了嗅，装出一副很陶醉的样子："啊，青苹果香水，当年的味道……"

韩松的鼻子堪比警犬，何烨从他后边走来的时候，他嗅出了她的味道。

华生听了，立即放下手机凑了过来，也做出嗅的动作。

何烨用力将他们推到一边："没正形儿！"

没有外人的时候，华生和韩松总会这样轮流与何烨犯贱。我虽然保持着一副假正经模样，可心中难免也痒痒。当然，何烨从来不会为此真的生气。

香奈儿的青苹果香水是何烨的专有味道。这种味道也是她在韩松、华生和我心中的标志性味道。这种味道可以迅速把我们带回警校无忧无虑的时光。

在警校时，暗恋或公开向何烨示爱的人一大片，华生和我当然也不能免俗，只要有机会，就使用各种办法讨好何烨。不过，所有讨好何烨的人都知道，韩松是他们面前最强有力的挑战。我早就知难而退了。华生是个发面白馒头，知道何烨不是自己的菜，总是唉声叹气。他的梦想就是有我的肌肉和韩松的智慧，总是说："如果那样，何烨就是我的了……"

何烨说："都小声点儿，没发现那边气氛比较紧张吗？"

我说："隆局来了，谁还敢大声？邪不压正嘛。"

何烨说："你敢说张克平邪？"

我说："这不是明摆着吗？你们一动育才化工，你看他这气生的。"

"烨，你们这次行动，张克平和刘志东难道不知情？"没有外人在场，韩松总是称呼何烨为烨。

何烨说："这次行动是隆局安排的，而且专门提出让马钧铁配合。隆局还千叮咛万嘱咐，让我做好保密工作。据说他已经三次批示张克平、刘志东那边调查育才化工厂涉嫌盗油的情况，但结论都是查否。"

华生一边玩游戏一边说："查否？都是侯伟他们干的，他不和育才那边有联系都奇怪了。"

何烨制止："算了，别乱说，咱们干好自己的事情就行。"

韩松问："抓孔二虎也是隆局布置的？"

何烨说："当然。虽然孔二虎有可能和育才化工有某种联系，但这次行动，孔二虎和育才化工是两条线，也就是个抓人的简单问题，马大队长就交给你了。"

华生说："这一次咱们算是经受住考验了，看来咱们都是忠心耿耿啊！"

"忠心耿耿？"韩松突然来了精神，问一旁乐呵呵的刘锦，"这

第七章 连续三次被查否的涉黑线索

次抓孔二虎是马大队让我去的？"

刘锦乐呵呵地点点头。韩松顿时心花怒放。无论师父让他做什么，他都非常高兴。虽然师父对他有误解，他对师父也有怀疑，但他依然喜欢师父和蔼可亲地对待他、信任他。

这时，马钧铁走了进来。韩松满眼期待地看着自己的师父。韩松知道，这么重要的任务，师父能够交给自己办，说明他对自己的看法已经有所改变了。韩松时时刻刻希望重新得到马钧铁的认可，时时刻刻都希望回到马钧铁身边冲锋陷阵。

马钧铁依然对韩松不理不睬："刘锦，跟我来一下。"

韩松也要跟着，马钧铁冷冷地甩给他一句："没叫你。"

这是炸锅的一天。

孔二虎被取保了，油缸子和育才化工厂采购科长刘翔最初被定为刑事拘留，但很快变更为强制措施取保了。育才化工厂法人老白没到中午就离开了。

老白开着牌照 98888 的白色玛莎拉蒂飞一样冲出刑警支队大院，刹那间，卷起漫漫浮雪。玛莎拉蒂是老白的最爱，座驾是刚才一个小个子戴金边眼镜的男子给他开来的。

此时，刘秀正在和马钧铁通电话："钧铁，你就应该和老白这样真刀真枪干，我赞成。我也想知道，老白人前人后神神秘秘地到底在忙些什么。"

老白冲出刑警支队大院时，何烨正望向窗外："我们抓他们费了牛劲，他们走得倒是轻松。"

华生抱着肩膀："别伤感，我会再给你抓回来。"

韩松说："别伤感，只要你喜欢的，我们都给你抓回来。"

何烨白了他俩一眼："不贫你俩就活不下去？韩松，你上次说的测谎，还用不用我帮忙了？"

下午，召开了全局科所队长大会。由于和打击油田犯罪有关，油田支队、刑警支队和各分局刑警大队侦查员全部参加会议。针对育才化工厂采取行动的消息也传至省公安厅，省公安厅的柳家胜专程赶到。会议开始，便宣读了对和油耗子有勾连的违纪民警的处理意见。

按照调查结果，孔二虎给侯伟的贿赂，由于侯伟事先已经在支队纪检部门备案，所以侯伟没有出现在处理名单当中。

主席台上齐刷刷的全是警监，领口露出清一色的白色警衬，这阵势令人肃然起敬。坐在隆子洲身边的柳家胜最为显眼，他的气场绝对盖过所有副局长及刘志东等人的总和。作为省公安厅几位知名的总队长之一，柳家胜无论走到哪里都是气压山河，他喜欢骂人是出了名的，总是说："下手不狠点儿，镇唬不住这帮王八羔子。"

柳家胜给省公安厅党委递交的工作成绩单一直很厚重，比如，在引领全省公安机关打击油田犯罪方面战果显著，省厅党委曾经给他记过一等功。柳家胜曾经胸前挂满功勋章，到人民大会堂参加全国公安英模表彰大会。有这样的资历，他的粗口也就得到了大多数人的理解。

不过，在他的老处长隆子洲面前，柳家胜却一直十分谦恭，很少爆粗口。当年隆子洲在省厅担任治安处处长的时候，柳家胜连个小科长都不是，他最佩服的就是隆子洲。这天，隆子洲讲话的时候，柳家胜神情专注，凝神静听，一点儿也没有平时目中无人的样子。

隆子洲说："我们发现育才公司的偷油行为非常及时，要是等它'长大了'，可以'甩开膀子'干的时候，不知道还要损失多少原油呢。"

韩松说："又打又放，像老猫玩耗子，这么干怎么能获得信任呢？"

华生不以为然，小声对我嘀咕："还等？等什么等？人家早就长大了，已经甩开膀子干了很久了……"

其实，不只何烨，几乎所有参与这个案子的人都这么想。大家都在观望，都在揣摩隆子洲葫芦里卖的什么药。但隆子洲接下来的话，很快令所有人打消了顾虑，明白了隆子洲的良苦用心和打击油田犯罪的决心。

"大家都知道，油田犯罪这东西，没有家贼引不来外鬼。油田那些保卫人员变节的就不说了，先说说咱们油田支队。景利支队长告诉我，油田支队这边刚刚计划点儿小行动，全市大大小小的油耗子就全知道消息了。甚至油田支队的办案车辆刚刚开出院子，油耗子那边所有偷油行动就同步停止。再说刑警支队，育才化工的案件线索，我批了三次，三次都给我查否了，什么意思？这次处理育才化工厂，我自己直接选了若干名侦查员，事实证明我选对了，马上有了声响。这些同志经受住了考验，我由衷地钦佩你们！

"我们这座城市因油而建，因油而兴。我们这座城市与国家能源安全密切相关。原油被盗，不但产量下来了，产品价值消失了，连投入的成本都收不回来，国家的损失翻倍啊！有同志会问，每年缴获被盗原油不少，每年刑事拘留的油耗子也不少，这也不像是不作为啊？但是，别以为这样就可以糊弄过关，不要以为我隆子洲不知道，有的人打击油耗子总是打十保一。你们打掉的那十个偷的油加在一起，或许也赶不上你保护的那一个。我想问问大家，这样的局面，我们希望永远保持吗？大家以为我们城市每年丢失的原油只是缴回的那些吗？事实证明，这只是很少的一部分。我们城市里隐藏着更大的油耗子，他们已经严重威胁了国家的能源安全。

"这绝对不是危言耸听。我们今天的会议说小也小，说大也大。说小呢，无外乎是公安机关千万次工作会议中的一次；说大呢，我们的这次会议直接与国家能源安全有关。所以，今天我在这里宣布，为了国家能源安全，油田支队大换血！何烨、马钧铁、刘锦、华生、洪图全部调入油田支队，接下来具体还选谁，由何烨、马钧铁负责。最为难搞的裤裆巷由马钧铁和刘锦专门负责，我们这个城市要想实现零盗油，首先要实现裤裆巷的零盗油。我对马钧铁和刘锦的信任以及对裤裆巷的不放心，是在很多调研基础上获得的，希望这两位同志能够不负众望，希望这两位同志能够旗开得胜。

"同志们，我不想看到你们当中任何一个人卷到偷油活动当中。我相信，你们战友之间彼此充满爱护，不希望有人掉队。我与你们台上台下，你们之间左左右右，应该拧成一股绳。我们彼此才是最亲的人，不要和那些偷油硕鼠搅在一起。耗子最恨的其实就是猫。有些同志收了耗子的钱，拿耗子当朋友，殊不知，耗子多么恨你，最终吞下苦果的还是你自己……

"这次，我们碰了一下育才化工厂，只是想投石问路、敲山震虎，希望自己的战友乃至某些不法企业，对法律多一分敬畏之心。我希望这些人就此悬崖勒马。从今天开始，谁再偷一滴油，谁再配合不法分子偷油，谁就是在向我隆子洲挑衅，是在向我们公安机关挑衅，公安机关绝不会放过他……"

隆子洲的讲话很动情，整个会场群情激奋。就在人们最后要热烈鼓掌的时刻，竟然传来了鼾声。

韩松正反复琢磨着"最终吞下苦果的还是你自己"这句话，突然被那鼾声吸引过去。

大家左看右看，发现那鼾声来自交警车务处处长贺光明，许多人不由自主地冷笑了一下。贺光明每天玩弄车辆、玩弄号牌，个人富得流油，社会上路子很野，说话办事早就不像个警察了。

贺光明曾经是马钧铁的部下，因为办案能力实在太差，被调到交警队站岗去了。最近几年，贺光明三晃两晃晃到了车务处处长的位置，级别与受瞩目的程度远远超过了马钧铁。管理车牌子给他带来的不仅是关注度，当然也有财富，比如，给大款们操作个888之类的号牌，随随便便就能到手十几万元甚至几十万元。

最近几年，贺光明逐渐和战友们拉开了距离，渐渐忘记了许多人，包括师父马钧铁。与此同时，贺光明却是刘秀的座上宾，孔二虎、老白等人的车牌子，包括老白那部98888的玛莎拉蒂的牌子，都是贺光明一手操办的。

让隆子洲光火的是，贺光明这样一个人竟然和不少市领导有着良好关系，隆子洲几次想拿掉他都没成功。局党委的意见不统一，党委内部有人帮着贺光明说话，如分管交警的李德胜、纪检书记鲁奎等。李德胜与鲁奎强调，车务处处长这样的敏感位置，谁干都很难干净。贺光明经验老到，虽然口碑不佳，但没有任何能拿到台面上的违法违纪事件。隆子洲到任后一直在对他进行观察，所以也没有过多表态。有些人想表演暂时就让他们表演吧，不能因为这一个人打乱了整体部署——只要这个人别捅娄子。

当参会人员把注意力集中在贺光明的鼾声上时，柳家胜小声对隆子洲说，他想讲两句，补充一下，隆子洲直接拒绝了他："我一会儿还有事，你出席了就很好了。"接着，隆子洲转过头，对台下说，"贺光明，贺处长，醒醒……"

贺光明为了保住自己的位置，曾经拿着五十万元现金送到隆子洲办公室。当时，隆子洲就曾这样对他说："贺光明，贺处长，醒醒……"

这次，在台上看到贺光明这副熊样，隆子洲忍不住又强调一遍："我希望咱们当警察的都长点儿志气。我说的不只是案件侦查部门，也包括一些窗口管理部门，尤其是通过权力寻租致富的那部分人……和耗子们交上了朋友，你还以为你很高端，其实你在他们心里什么都不是。有些油耗子的车牌号码很霸道，怎么来的？只是单纯的公开拍卖吗？我的话点到为止，请那些人自己比照一下，好好想想……"

贺光明擦擦口水，一脸懵懂的样子。而柳家胜等人的表情都很深沉，谁也不知道他们在想什么。

鲁奎对柳家胜嘀咕："隆局人是好人，但……"

张克平揉了揉自己曾经摔断的左臂，对刘志东说："马钧铁和刘锦在隆局那里是绝对信任啊！但隆局并不知道，他们都和刘秀有特殊关系。这样安排妥当吗？这话我们该怎么进言？刚才说的跑风、内鬼说不定就和他们俩有关。"

韩松虽然承担着特殊任务，也获得了马钧铁、刘锦和刘秀联系过于频繁的通报，但并没有把有关信息报告给隆局，一方面于心不忍，另一方面他在潜意识当中觉得，一切还需要观察。韩松无论怎样都很难把马钧铁和刘锦他们俩与"叛徒"二字联系起来。

"怎么没有我名儿啊？"

散会后，韩松突然意识到一个问题：自己刚才在会议上只顾激动和兴奋了，隆局宣布油田支队新人选的时候并没有他的名字。韩松突然感觉很不舒服，觉得自己没有得到信任，顿时产生了一种强烈的被抛弃感，就像当年马钧铁在大雪之夜对他说："韩松，我不要你了……"

针对油田支队换血问题，隆子洲会前专门和党委成员们简要交换了一下意见。隆子洲的任何决策都有理有据，他的意见没人反驳，但提到韩松时，鲁奎、刘志东坚决反对。他们认为，韩松和狄威的关系不清不白，其未来思想走向还是未知数。何景利不了解韩松，张克平的意见比较中性，但他认为，既然换人就一定要换没风险的，所以大家就把韩松否了。隆子洲知道韩松是咋回事，但此刻和大家多说些什么也没有意义。

可是，当鲁奎提到孔二虎因为韩松粗暴执法正不依不饶告他的时候，隆子洲的脑神经动了一下。隆子洲觉得不必着急，他相信，

第七章 连续三次被查否的涉黑线索

有着卧底身份的韩松到底是良马还是劣马,逐渐会见分晓。

这次油田支队换血意义重大,能够进去就是最大的光荣。隆子洲造势已经造到这种程度,作为一名刑警,工作在这样的氛围里非常容易建功立业。韩松坚信,虽然隆子洲把话说得那样重,但油耗子是不可能收手的,人为财死嘛。所以,未来与油耗子的较量是非常有戏码的。韩松没去成油田支队,哭死的心都有。韩松心想,自己一定要争气,做出样子给厅长、局长看看。韩松觉得,归根结底一切还是因为自己没做好。

恍恍惚惚的韩松来到张克平办公室门前,轻轻敲门。

里边传来张克平瓮声瓮气的声音:"进来。"

韩松进去的同时,侯伟刚好走出来。按照上午会议的约定,张克平约谈了侯伟,但没有发现任何破绽,侯伟讲得头头是道,诉说了自己诸多为难之处。张克平只好让侯伟写个三次查否的说明,交差了事。韩松,看到侯伟笑呵呵的样子,就知道这家伙应该和张克平谈得不错。

韩松走进张克平办公室。

张克平客气地起身,给韩松拿了瓶矿泉水,又从柜子里拿出一个纸兜递给韩松:"韩松,这个你拿回去。这次咱们先解决这个问题,防止你一会儿又撒丫子……"

韩松一下子就明白了,里边肯定装着自己送给张克平的那二十万元现金。那本来是父亲韩立国准备给他娶媳妇用的,被他用花言巧语骗了出来。

韩松立即拒绝:"张局,别……您帮了我那么大的忙,我都说多少遍了,您留着,我走了……"

韩松起身欲离开,张克平把他按在沙发上:"韩松,你给我听着,当时你非要给我拿钱,那架势,我要是不收你好像就活不下去似的。现在官也给你提了,你把钱拿回去。当警察的确不容易,但你要有

137

信心，不要助长歪风邪气。"

韩松心下狐疑，当初我要不是会来事儿，给你这二十万元，你能提拔我？你今天葫芦里又是卖的什么药？

张克平说："你第一次提拔失败，主要是你们支队长刘志东反对，说你虽然能干但还不成熟。人家刘志东做得也没错。"

韩松说："但是，当时刘支队对我说，是市局党委对我不认可啊……"

张克平笑了，点燃了一支烟："副大队长这种小官，主要还是支队长说了算。按理说，刘志东是你父亲一手提携的人，他严格要求你没错。他说市局党委不认可你，市局党委认识你是谁啊？托词而已。而且像我们这些你父亲的老班底，也犯不上压制你啊。你的这次提报，我和刘志东倒是达成了一致。这钱你不拿回去，我是不会让你出这个门的。"

韩松说："这次提拔我觉得应该提拔刘锦，我觉得自己抢了他的位子。"

张克平听了似乎不大高兴："你错了，马钧铁和刘锦，我对他们没那么信任。这次的岗位变动，我不知道隆局是怎么想的，那么信任马钧铁和刘锦。算了，这个是我心里话，先不和你细说了。"

张克平的这个表态令韩松对他有了全新认识，这位局长既然能够怀疑马钧铁和刘锦，就说明他在工作上很用心。韩松没想到，除了他自己，还有张克平如此怀疑马钧铁和刘锦。韩松心想：师父、刘锦，你们一定不要有事情。

事情来得太突然，韩松多少有点儿摸不出门道。钱回来了，心里当然美滋滋的，但总有种怪怪的感觉，韩松觉得自己是不是太敏感了。突然，韩松想起了孔二虎，想起了孔二虎给他"免职"的诅咒。难道张克平在玩弄手段？有油耗子在，各种疑神疑鬼也就多了，但假若是真的也说不定。

第七章 连续三次被查否的涉黑线索

果不其然,张克平接着说:"韩松啊,也不能怪刘志东不站在你这边。你还年轻,有时做事确实欠考虑。比如那个孔二虎,你抓他就抓他,发生那么激烈的冲突有必要吗?他前脚被取保,后脚就带着一帮手下告状,他的手下董双红正在做鉴定,说是眼眶被你打骨折了……"

韩松立即紧张起来:"骨折?不会吧?当时我很注意的。"

张克平说:"一旦确定是骨折,你就麻烦了,那可是轻伤害,要负刑事责任的。"

韩松真的有点儿害怕了。他是刑警,明白轻伤害意味着什么,一旦负刑事责任,别说副大队长,连警察都当不成了。"不会,我绝对不会把他们当中任何一个弄骨折的,我心里有数。"

张克平说:"要是有呢?"

韩松说:"如果有,就是陷害!"

张克平说:"可是,有一大帮人指证你。就连那个保安小董也说,你的确像打保龄球一样,把孔二虎的手下打了个遍。"

韩松说:"董双红为什么要帮他们作证?"

张克平说:"油耗子的本事你还不知道吗?一个小手下怎么敢跟他们较劲儿?我看,你是危险了。油田支队换血,名单里没有你,知道是为什么了吧?"

韩松此刻高度怀疑张克平与孔二虎是一伙的。但是,张克平接下来的一番话,又让韩松感觉有些误会他。

张克平说:"韩松,你放心,邪不压正。一会儿,纪检的鲁奎书记还要找你谈,你态度一定要好些。纪检那边的意思是免你的职,交检察院处理。我觉得这也太过了点儿。免职肯定是不行的,党委会上我和隆局都不会同意。至于孔二虎告你嘛,如果你坚信自己没有问题,我还是站在你一边的。"

韩松一个劲儿点头:"您放心,我心里相当有数。他们说眼眶骨折，可我记得清清楚楚，我没打他们眼眶一下。我要是被油耗子弄开除了，也太给我爸丢脸了。"

张克平说："假的真不了。咱们还斗不过他们？但记住，一会儿到鲁奎书记那里，态度一定要好。"

韩松临走还是拒绝收回那二十万元，张克平最后从中抽出几张现金。张克平说："行了，这些就当你小子孝敬我的，其他的拿回去。再有啊，你和狄威的互动要多注意影响。虽然我相信你不会故意走歪路，但有些事情还是要多留个心眼儿。"

张克平最后一番话让韩松感觉很真诚，心里很舒服。

这个节骨眼，我和韩松给董双红打了个电话，问他是咋回事。董双红带着哭腔说，孔二虎打折了他鼻梁子，然后让他诬告韩松。董双红说，他和孔二虎他们先应付着，关键时刻绝对不会给韩松带来麻烦。

我和韩松于是放心了。

那天上午孔二虎取保出来时，手下一帮人正在外边等他。这些人都是前一天晚上被韩松像打保龄球一样收拾的那些家伙。孔二虎见到董双红，照着他的右眼眶子就是一拳头。董双红的右眼立马血红，眼眶子瞬间青肿。

孔二虎上前仔细看着伤情："你昨晚被韩松打得挺重啊，做鉴定去吧，肯定骨折了……告他！"

听了孔二虎的话，大家立即明白了其中的意思，一起点头。随后，孔二虎拨通了市局党委副书记、纪检委书记鲁奎的电话："大哥，韩松也太给你们警察丢脸了，太影响警察形象了，粗暴执法，把人都打骨折了……大哥，不开玩笑，我特烦他。"

私下里，鲁奎和老白的关系很好。其实，鲁奎和谁关系都很好。当年刘秀抓获的第一伙盗油贼以及后来抓获的老白等，就交到了当时还是普通民警的鲁奎那里。结果,连贼带油都不了了之。那个时候,刘秀找鲁奎理论,鲁奎却告诉他要识时务。

当年,老白在鲁奎那里大气都不敢喘。用现在的刑警支队支队长刘志东的话说:"书记啊,老白见到你点头哈腰,让他站着不敢坐着。那可真是像耗子见了猫。"

如今,老白见到鲁奎虽然仍然对他很尊重,但已经没有了早年的卑躬屈膝。老白先是当上了区政协委员、人大代表,后来又当上了市人大代表,和市委书记韩健关系火热。

有人提起这些的时候,鲁奎总是默不作声,对此很气恼。鲁奎对刘志东说:"打掉老白,过去就是一个难题,现在更加难了。"

其实,对油耗子们在盗窃、运输、销售诸多环节的精心设计,鲁奎也有很多无奈,涉油犯罪不是那么好打击的。刘秀与鲁奎的误会不少,但也有合作,最精彩的就是干掉狄氏兄弟。

老白在政界、商界的辉煌和刘秀有关。和老白的恩恩怨怨过去后,刘秀亲自出马,为老白协调了市残联副主席的位子给他。早年,老白利用这个身份和社会各界广泛交际,甚至在批条子盛行的年代,从油田那里批来了数不清的原油指标,让刘秀赚了许多。许多年过去了,老白自认为能量越来越大了,上到省市领导,下到鲁奎这样的小芝麻官儿,都在自己紧密编织的关系网里。

做警察许多年了,鲁奎见到过太多起起落落,许多同行因涉黑涉恶身陷囹圄。按照报备,孔二虎和老白都是鲁奎的线人。鲁奎虽然清高,在打击涉油犯罪方面有自己的思考和坚决,只不过他的观点很容易让政工出身的隆子洲产生误会。

在打击油耗子方面,鲁奎应该算是"接触派",他觉得需要不断和油耗子接触,最后发现线索将其一网打尽。而隆子洲属于猛打猛冲类型,是那种拒绝和油耗子有任何接触的"隔绝派"。这样一来,政工类型儒将气质的隆子洲与一线刑侦出身的鲁奎,在打击油耗子的风格上呈现出与气质相反的情形。鲁奎显得很有耐心，隆子洲反而急躁。

鲁奎解释说："隆局，我们佩服您的决心，也基本赞同您的方法，但我不是给您泼冷水，油耗子的腐蚀能力是很惊人的。碎片化打击一个油耗子很容易，但若系统化干掉一个组织结构严密的涉油犯罪集团，那是要做充分准备的。"

鲁奎的这番话令隆子洲想起了刘秀对他说的那番话，二者似乎如出一辙。隆子洲说："真的吗？有那么难？我觉得这个问题主要还是决心。"

鲁奎说："当然，决心是最重要的，但只有决心远远不够。我希望局长能够理解，有时和油耗子多接触一些其实也是一种谋略。"

隆子洲说："我不赞成这种谋略，这种谋略有时会成为腐败的借口。"

隆子洲与鲁奎的这次谈话不欢而散。还是那句话，有油耗子存在，各种疑神疑鬼也就多了，但假若是真的也说不定。

来到油田支队，裤裆巷成为马钧铁和刘锦的重点辖区。支队长何景利说："你们来了，有些工作算是真正起步了，裤裆巷是我最力不从心的地方，希望你们哥儿俩在那里有起色。"

第八章　韩松的慌

马钧铁和刘锦分管裤裆巷辖区的消息，老白很快就知道了。

风雪晨光，黑色磕头机剪影起伏，密密麻麻。石油化工厂气体蒸腾，掩映远处城市轮廓。城市地平线以下，密布着纵横交错的石油管道。

这个早晨，城市广播里正回响着：国家领导人近日对严厉打击打孔盗油问题作出批示指出，不法分子打孔盗油侵蚀国有资产，威胁公共安全，破坏生态环境，必须依法打击。

老白开着车，雨刷器有节奏地反复摆动，清除着风挡玻璃上的积雪。车内广播正在继续那段播音：要健全联防联保机制，严格责任落实，形成管道安保工作合力，彻底铲除非法利益链条，绝不能让输油大动脉成为不法分子的"唐僧肉"和威胁公共安全的"定时炸弹"。对打孔盗油跨行政区域的"重灾区"，公安部要牵头协调开展综合整治，坚决把不法分子的嚣张气焰打下去。

老白的座驾在风雪中慢慢停在刑警支队大楼前边。西装革履的老白下了车，手里提着一个皮箱。老白仰头望向办公楼二层一个办公室。一个窗户打开，吸着烟的马钧铁露脸后微微点头示意。

一瘸一拐的老白走进刑警支队大楼内。因为有刘锦相迎，门禁自动开启。

　　老白和刘锦路过值班室的时候，韩松正鼾声如雷。就在那一刻，起床号模式闹表的闹铃突然响起，韩松惊醒了。韩松起来定神一下，亲了一下那个闹钟，迅速起床，将警用棉被几秒钟打成豆腐块。

　　水房内雾气蒸腾，韩松开始洗脸刷牙。马钧铁办公室内，正在进行一笔交易。

　　老白说："我们在你办公室见，不怕影响不好？"

　　马钧铁说："你老白可以随意见公安局里的很多人，我还怕什么影响？"

　　老白说："如果连你马钧铁都不怕影响了，那么这个城市就和谐了。"

　　马钧铁说："这么早，没有人会知道你来我这里。上一次叫你来，那么多人都看着哪，不对你态度严厉些不好办。"

　　"我懂，我懂。"老白把皮箱拿到桌子上，开始开锁，"裤裆巷那边，日后还请多多照顾。我最大的希望，是想让我的油能够从那里走出去，运到杏州。日后发财，大家都有份儿。"

　　那个早晨，韩松拿着脸盆，肩上挎着一个毛巾，路过马钧铁和刘锦办公室门口的时候，发现有灯光，便推门而入直接来了一句："我请二位吃点包子去……"

　　此刻，老白正打开皮箱，里边全是钱。

　　马钧铁、刘锦、老白全愣住了。

　　韩松顿时僵在那里。

　　马钧铁呵斥："出去！"

　　韩松把眼睛用力一闭，转身关上门，站在门口喘着粗气，表情尴尬又绝望。韩松心慌了，从未有过的慌。连自己无比尊敬的师父都这样，想干掉刘秀，那不是痴人说梦？

第八章 韩松的慌

不久,韩松看到老白离开了,接下来又看到马钧铁和刘锦走出那个房间,他们两手都是空的。马钧铁走出办公室时,转过身看到韩松,依然是冷冰冰的眼神,眼神中带着某种不快。那个眼神似乎是在告诉韩松,他目睹这一切很多余。

韩松只觉得脖颈子发凉。他不想谴责马钧铁和刘锦,只是为他们担心,怕他们和油耗子这样搞下去早晚会玩完。他心里嘀咕:"师父,锦哥,你们这是要干啥?师父,晚节不保;锦哥,是不是穷疯了?收油耗子的钱,太危险了!你们可千万别出事儿啊……"

外边白雪茫茫,食堂里热气腾腾。我和马钧铁、韩松等人坐一桌,人手一个大馒头,每人一大碗白菜猪肉炖粉条,狼吞虎咽。刑警支队的食堂比特警队强多了,我一下子干掉四个馒头,满头大汗,完全没注意到韩松和马钧铁之间的微妙变化。

隆子洲密令何烨动了育才化工厂,参与行动的每一个刑警都由他钦点,包括马钧铁、刘锦等人,结果却是高调打击,低调处理,刑警们都不大理解。

华生往嘴里扔了一粒花生米:"我觉得,很多东西不对路,查这样的案子为什么蜻蜓点水?为什么不深究?"

韩松望着马钧铁,目光带着几分疑虑。但面对马钧铁那种强势的眼神,他有点儿喘不过气。马钧铁死盯着韩松时,刘锦却一直望着韩松笑。韩松躲开了刘锦的眼神。

韩松谁也不看了,只顾低头吃,转眼间,一大碗粉条白菜就没了。他又盛满一大碗,继续吃,但耳朵一直支棱着。

何烨说:"隆局告诉我,这次算是敲山震虎,不要深查,深查查出咱们的民警就不好办了,给所有人一次机会。下一次,杀无赦。"

吃饭时,韩松不再像往常那样嘻嘻哈哈,而是以最快速度吃完,最后一口将碗中的残汤喝个精光。何烨感觉他这个中午怪怪的,望了他一眼，却什么也没问。

眼看韩松要走，刘锦对他说："韩松，下午把枪带上，要是有抓人的任务，咱们随时走。"

韩松看了看刘锦，僵硬地点点头。

被狄氏兄弟炸毁后，化工厂的恢复建设紧张地进行着。

老白等人陪着刘秀查看施工情况。

"保质保量施工，不要从中捞油水。"

"不会，不会。"

"这次，你、孔二虎和油缸子偷油被抓，动静搞得不小。"

"有惊无险，都没咋地。"

"你们还想不想过好日子了？如果听我的话停止活动，无惊也无险。"

"……"

"我们必须果断停止偷油活动。这次要不是我出重手，你们都完了。刘翔提炼的东西，加上国家的原油指标，我们的企业依然够用。这些年，我们在公安那边辛辛苦苦建立了一些关系，这是我们的资源，希望将来别因为偷鸡摸狗这类小事去消耗掉这些资源。我们要走向正轨了，让人家也都省省心。"

"那些资源不用也可惜……"老白陪着刘秀来到正在建设中的刘翔实验室。老白介绍说："这个实验室的设备占了整个化工厂建设资金的六七成。"

刘秀说："值得，非常值得。这个实验室将来就是我们所有人的金饭碗。为什么我打算将来不让你们去偷油，因为我们有更赚钱的事情做。天天偷鸡摸狗，自降身份。贼的标签应该去掉了。"

"我们这些人这辈子遇见您是福分，但我们境界都不高……我们不偷会有其他人偷，可惜了……"

第八章 韩松的慌

"可惜什么？贼的帽子你们想戴一辈子？"

老白说："大哥，我有一个想法，您别生气。兄弟们都是当贼出身，没有那么高的思想境界。考虑到大家这么些年辛辛苦苦，没少为企业做贡献，您就让兄弟们在外放手干吧，要是彻底金盆洗手，这些人估计不能干。刘翔该提炼元素先提炼着，兄弟们愿意干啥咱们也别拦着。"

"我说不行就是不行！我刘秀从来就没让你们偷油，更反对你们偷油，你们是知道的。这么些年，我是替国家收了你们的赃油，最后又想办法给你们一个好前程，你们不要好心当成驴肝肺！"

"大哥，您这么说，兄弟们会伤心。"

"伤心？谁敢？我看是你伤心！"

"大哥，消消火，我们是老兄老弟了，我这一瘸一拐一辈子跟着您，就是为了好好做人。我只是考虑兄弟们……"

"总之，将来你们要和"贼"字一刀两断。"

这个时候，"金边眼镜"前来求见。他告诉了刘秀一个好消息：他们在海湾再一次购买的十口废弃油井已经被高价收购了。老白等人主要是在市里活动，构建关系网，而刘秀的触角伸得更远，利用他更加高层的关系，派出办事精明干练的"金边眼镜"出马，将他们在海湾低价购置的许多已经不能产油的废弃油井，最后以高价卖出去。赚取巨额利润的同时，刘秀的这种手法令老白等人望尘莫及。

韩松幻想着干掉刘秀立功受奖换取远大前途，同时也惦记着他那二百万的悬赏。为了那个陈年旧案，韩松仔细翻遍了当年的案卷，发现与油耗子有关是毫无疑问的，但刘秀悬赏这么多年没有结果，说明对方不是一般的油耗子。

既然是三人作案，狄老大也已经暴露，另外两个人一定是与狄老大有交集的人。许多年来，狄老大从来没有过偷油记录，这是很奇怪的一件事情。韩松觉得，狄老大只是一个打手的角色，仅仅是跟着一起虚张声势罢了。韩松把这些想法和马钧铁交流的时候，马钧铁比较满意。马钧铁说："这些年悬赏没有结果，以及狄老大最后说的那番话都证明，那两个同伙一定对他不薄，否则他狄成不会有那么大的尿性。"

韩松认真翻阅了与刘会战案件有关的所有案卷材料，尤其是用重金换来的那些举报线索，其中一个举报线索引起了韩松的注意，因为这个线索是狄成提供的。由于这个线索很快被查否，记录得非常简单，但韩松还是从密密麻麻的悬赏举报记录中发现了那条记录。

"很多年了，没有人像你这样认真阅读所有资料。"资料员夸奖韩松。

韩松对夸奖无动于衷，因为他已经被狄成的举报记录惊呆了。这其中隐藏着什么呢？

狄成曾经向警方提供了一根头发，并称这根头发的主人就是杀害刘会战的凶手。狄成提供的线索非常具体，竟然指出这根头发的主人只吸阿诗玛香烟。警方曾在刘会战牺牲的那个冰窟窿旁边提取过一个阿诗玛烟头。董和平曾称：那个说"你没有机会了"的人在把刘会战投入冰窟窿之前吸了一支烟。后来警方勘查现场时，果真提取了一个阿诗玛烟头。

这个烟头一直保存着，在DNA技术最初应用于案件侦破，以及狄成提供那根头发的时候，曾经让负责侦办此案的马钧铁瞬间燃起了破案的希望。狄成当时对马钧铁说：求求你，一定要保密，不要让任何人知道我的名字。

马钧铁当时毫不犹豫地答应了他。保密怎么会有问题呢？在油城公安历史上，刘会战案件是第一起利用DNA技术进行比对的案件。由于DNA技术当时刚刚应用于破案，在全国范围内远没有普及，做鉴定需要送到公安部。很遗憾，接下来的鉴定结果很令人失望，现场遗留的那个烟头的 DNA 提取物和那根头发并非同一人。

烟头的 DNA 数据就此保留下来了，那根头发以及数据等则被抛弃。后来，当侯伟从马钧铁那里知道这件事情的时候满是忧虑地说："狄成是在考验我，因为他给我一百万让我把那个烟头换掉，真的烟头在我手里……那根头发……"

韩松看到有关狄成举报无果而终，却完全不知道马钧铁后来与侯伟的对话，所以韩松的好奇心都集中在了狄成身上。狄成竟然曾经这样举报，又在踏上死地的时候嚣张地告诉刘秀，自己是凶手之一。

韩松向马钧铁请教后明白了，侯伟为了保护那个烟头，不让烟头被狄成以买通别人的方式偷走，收了那一百万后把烟头保护起来。接下来，为了验明侯伟是否真心帮忙，狄成又上演了一幕举报戏码。那根头发和那个烟头，都来自同一个人。

如果狄成发现侯伟没有真心帮忙，最后结局应该是干掉侯伟，所以这样一个结果应该是保护了侯伟，侯伟也保护了那个烟头。那个时候已经认定狄成和凶手有关系，围绕狄成也进行了持续多年的秘密调查，却毫无结果。这证明，狄成和他背后的人一切皆有备而来。许多年来，狄氏兄弟始终是警方重点侦查目标，任凭侯伟怎样努力，直到他们最后走上刑场，也没能挖出当年真相。

狄成对一切绝口不提，令警方束手无策。即便当时将其抓来也不会有作用。这是一个无奈的局面。狄成和他背后那个人走的是一步险棋。

韩松说："杏州那边，李宝成旧事重提，指控刘秀绑架和重伤害，这摆明了都是针对刘秀的进攻。"

马钧铁说："你不懂，进攻，何止这些呢。李宝成也曾几次向省厅举报，说刘秀是最大的偷油贼。"

刘秀身边有一股暗流。表面看来，刘秀一声令下断了杏州的原

149

油供给，所以李宝成才旧事重提，向刘秀发起进攻，但从李宝成这次一心想置刘秀于死地来看，他对刘秀大动干戈也是有信心的。从狄成一度熟知刘秀的行踪想暗杀他，再到狄成临死前的叫嚣，已经证明，一切都是有备而来，有人正在幕后导演一切。如果按照狄威所说，刘秀身边有一个掌握着重要证据并可以将刘秀置于死地的叛徒，那个叛徒肯定也是这股暗流的一部分。

马钧铁和韩松就此达成了一致。

韩松通过王强获得了绑架案被害人李宝成的电话，然后直接拨打过去："李宝成，你别装可怜。我有内幕消息，你就是杀害刘会战的凶手。你还记得刘会战这个名字吧？我限你三日内来我这里报到！"

当年刘会战遇害，老白也是被怀疑对象，同样进入了公安局的排查名单，但后来被否定了。DNA技术应用于破案后，那位幕后凶手意识到了问题的严重性，因为刘会战案件发生后在现场发现了什么以及警方的大致推测等当时都刊登在了报纸上。案件当年虽然没有侦破，由于刘会战牺牲是个热点新闻，记者们挖空心思报道了案件的每一个细节，也最大限度地吸引了读者眼球。表面上看，公布许多细节是为了向全社会昭示警方十分细致，会很快破案，同时也是在震慑真正的潜在凶手，但却给了凶手反侦查的极佳启发，使DNA技术刚刚应用于侦查破案的初期，凶手就弄走了那个烟头。

侯伟万万没有想到，狄成收买他后会那么快地考验自己。成功地经受考验，可以进一步麻痹狄成和幕后那个人，而那个烟头真正的DNA数据一直在用于暗地比对当中，一百万现金也在单位备案并上交保存了。

早年，进入被怀疑对象排查名单的人多达一百五十二个，但凡沾点儿偷油嫌疑的都被查了个底儿朝上，但均无果而终。狄成插曲

第八章 韩松的慌

过后偷偷进行了大范围 DNA 数据比对,包括老白在内的当年的所有嫌疑人,活着的找本人,死亡的找直系亲属,但最终也没有找到和那个烟头有关的凶手的信息。

鲁奎和李宝成是很好的朋友,和刘秀关系也不错。当然,这一切都是职业需要,如果没有这身警服,鲁奎才懒得搭理这两个人。

至于李宝成搬出当年和刘秀的那些恩怨,鲁奎心里想,还是秉公办事为好,所以选择了配合杏州警方。对于韩松突然发飙,鲁奎认为,假如韩松发现了新证据,他当然也会全力配合,但若是无理取闹,他则会站在李宝成这一边。鲁奎认为,韩松是无理取闹的面儿比较大,所以,对李宝成说:"一切都以真相为准。"

李宝成说:"如果真相是,和我没有一毛钱关系,这个韩松你可得好好收拾收拾他……"

韩松敲门的时候,鲁奎清了清嗓子:"进来。"

韩松出现在鲁奎的视野里。

"韩松,你说刘会战遇害,李宝成是凶手?"

"鲁书记,我真得对您刮目相看啦。这个世界上,基本只有我和李宝成知道这个答案。您这么快都知道了?"

"我问你,你有什么证据说李宝成是凶手?"

"没有,我蒙的,敲山震虎。"

"蒙的?"

"当年所有嫌疑人,只要活着的,我都打了电话,都说了同样的话。"

"但李宝成当年不在嫌疑之列。"

"当年不在,现在在了,因为他在挑战刘秀。只要是站在刘秀对立面的,我都不会放过。"

"李宝成轻易不能动,他是全国人大代表,杏州最大民营石油化工上市企业，是你说敲就敲的吗？"

"只要有嫌疑，该敲就得敲，就是吓唬吓唬他们。"

"你这不是胡闹吗？"

张克平一再叮嘱韩松态度要好，可是，看到鲁奎，韩松心里就不由自主地抵触，把张克平的叮嘱也就忘在了脑后。

鲁奎说："算了，先不说这个了。你惹祸了，知道不？"

韩松说："我惹啥祸了？不就是把油耗子削了吗？"

鲁奎眉头一皱："你应该成熟点儿了，不能总是意气用事。你和那个狄威的关系还扯不清楚呢，现在又有人告你粗暴执法，你还要胡闹到什么时候？"

韩松有点儿赌气："这都是污蔑。你们想怎么处理就怎么处理，我没意见。"

鲁奎说："现在的市局弥漫着浓厚的个人英雄主义气氛，这是害人的氛围。自以为是的人越来越多了。"

韩松听了更气愤："我觉得现在正是市局风气好转的时候，您作为一个纪检书记说出这样的话，特没水平。"

此刻，即使韩松说软话，鲁奎也不一定饶了他，何况他还这样傲慢。

鲁奎"啪"的一下狠狠拍了下桌子："你能不能对自己负责点儿？你这是在和局领导谈话！你和狄威的事情姑且放一边，但这次你把人打伤了，关乎的是你还能不能当警察的问题！"

韩松原本也不想顶撞，但不知为什么，他就是和鲁奎气场不合，似乎有一种力量强拉着他和鲁奎对抗。韩松也不知道鲁奎为何那么看不上他。

鲁奎接着说："再有，你给杏州人大代表打电话，说人家是杀刘会战的凶手，你开什么玩笑？还说你有内幕，你要有确凿证据才行。我们需要的是一招制敌，而不是虚张声势、盲目出击，尤其不

第八章 韩松的慌

能打草惊蛇。"

韩松说:"消息这么快。鲁书记,我真佩服您。但还是那句话,该怎么处理,我认。我的事情您看着办吧,但别干扰我办案。"

说罢,韩松起身出门。

鲁奎望着韩松的背影,一个劲儿运气。

好男儿,不屈身不攀缘。韩松也在运气。韩松明白自己的身份,心想,怕个鸟啊?临到家门口时,韩松接到了孔二虎的电话:"松啊,我说话算话吧?这个警察你马上就要当不成了。记住了,下一步,我要你的命!"

没等韩松回答,那边电话撂了。韩松再回拨,想骂他,但那边电话关机了。韩松有心给鲁奎拨个电话挑衅一下,想想还是算了。他确信,自己一定能够渡过这次危机。给鲁奎打电话无非就是撒撒气,也没啥实际意义。

两个人的误会越来越深,但问题的本质还是在于两种不同打击思路的碰撞,还有一名老刑警的经验主义与现实的碰撞。鲁奎的怒气,韩松的怒气,其实都是为了突破案件。

从昨夜到现在,韩松太累了,又生了一肚子气,回到家,没脱警服便躺在了床上。韩松把手机扔在一边,谁来电话也不再接了。腰间那把六四手枪有点儿碍事,他把它取下来也扔到一边。

鼾声很快响起。韩松心大,睡得很快。睡梦中,孔二虎出现在韩松的梦里:"韩松,我要你的命,要你的命!"

韩松困惑与开心的事情越来越多,很多事情他需要捋一捋了。孔二虎出现在韩松梦里时,韩松便开始梦呓了:"扯淡,你来呀……"

这时,卧室的门开了。韩松完全没有意识到,一个黑影正渐渐靠近。

153

涉黑嫌疑

第九章　危险互动

老白开着玛莎拉蒂四处招摇，蒋梅和他始终关系密切。蒋梅这辈子最大的遗憾，就是错过了刘秀。但是，这样的抱怨有什么用呢？蒋梅不敢面对刘秀，儿子刘翔也不认她这个妈。为了获得几单生意，她不得不屈尊和刘秀手下的马仔虚与委蛇。早年遭抢劫时的车震对象依然待她如初，而和那位车震对象关系要好的老白也成了自己裙下鬼的一部分。蒋梅的目的除了利用，还是利用。

老白开着白色玛莎拉蒂旋风般把蒋梅卷走，又一阵旋风般驶到那幢欧式洋楼跟前。蒋梅的双眼瞪得溜圆溜圆。但是，在老白面前，她不能太掉价，当她走下玛莎拉蒂的时候，努力振奋精神，想让自己显得更加风情万种。

不过，即使再没心没肺，蒋梅也感觉到老白有些诡异。但她不在乎，只要能够从老白那里弄到工程，无论怎样都是值得的。只要能够得到实惠，她甚至不在意用自己的身体做筹码，做些危险的互动。

会所里，老白望着蒋梅若有所思。蒋梅的目光却落在了大厅里的那架白色钢琴上。蒋梅觉得，应该让自己看起来更加优雅。

第九章 危险互动

青莲色的晚礼服长裙衬托着蒋梅绝佳的身段与白皙的脸庞。蒋梅起身来到钢琴旁,没有征求老白的意见,就把修长的手指按在琴键上。柔和的灯光下,长裙的青莲色与钢琴的白色琴体非常协调。悦耳的旋律随之响起,蒋梅在钢琴方面有点儿小功底。

老白却没这份耐心:"蒋梅,你先别整这个,过来,有事和你说……"老白能够带她来这个最私密的会所,蒋梅满怀感激,所以她完全没有在意老白的不耐烦。虽然老白把她从钢琴上撵下来,让她有些小尴尬,但她没有任何不快。今晚,她将继续给他一个最深的印象,然后在未来日子里继续彻底搞定他……

老白在奎城一个炼油点的所有工程都纳入蒋梅怀中了。那个炼油点属于老白私人所有,欠蒋梅的工程款还有很多没有结清,老白总是说:"不要急,以后钱款方面亏不了你。"

无论怎样,蒋梅还需要和老白更加亲密。几乎没有人知道蒋梅曾经是刘秀的女人,老白当然也不知道。人们都知道,蒋梅是一个离过婚的女人,对她的前夫是谁毫无兴趣。

老白正在蒋梅怀中招摇的时候,他的好日子被韩松永久击穿了。

"我们是刑警支队办案民警韩松和刘锦。老白,我问你,刘会战的死和你有关吧?"

突然接到了韩松电话,老白一头雾水,缓缓神后直接回答:"胡扯!和我有什么关系?我的嫌疑三十年前就被排除了。"

韩松打这个电话的时候,何烨和我正在他身旁。何烨有高超的测谎技术,即使通过非接触式的手机通话录音,也能通过便携式测谎仪器判断谎言与否。何烨的测谎水平在市局有口皆碑,同样的声音指标,同样的软件评分系统,何烨的主观判断总能胜出一筹。

韩松将这个激动人心的消息直接禀告了马钧铁。

马钧铁的眉头罕见地舒展了,他叫来了刘锦。

韩松表情诡秘地说:"我知道,你和刘秀关系不错……刘秀父亲刘会战的案子,我有进展了……我一个人办案测谎,算是违规,于是把你带上了。"

听韩松说自己和刘秀关系不错,而且表情诡秘,刘锦想起了干打垒里边的监视探头,淡然一笑。此刻,刘锦更在意的是韩松对老白的测谎结果。因为过于激动,刘锦面色通红,再一次拨通了李宝成的电话。

刘会战案件共有一百五十二个嫌疑人,其中因各种原因亡故的多达二十四人。为了那二百万奖金,为了我那一百万零花钱,韩松真是拼了。别人眼中不着调的韩松的办案方法也不着调,他在人口信息系统上找到某个嫌疑人的电话后,就直接打电话开诈,然后详细记录对方的状态表现。韩松从李宝成的犹豫口气中感觉很不对路。这种类型的嫌疑人还有几位,都在韩松的重点名单上。突然想到何烨的测谎技术后,韩松便准备对活着的嫌疑人全部重新测谎。韩松说明情况后,刘锦拨通了李宝成的电话,学习韩松的不着调模式,说有确凿证据证明李宝成是刘会战案件凶手。李宝成激动地回答"那个案子和我一点儿关系都没有"后,直接挂断了电话。按照何烨的测谎指标分析,李宝成在说谎。

一百五十二个嫌疑人里边有多个曾被马钧铁打过。光腚娃娃刘秀的老父亲遇害,马钧铁怎能不上心?他在审讯时采用了各种手段,并因为这个背了好几个处分,但他从未向好友刘秀提起过。要不是那些处分在身上,马钧铁何止是担任大队长这样的小官?支队长刘志东的位置早就是他的了。老白始终是马钧铁在众多怀疑对象中的重点,但因为一直没有确凿证据,他未曾向刘秀提起过对老白的怀疑。眼见着老白整天围着刘秀转,马钧铁曾经提醒刘秀,注意防着点儿老白。刘秀说:"放心,除了君刚,我不会相信手下任何一个人。"

韩松对马钧铁的心理活动全然不知。马钧铁望着韩松,表情似

第九章 危险互动

乎除了满意还是满意。

刘锦走过来,郑重地说:"谢谢你,韩松。"

刘锦那庄重模样令韩松感觉有点儿奇怪。韩松心想,我得慢慢观察你们,你们毕竟和老白关系不一般,刚刚收了他的钱财……刘锦又和刘秀似乎有说不清的关系。我已经是确凿证据在手了……

测谎结果只是一种重要参考,不能作为定罪证据,但却是案件侦破的重要突破口。

这个夜晚,刘锦带着欣慰,顶着雪花回到家里吃了一顿晚饭。妻子为他包了白菜猪肉馅的饺子。刘锦最喜欢吃妻子包的水饺。妻子擀的饺子皮不软不硬,特别有口感,饺子里的猪肉和脆脆的酸白菜紧紧地裹成一团,一咬一口油。

第一锅饺子煮好后,刘锦先用筷子把饺子一个一个夹开,蘸好调料,轻轻吹吹,晾凉一些,然后夹给失明的母亲吃。直到母亲吃饱,刘锦才动筷子。家里弥漫着升腾的蒸汽和醋香味。

哥哥过着哥哥的日子,波澜四起,刘锦和母亲过着他们的平常日子,有滋有味。

曾经的不幸没有被淡忘,烟火日子却延续着。四十岁的刘锦中年得子,儿子刚刚两岁两个月,家庭生活有了全新的节奏。母亲尽管看不见,可她的脸始终朝着刘锦,仿佛能够清晰地看到儿子一样。

刘锦一口气吃完三大盘水饺,帮助妻子收拾完毕。儿子睡了,妻子陪他在床上躺了一会儿。两个人依偎在一起,刘锦感觉特别惬意。

妻子问:"我包的白菜馅儿饺子好吃吗?"

刘锦说:"好吃,超喜欢……"

深深一个饱嗝恰到好处地响了起来。两人对视一笑。

刘锦又说:"最近太忙啊,有大案子,以后一段时间也许会更忙。"

妻子说:"你不是一直很忙吗?哪儿有什么最近和以后啊。你好好忙吧,我会照顾好咱妈和儿子。"

刘锦说:"过几年,我争取调到一个清闲点儿的部门,一定好好在家陪你,一定带着你和儿子去北京、上海,咱们游遍天下。"

妻子说:"哎呀呀,算了吧。别开空头支票了。最近心脏早搏好些没?"

刘锦说:"还是不行,一着急上火,心脏就不对劲儿了。今天吃了你的白菜馅儿饺子,舒服多了。"

俩人聊得正起劲儿,电话响了。电话响起的一瞬间,刘锦与人间烟火有关的感觉便瞬间消失了。衣柜里他那身警服就像休眠的铠甲,随时等待刘锦披挂上阵。

刘锦火速穿上警服,和妻子摆摆手。妻子还浸沉在刚才的话题里,叮嘱说:"干完活儿早点儿回来啊,冰箱里还有饺子,明天早上吃。"

这是一个再普通不过的风雪夜,刘锦离开温暖的家。他走出楼道,顶风冒雪走到警车旁,打开车门、上车、启动。

妻子抱着孩子,一直在窗前眼巴巴地望着他的身影消失在雪夜中。

儿子的小胖手指向窗外:"爸、爸……爸爸……"

自从我调进刑警支队,生活节奏一下子改变了,忙着完成支队里的各种任务,很少能够回家,和媳妇的关系也越来越冷淡。媳妇经常说和我在一起好累,说她爱的不是我那种类型,把我们"不适合"三个字频繁挂在嘴边。有一次,她大声质疑我:"你给过我什么?"

她的这句问话一时令我语塞,我随口玩笑般回答:"韩松有个案子,如果破了能得到二百万奖金,他分我一半儿以后啊,我都给你……"

第九章 危险互动

她听了怒不可遏地甩我一个耳光说:"不着调,你太不着调了。"

隆局宣布我和何烨、华生、马钧铁等人一起调入油田支队那天,媳妇向我提出了离婚。

我哭得像个傻子,求她不要离开我,但没有博得任何同情。我开始变得沉默寡言,韩松的电话我也很少接,找我撸串儿之类一律拒绝。

他说:"你在造人呢?"

我缄默不答。

他说:"羡慕你的生活。"

我在电话这边掉眼泪也不解释。事实上,我觉得特别没面子。

我像变了一个人,突然感觉过去的自己很天真。看书又看报,懂得了点儿小道理,就觉得灵魂和身体一样强壮了,实际上却虚弱不堪。我开始发自心底地羡慕韩松的洒脱,羡慕他的张扬,羡慕他活得真实,可以毫无顾忌地做自己想做的事。

那个黑夜来临之前,何烨、华生、马钧铁、刘锦还有我都在忙碌着。我们几个人被何景利叫到了油田支队。

文绉绉的何景利看着我们,一直黏黏糊糊又真真切切地微笑着,那表情简直就像第一次做父亲的人刚刚见到自己的孩子。他背着手,走到何烨近前点点头,又走到华生近前掐了掐他的胖脸蛋子,走到我跟前捏捏我的肱二头肌,走到马钧铁近前朝着他的肩头重重打了一拳,走到刘锦近前和他握了握手,然后右手攥成拳头:"可算来点儿精兵强将。"

何景利认为完全可以信任的人,在张克平与刘志东那里却不一样。比如对马钧铁与刘锦,张克平和刘志东的疑虑很正常,他们的疑虑不能说不对,因为从侦查逻辑上一切都是对的,张克平愤怒与忍耐的背后,潜意识里依然存在对马钧铁和刘锦的保护,同时也有未来某个"路口"与二者分道扬镳的无奈。张克平只是单纯的气愤，还有对隆子洲、何景利轻率用人的不满，却没有到他们那里打小报告的念头。但是，真相永远是真相，马钧铁和刘锦此刻在张克平这里虽然显得有些窘，却绝对不是背叛职业理想的人。时间会给所有人答案，包括张克平。

就像隆子洲在会上说的那样，何景利对自己的油田支队一度丧失了信心，因为在他组织开展集中行动的时候，经常有跑风现象，集中行动失败了已经不是一两次了。眼看着重要线索被一个接着一个糟蹋，何景利的心冰冰凉。对于今天这个夜晚，他期待已久甚至已经迫不及待了，他对大家说："今晚咱们就干活儿！"

其实，何景利并不知道，有人在油田支队旁边一座居民楼里租了个房间，可以目睹油田支队院子里的一切动静，每当有车辆集结准备展开行动的时候，偷油活动就会停止。但是，这个信息哨与老白无关……狡猾的油耗子总会让警察内部产生各种有形或无形的矛盾。

何景利说："刘锦有特殊任务，他负责裤裆巷那边的一个线索，就不去了……今晚，他要在裤裆巷，那里是隆子洲局长重点关注的一个区域。刘锦，真的不需要给你加派人手吗？真刀真枪的硬仗在裤裆巷那边儿说来就来啊！"

刘锦回答："不需要了，我再叫上韩松就够了。我俩一起干活特顺溜。"

刘锦此刻依然不断给韩松制造机会，让他不断以好的形象进入大家视野。这个晚上，刘锦得闲回家吃上了白菜猪肉馅儿水饺，直到特殊任务来临才离开家。

那一夜，何景利带着他们穿越雪原林海，一路向北来二十公里外奎城郊区的一个土坝。眼前是月光下一片明亮的雪野，视线所及的地方似乎有一团黑黑的树林。雪野间,几辆油罐车在树林中进进出出。稀疏的雪花悄悄地落在每个人身上,大家都静静的,谁也不说一句话。那里就是蒋梅给老白出工建设的化工厂。在那里,老白把盗取天然气的管线直接接到了油田公司的天然气主管道上,使生产用的原料实现了零成本。

何景利已经不是第一次来到这里瞭望了。

"这是什么鬼地方?"华生终于忍不住问。

回答问题的却是马钧铁:"那片树林深处有一个炼油厂,是老白背着刘秀干的。裤裆巷的油有相当一部分会运送到这里。"

看来,马钧铁也来过这里。

何景利说:"我们的第一战就在那片树林里。我们要找到炼油点,一个不落地抓住深藏在树林里所有的油耗子。"

那一夜,柳家胜来到了秀才集团。

晚餐时,柳家胜与老白对饮,贺光明一直陪伴左右。每次柳家胜来指导工作也好,调研也罢,结束时从来不在基层单位吃饭,朋友的豪车总是等在外边。一旦工作结束,他立马上车走人,临走前会说:"不给大家添麻烦了,我有朋友安排。"

柳家胜经常指挥全省各地公安多警种联动打击油耗子,也经常异地调警跨区域打击油耗子,也会频繁组织召开各种新闻发布会公布战果。他和老白等人接触,是因为他对所有人的幕后真相都很好奇,包括老白,更包括刘秀。从本质上讲,柳家胜不相信他们中任何一个人。但与隆子洲不同,柳家胜与鲁奎都信奉,抓老鼠之前得先和老鼠交朋友。

对刘秀的偶尔求助,柳家胜有时会和鲁奎商量,给老白等一帮人提供一些保护,老白一伙在偷油、运油、销售及非法加工方面,表面上如入无人之境。当然,老白等人干这种事情的时候也不是百分之百安全。马钧铁、刘锦一类的警察经常会在老白偷油、运油的某个环节突然出现,因此他们在马钧铁这里的损失一直不少。

多年来,刘秀及其手下与柳家胜的私下往来在一定范围内一直是一个热议话题。柳家胜不在乎这些议论,也时刻期待着有一天给所有人一个震撼的答案。

一楼餐厅里,同样有一架白色钢琴。柳家胜、老白、贺光明聚在一起饮酒,"金边眼镜"也在。柳家胜、贺光明和"金边眼镜"有说有笑,看起来非常熟悉。但表面的说笑难掩邪恶场域的气息,大多数眼神都是贪婪的,像威虎山上座山雕的手下。

柳家胜说:"虚惊一场,虚惊一场……"

老白说:"虚惊以后就踏实了吧?"

柳家胜说:"隆子洲是我的老领导,我很佩服他的人格。隆子洲在省厅纪检书记岗位干了许多年,很较真儿。你们不要盲目乐观,觉得一切都过去了。"

老白说:"较真儿什么?他较真儿的结果就是,子孙后代都穷得叮当响。"

柳家胜说:"也不能这么说。隆子洲和你们走的不是一条路,不像你们这么现实。"

老白说:"我就整不明白了,咱们不杀人也不放火,而且繁荣了地方经济,增加了就业,有啥不对呢?隆子洲怎么就是想不明白呢?"

柳家胜说:"这一次,你们应该感谢隆子洲。这里当然也有很多关系在发挥作用,但归根结底是隆子洲没想深究。先礼后兵,他先给你们一个面子。再有第二次,可就不会这么简单了。"

老白说:"隆子洲这局长当得也够另类啊,要是我早就辞职让贤了。"

柳家胜说:"你永远不会懂隆子洲那样的人。我们厅里老一代

第九章 危险互动

领导都是这样的做派，凡事横平竖直。"

老白说："这样的人我老白也钦佩，老百姓都钦佩。可这样的人的确太少见了。现在，越来越多的人和我们站在一起了，我们还担心什么？未来就是一马平川。隆子洲总不会亲自上路扣油车吧？"

贺光明对他们的话题很不耐烦，几次端起酒杯又插不上话，终于等到一个机会，说："喝酒，喝酒，来，这杯酒还没干呢。老白，你今天是怎么回事儿？酒下得太慢了。"

老白说："贺处长，干了这杯，五个9的牌照可要到位。其他方面我不会亏待你。这可是秀总安排的啊。"

贺光明说："五个6、五个8的牌子都给秀总了，这五个9的就别要了。"

贺光明的话音刚落，老白"啪"地把酒杯一摔："我们白要了？装他妈什么犊子？"

贺光明白白净净，戴着个眼镜，像个高级白领，却被老白这一出给弄得有点儿蒙。贺光明对找自己办事的警察同仁可以鼻子不是鼻子脸不是脸，但对老白是不可能的，即使老白这么臊他，令他颜面扫地自尊受伤，也只能逆来顺受，因为他拿老白的钱财太多了。

见老白如此张狂，柳家胜十分不悦，只好打圆场："老白，你怎么和贺处说话呢？"又转过来对贺光明说，"光明，你个小兔崽子，都是自家兄弟，办事还兜什么圈子？你当交警的还不明白这个？老白这些年够兄弟义气，你还想咋地？"

柳家胜就有这本事，黑白通吃，而且两面都吃得明明白白。

酒过三巡，几个人一起去拜见刘秀。他们穿过一条幽深的走廊后，独坐的刘秀出现在他们的视野中。

众人见了刘秀，都是一副毕恭毕敬尊重有加的样子，只有柳家胜可以和他平起平坐。

当着众人的面,柳家胜把这次育才化工厂事件的前前后后以及隆子洲的表态,加上自己的分析判断,一股脑地都和刘秀讲了。

刘秀一句也没搭茬儿,只是一个劲儿地吸烟、品茶。刘秀吸烟很有特点,他把香烟点燃后基本不吸,而是望着缭绕的烟,并不时地向火光那个位置吹,令其加速燃烧进而更加烟雾缭绕。

过了好半天刘秀才说:"好在这次没有深究许多东西。我已经叫停了大家的偷油行为,远离这个行当,但看来你们当贼已经当出了惯性。厂子里怎么会被查出赃油了呢?我老了,有点儿管不了你们了。"

老白赶紧说:"大哥……那点儿油是过去剩下的。那些送油的人当天晚上恰好被警察撞见了,和我们没有关系。"

刘秀摆摆手,示意他不要插嘴,其实也是不想听他编故事:"我是希望咱们兄弟干干净净做富豪。你们暂时理解不了,可以给你们一段时间。但是要记住,理解的要执行,不理解的也要执行,不许再偷油,这是红线。"

柳家胜说:"这么好的局面说不干就真不干了?"

刘秀说:"什么好局面?哪里有过什么好局面?你看这帮稀奇古怪的人,一个个西服革履,像个人似的,骨子里都是贼。我好心好意让他们做干净的人,不知道他们领不领情。现在这个隆局打得多狠、多准!及时收手,我们的企业就不会给人家留下把柄。我现在不让原油外运到杏州,也是出于这种考虑。不能授人以柄啊!"

"隆子洲眼里的确不揉沙子,大家小心一些还是对的。"

柳家胜说完,刘秀问他:"刘翔还有油缸子等人,还在取保阶段,你打算怎么办?"

柳家胜回答:"放心,小事儿,我一定把他平安弄出来。"

刘秀对大家说:"这些年,我对大家特别严,你们的油让企业渡过了难关。大家暗地里有点儿活思想,我也没在意。但话说回来,

第九章 危险互动

我刘秀从来没有亏过在座任何一位。我们的企业一旦上市，大家就可以干干净净地做富豪了。记住我的话，从今以后，一不可以偷油外运，二不可以私自在我们这个城市开设炼油厂。"

柳家胜说："你们有这么好的大哥，一定要对得起大哥。"

刘秀冷笑："家胜，他们怎么会对得起我呢？你要是现在开始追查，他们说不定个个都是挨刀的家伙，别高估他们……"

听到刘秀的无情评价，老白呈现出一种从未有过的轻蔑。

刘秀装作没有看见。

刘秀转而对贺光明说："贺处长，我们要的五个9的车牌一定要到位，钱不是问题。我的这些兄弟都很好面子，都很在意牌号上的事儿……"

老白终于有机会撒气了，对贺光明说："还是你们交警牛啊，卖个车牌子就有效益，一点儿风险都没有……"

这时，柳家胜的电话响了，来电话的是隆子洲。

电话里，隆子洲问："柳总，干啥呢？"

柳家胜回答："隆局，我在和朋友喝酒，喝多了。"

"哪儿的朋友啊？用不用我也过去给你捧捧场？"隆子洲问。

柳家胜说："不，不用。隆局找我有什么事情？"

隆子洲说："没啥事。你这个厅领导来了，我怎么也得请你喝个茶啊。咱们一会儿坐坐？"

柳家胜说："大局长请客，我哪儿敢不去。"

老白听出了是隆子洲的声音。等柳家胜接完电话，他有点儿阴阳怪气地说："如果这个隆子洲一意孤行挡我们财路，我们不会客气。"

老白露出了邪恶的表情，虽然是针对隆子洲的，但在刘秀面前，尤其是在刘秀已经宣布那些事情之后就显得有些越位了，在刘秀面前显得很没有规矩。

165

柳家胜说:"老白,你们好好发你们的财,隆子洲好好当他的局长,都没错。我希望大家不要伤了和气。隆子洲是我的老领导,是我最尊敬的人,你们一个手指头都不能碰他。"

刘秀默默注视着老白,说:"老白啊,我们都不年轻了,你不想好好养老吗?"

老白不语,但显得很烦躁。

刘秀接着说:"老白,看来你是想老有所成了,你差很远……"

隆子洲约柳家胜不仅仅是喝茶那么简单。柳家胜赶到茶社的时候,隆子洲已经备好了功夫茶:"喝点儿茶醒醒酒。"

白天在会议现场,隆子洲说了很多,但他觉得还是不够,他最放心不下的,就是自己曾经的部下、如今的省公安厅经保总队长柳家胜。

隆子洲说:"家胜,记得二十多年前咱们一起在小酒馆喝酒的那段日子吗?"

柳家胜说:"记得,记得,那时咱俩一人干掉一瓶白酒都不是问题。"

隆子洲说:"那种喝法多舒坦。现在岁数大了,喝不动了,只好喝喝茶……"

柳家胜说:"当年,咱们也没啥好酒啊,几元钱的白酒。隆局,哪天我们真的好好喝两盅,我那儿有几瓶三十年的茅台。"

隆子洲突然沉下脸:"家胜,我现在不需要你陪我喝酒。我需要在退休多少年以后,依然能够见到你平平安安。等你也退休后,我们拿着共产党给的退休金,用干干净净的钱,买干干净净的烧酒喝,你能做到吗?"

柳家胜心里一颤:"大哥,您放心,我一定会平安,我不会失约的。"

第九章 危险互动

隆子洲说："别再叫我大哥，你现在已经和油耗子称兄道弟了，我们就不再是兄弟了。家胜，你说你，真正的兄弟你不要，你以为人家真拿你当回事吗？"

柳家胜说："谁是兄弟，谁是敌人，我心里是清清楚楚的。"

隆子洲说："清清楚楚？你看你下基层那威风的样子，牛气冲天啊！你是多大的领导？我问你，你现在到底端的是谁的饭碗？你看看你，肥头大耳的，看看你的手表，看看你的衣服，你的包，这套行头就得二十来万吧？"

柳家胜沉默后说："什么东西放我身上，好像都很值钱是吧？其实，都是赝品。"

隆子洲根本没理他，接着说："要说你和油耗子没往来，谁信？"

柳家胜解释："往来的确有。不入虎穴，焉得虎子？不接触油耗子，怎么打击油耗子？"

"这时候，你还和我讲业务？"

"大哥放心，我知道您的好意，我柳家胜绝对不会出事儿的。"

隆子洲更生气了："不会出事儿？你的意思是我抓不到你呗？你也太猖狂了！"

"大哥，不是这个意思……"

"家胜，前些年流行政府办企业。你当年担任省厅企业办主任，公安厅的钱让你亏了那么多。这些年，你回到执法岗位了，可不能再亏了法律，亏了良心。"

在众人面前气场逼人的柳家胜，在隆子洲面前就像一个淘气的孩子见到了家长。柳家胜表情委屈："那时候亏，也不都是我的事情啊，是市场环境不好。"

隆子洲点着柳家胜的鼻子："别说以前了，咱们说现在。告诉你，悬崖勒马！你知道吗？今晚，你在和大油耗子喝酒，可我们的民警们在干什么？"

隆子洲把窗户打开，窗外的暴雪立刻被寒风裹挟进来。隆子洲指着外面："你看这天，你看这天！我们的民警依然在工作，他们当中有的我熟悉，更多的连名字都叫不出来。他们都在追踪油耗子，总有一天会将所有的油耗子打得一干二净，你还不怕？"

　　柳家胜连忙站起来，冲到窗前，抓住老领导的胳膊，情真意切地说："我希望大哥能够理解，有时候和油耗子接触多一些，其实也是一种谋略。有些话不是一句两句能够说清楚的，但我的确没有背叛我的职业。"

　　窗户开着，房间内很快寒冷刺骨。隆子洲却仿佛没有感觉到，柳家胜似乎对冰冷的气息同样没有感觉，他极力辩解着："我被老白灌了太多的迷魂酒，但我没有迷糊……记住我的话，日后我会给您一个答案。我身上的穿戴是赝品，我身着的警装绝对不是赝品！"

　　在这样一个暴雪之夜，有太多的人想到了暴利，却没有料到会有死亡。隆子洲觉得，黑金会染黑一些人的良知，而一位公安民警的血却真真实实地染红了洁白如玉的雪。

第十章　被鲜血染红的白雪

一个黑影悄悄逼近韩松。

警服都没来得及脱去的韩松，沉沉地畅游梦里，四仰八叉。右手指尖一尺远的地方是他的配枪，左手指尖一尺远的地方是他的手机。黑影首先拿起那把六四手枪，扔到一边，接着扑到韩松身上。

韩松猛然惊醒，下意识地去拿自己的手枪，却摸了个空。惊恐中，韩松的嘴被堵住了，那是狄威热烈而火辣的唇……

韩松最初以为是在做梦，但很快清醒过来，一把推开狄威。

"我是不是穿着警服呢？"韩松说着低头看自己身上，的确穿着警服，有些责怪地说，"我穿警服的时候，不能这个样子……你这么干也太轻浮了吧？"

韩松的手机在震动，他刚要伸手，狄威先拿起来，扔到更远的位置。一系列懊恼、憋屈无比的事情令韩松心灰意冷。扔了就扔了，一切由它去吧……

除了饭店，狄威已经一无所有。韩松把自己住处钥匙给她配了一把，告诉她累了可以随时到自己这里休息。原本说好的，两人井水不犯河水，一人一个房间。

韩松说:"荷尔蒙遇到多巴胺,很危险。很晚了,你回房间睡觉吧。"

韩松语气坚定,这种坚定似乎伤害了狄威,她哭泣着转过身,很落寞地回到房间……

韩松刚刚要睡过去,又响起敲门声。

"韩松,我们好好聊聊,行吗?"狄威在门外说。

屋内没有任何回音。

"韩松,我觉得,你心里肯定有一个人,要不你不会这么不正常……你说我轻浮,你在我面前做了那么多,回过头来你说我轻浮?"

韩松此时已清醒了,但依旧默不作声。

狄威接着说:"说实话,一开始的时候,我对你的想法就是利用。但人心都是肉长的,经历了这么多事,我不可能不静下心来想想……你给我的所有信号都是喜欢我,回过头来你说我轻浮?"

韩松笑了,笑得有些无奈:"错了,是我错了,你别生气。我们的事情啊,得提前说清楚。我从一开始到现在,从根本上说是想干点儿惊天动地的事儿,你的仇报了,我的理想实现了,仅此而已。"

"我总感觉,你有点儿看不起我。"

"别乱说啊,你不应该缺爱吧,也不一定非得是我吧?"

"现在哪儿还有人敢爱我。经营这家餐馆,我看到最多的是那种无耻的嘴脸。看着人模狗样,在我这里现出原形的太多了!但是只有你是个例外。你是骨子里规规矩矩那种人,踏实。"

"谢谢你啊。洪图是我那么多年的老铁,都没看懂我。这么短的时间,你就把我看穿啦。"

"给个痛快话,咱俩行不行?"

"不行,咱俩不会往那个方向走的。我和你就是合作,你要是觉得不妥,咱俩就分道扬镳。但你要有什么麻烦,我韩松会两肋插刀。"

狄威没有放弃："韩松,你不在我身边的时候,我常常想你,想着想着就流泪了。这种感觉,你懂吗?我们家出了这么大的事,估计几代人都翻不过身了。只有想起你时,我才感觉生活有希望。"

"也不要那么说。等将来报了仇,你可以到另外一个城市,重新开始生活。谁也不会知道你的过去。你现在也可以离开,报仇的事情交给我。"

"我知道,你嫌弃我,我也的确没资格……"

"不对,是我不够格,你那么纯,而我这个人坏透了,不配不配。"

"看不上我就是看不上,说那么多假话累不累?说点儿正经事儿吧。一直给我哥哥提供刘秀犯罪证据的人,今天白天突然给我来了电话,是他让我约你一起坐坐……"

"这是好事啊。有个事我一直想问你:你大哥说没说,他把线索提供给公安局谁了?"

"听我大哥说,他给省厅厅长写了信,还邮寄过光盘。"

"我说的嘛。其实,厅长应该已经把那信批转了市局,公安局长对你大哥提供的线索很用心。估计刘秀一伙的日子也不会好过,你报仇有希望了。"

"那个卧底说,他随时可以和我们见面。他还掌握着刘秀的一系列致命证据,肯定能把刘秀扳倒。"

当晚,刘锦见到董双红就责怪他:"你怎么能给孔二虎那帮人作证,说韩松揍他们呢?"

董双红说:"怕啥?关键时刻,我说翻供就翻供。"

这一晚,刘锦准备在裤裆巷守候并查扣油罐车,因为运送盗窃原油的罐车在那段时间里无论是去奎城的那个化工厂,还是去育才化工,抑或是去杏州都必须经过这里。在董双红的配合下,这个晚上可以查扣运送盗窃原油的罐车。对于在裤裆巷一带查车,哥哥刘秀对刘锦说:"你要服从你们局长的决策,只要时机成熟,证据确凿,你能抓谁就抓谁,不要害怕和我有任何关系。记住大哥长久以来和你一直强调的话。"

董双红和我还有几个司机受孔二虎雇用,向奎城方向运送原油,我们会在不同地点等待,轮流驾驶油罐车,也就是说,原油运输环节会被分割,最后谁也不知道整条运油通道的全貌。

董双红知道,那个晚上会有油罐车北上前往奎城化工厂,那是孔二虎和油缸子为老白的化工厂送油的路径。董双红也知道,最近奕成和孔二虎、油缸子矛盾激烈,因为奕成已经不那么遵守刘秀设定的红线了,开始大量偷油,然后运送至杏州。经过请示刘秀同意,董双红把线索告诉了刘锦。刘秀希望弟弟抓获他们,希望弟弟立功的同时也教训一下不听话的人。

"一个企业在资本原始积累阶段,离不开马克思所说的资本原罪,尤其是我这样的企业。这个企业里有一些原罪的元素,但罪不在我,我的心不是黑色的。"刘秀对马钧铁也是这样说,"我也是被逼上梁山。钧铁,我希望你始终能够无条件相信我,但不要相信我身边的任何人,他们的心都是黑的……我身边的人无论是谁,只要你掌握了证据,该抓人马上行动。"

马钧铁将信将疑:"你总是对我和刘锦说,你这些年这么干的目的就是破那个案子,就是为了找出凶手,我怎么看不出来呢。偷油这件事,你能说你脱得了干系?你能不认账?"

刘秀说:"当然认账,但总有一天你会理解我。"

马钧铁显然没料到刘秀竟会用这样一个词:"我希望早些理解你。"

刘秀说:"钧铁,我很了解你。你破案在行,这我承认。但我也实言相告,将这个城市的油耗子一网打尽,是个技术难度很大的活儿,你不行,隆子洲更不行。有些东西我也想不周全。"

马钧铁不大相信刘秀的话:"我相信,只要有决心,有抗拒腐蚀的能力,就一定行。"

刘秀说:"如果那么简单,我何必坚持到今天?如果那么简单,你我二人就足够了,何必还用隆子洲下那么大的决心?钧铁,干掉那些油耗子,单靠你我绝对不行。"

马钧铁说:"那靠什么?"

刘秀说:"靠法治的力量,那种力量应该是一种专业的合力,需要把我自己也燃烧进去。你想知道为什么会这么复杂吗?是人性。人性把这一切弄得更加复杂了。我们绝对不是在同某个偷油贼较量,而是在和人性较量。如果认识不到这一点,你不一定会有事,我肯定会死无葬身之地。记住,这个世界上,老鼠永远比猫多。"

"刘秀,如果最后证明你是为了私利和我兜圈子,那我们这辈子的友谊也就结束了。朋友之间,欺骗就是背叛。杏州那个你也说你有你的考虑,我能帮助你的都已经尽力了。"

"你应该了解我。我吃素很多年了,早已不是一个欲孽横流的人。我当然还有追求,但这个追求弄不好会要命的。这么说吧,如果我把手下这帮黑心肝都交出去,他们背后的各种力量就会浮出水面,你知道其中的凶险吗?等这些浑水被挤干净了,估计害死我父亲那个人也就现身了。狄氏兄弟不就是这样露出来的吗?"

马钧铁问:"为什么不和隆子洲合作呢?"

刘秀回答:"我相信他的出发点是好的,但打击油耗子最忌讳背对背零打碎敲,需要在接触中慢慢掌握他们的组织体系,然后一网打尽,最后还要有和这些人背后的关系网角力的思想准备和能力。零打碎敲最容易打草惊蛇,只见树木不见森林,还会给民警和民警家属带来意想不到的危险。"

马钧铁说:"我可以约上隆子洲,你们一起谈谈。"

刘秀说:"我俩已谈过,但我没必要再和他多谈。自以为是的人,我是不会和他合作的。但凡他的命令,你和刘锦不要执行,都太冒失了。"

马钧铁问:"那么,看到你的手下偷油,我们不抓吗?"

刘秀回答:"这些年,我一直告诉你,我的手下偷油,只要发现,你和刘锦想抓谁就抓谁,以后永远都是这样。但是,我希望你们俩按照自己的主见去办案,不要听别人的吆喝,不要过急和过激。这么多年了,你应该明白,有些事情急不得。我这个急脾气,怎么了?不还是忍着杀父之仇和那帮混蛋折腾吗?"

马钧铁说:"有些事情我真是看不懂你。好吧,我还会像三四十年前那样,永远相信你。我既然是警察,你就是我一辈子的赌注了。我永远赌你赢。"

刘秀流泪了。

马钧铁接着说:"我那个疯疯癫癫的徒弟韩松有了点新突破。害死咱爹的凶手在他那儿有点儿眉目了。我当年的刑讯重点和他今天的调查结果有重合。"

"你哥是一个复杂的人,我看不透他,但我相信他。但你哥哥的身边……没有好人。"马钧铁向刘锦这样说的时候,表情显得寒凉,"希望你哥哥不要让手下们给毁了。"

刘秀知道,如果他不在盗油江湖里折腾,也许永远得不到与父亲遇害有关的线索,而他这所谓的折腾却折腾出了名堂,这是他三十年前完全没有想到的。

马钧铁对刘秀企业的运作甚至比刘锦更清楚、更关注。在国内,刘秀和广东、福建的油商贸易往来频繁;在国外,他已经和新加坡以及海湾地区的石油巨贾构建了成熟的石油贸易网络。老白他们是没有这个能耐的。马钧铁知道,刘秀手下都是人尽其才,比如"金边眼镜"沟通能力强,就被刘秀派到"金三角"经营赌场,又被派

第十章 被鲜血染红的白雪

到中东购买废弃油井。

马钧铁对刘锦说:"你大哥把生意做到这个程度,了不得。也许,A股市场上秀才集团作为一个石化股,很快就要出现了。但是,我虽然相信他,却看不懂他。"

刘秀和高层的关系的确不一般,头脑也不一般。虽然享受着大量原油指标,但随着化工厂规模不断扩大,原油供应依然不足。为争取油源,刘秀联合国内其他民营油企成立了"全国民营石油业协作商会",并多次向国家发改委及商务部力争权益,甚至上书国务院,要求允许民营企业进入石油勘测和炼化领域,早日取得开采牌照。

2006年2月,《国务院关于鼓励支持和引导个体私营等非公有制经济发展的若干意见》中指出,除国家法律法规另有规定外,允许具备资质的非公有制企业依法平等取得矿产资源的探矿权、采矿权,鼓励非公有资本进入商业性矿产资源的勘查开发。石油行业恰恰位列其中。

马钧铁知道,尽管从政策的出台到政策的落地,还有千山万水的距离,但他非常希望刘秀事业的飞跃与质变能够尽快实现,因为他深知刘秀为此付出了多少努力。马钧铁希望那个案子早一天水落石出,然后让刘秀安心地从事合法的石化生意。马钧铁希望,一切不法行为都与刘秀无关。

刘秀说:"有些事情我还没有清算完毕。我会想办法,让他们一个个现出原形。"

马钧铁说:"没有人会像我这样相信你。按常理,我没理由相信你。"

刘秀说:"那么,交给时间吧。钧铁,你记住,我也像你相信我一样相信你。"

最近一段时间虽然做了一些有益工作,但韩松的内心仍满是困惑。马钧铁与刘秀激情满怀的时候，韩松心里满是忧郁。

茫茫雪夜，无论刘锦如何拨打韩松电话，他都不接。于强已经和韩松说明了一切，杏州那个案子是李宝成状告刘秀一枪爆了他的腿，但刘锦怎么会和刘秀勾连如此之深？韩松想起马钧铁和刘锦收钱的那一幕，感觉更加迷茫了。杏州早年发生的那些事情，如今浮出水面的时候，瞬间弄得满城风雨了。

冥冥之中，刘锦觉得，这个晚上落网的一定会是孔二虎。这将是一次非常精彩的抓捕行动，今晚的一切将是非常有力的呈堂证供。刘锦觉得，自己会给局长一个交代，也会兑现与大哥刘秀的默契。他白天一再叮嘱韩松，今晚有特殊任务。

已经连续出现很多天的两辆油罐车正行驶过来……

刘锦从董双红那里获得的情报显示，为争夺盗油点的控制权，奕成和孔二虎两个盗油团伙的矛盾日益激化。两辆油罐车分别属于奕成团伙和孔二虎团伙，疯狂地互相撞击。同时，分别押运两辆油罐车的丰田霸道和黑色捷达也展开了对撞。

见此情景，刘锦开车顶着风雪风驰电掣般冲过来。奕成的手下赵辉腾驾驶着油罐车朝着刘锦的警车撞过去，闪烁的警灯瞬间熄灭，取而代之的是金属碰撞产生的火花。在撞击发生前的一刹那，刘锦从车内跳出。油罐车随即加速逃离。

黑色捷达当然不是丰田霸道的对手，很快翻入沟内。撞翻黑色捷达的丰田霸道正要逃跑，刘锦站在路中央向天鸣枪。那辆丰田霸道似乎被惹怒了，突然加速冲向刘锦。刘锦闪身躲过丰田霸道，那辆车径直冲过去，将刘锦的警车撞翻至路基下。

丰田霸道折返掉头，继续向刘锦撞来。刘锦再一次鸣枪无效，跃身而上，抓住丰田吉普车的前护栏，双脚站在前保险杠上，试图逼停车辆……一支枪从驾驶室伸了出来，连续开火。刘锦左躲右闪。也许是车身摇晃不利于射击，也许是对方枪法不好，一阵枪响过后，

第十章 被鲜血染红的白雪

刘锦依然毫发无损。

一百米、两百米、三百米、四百米……

丰田霸道加速前行，并将车体左摇右摆。零下25摄氏度的低温，对刘锦紧握铁护栏的双手是一种残酷考验。油耗子疯狂了，刘锦也疯狂了。汗水遭遇低温，刘锦的整个掌心都冻在铁护栏上。

由于无论怎样也无法摆脱风挡玻璃前的这位执着的警察，疯狂的油耗子将车开下路基，来到一条极其颠簸的村路上，一次次大幅度扭动车身，一次次急刹车又快速启动。突然，刘锦被甩了出去，重重地摔在地上。

刘锦掌心的皮肤已经全部没有了，那层皮肤留在了铁护栏上边。刘锦一动不动，眼神没有了生机，鲜血染红了身下的白雪。他的手枪通过枪纲与枪套相连，滑落在一旁。

丰田霸道转了一个弯，又回到刘锦近前。从车上下来一个人，幽灵一般俯视着刘锦。他看到刘锦的鼻尖儿在寒夜里已经没有了雾气，那支手枪距离刘锦只有一尺远，刘锦却没有任何抓取的意识。

他没有触碰那支枪，却拿起了刘锦的手机，翻阅刘锦的手机，开始不停地抖动，看来很生气。他把手机重重地摔在雪地里，呼吸更加粗重了。过了片刻，他又像想起什么似的，俯身拾起那部手机，拂去上面的雪，又摆弄了几下，似乎是害怕自己刚才的鲁莽弄坏了手机。积雪很厚，尽管手机刚才被重重摔在上边也没有任何损伤。看手机没有任何问题，他将其像宝贝一样放入怀中，接着返回了丰田霸道。

夜，静了下来。纵然幽灵怎样徘徊，雪夜中的刘锦已经没有足够的气息支撑自己起身了，甚至没有足够的气息支撑自己看清那个幽灵到底是谁，长得什么样……刘锦独自躺在雪野里，热血逐渐冰冷。

闪烁着灯光的救护车、警车在远处出现了。此刻，他仿佛听到了熟悉的呼喊:"爸、爸……爸爸……"

刘锦用尽最后一丝力气,将没有皮肤的手掌伸向远方……

赵辉腾和董双红分别驾驶一辆油罐车。赵辉腾认出了董双红,董双红也认出了赵辉腾。董双红曾经在奕成手下干过,司机身份的人为了多挣点钱养家糊口,经常在不同的偷油团伙之间乱窜,因为驾驶油罐车的司机总是短缺。

后半夜,细密的雪花瞬间变作暴风雪。暴雪中突然响起雷声,雷声逐渐密集,这就是非常鲜见的雪夹雷。赵辉腾一路搜索董双红,却在董双红家门前看到那辆丰田霸道中的人在暴风雪中朝着董双红射击。赵辉腾把董双红抢走了,当然,他的本意并不是解救董双红。

"那个人是孔二虎吗?他为什么想杀你?"

"不知道是不是孔二虎,但我觉得应该是他。"

"按理说,如果想杀你,我下手还差不多。你和他是一伙的,他为什么想杀你?"

"真不知道。"

赵辉腾抢过董双红的手机,看了看拨打过的电话,明白了:"你是他们的叛徒?警察是你引来的。这样一来,我就不能放你走了。"

目睹刘锦的遭遇,使董双红的神经受到了巨大刺激,他一直惦记着刘锦的安危。直到第二天早晨,看守他的赵辉腾才说:"那个警察死了。"

这个时候,赵辉腾依然认为,是他本人撞死了刘锦。董双红是唯一的目击证人,赵辉腾除了杀死他别无选择。

"求你不要杀我。我的老父亲精神不好,我是他的独子,我还要给他养老送终。再有,你当时并没有撞死那个警察,他在撞击发生的时候跳车了,我看到了。是那辆丰田霸道把他撞死的!就是后来想干掉我的那辆丰田霸道!你知道他为什么想杀我吗?因为我看到他撞死警察了。"

"这么说，我没有必要杀你了。还多亏了你，要不我会以为是我杀了那个警察。你惹的事儿太大了，我不杀你，你的同伙们也饶不了你。"

赵辉腾立即将情况报告给奕成后，奕成和赵辉腾一大早便到董双红家附近查找线索，当他们看到刘秀出现的时候立即离开了。奕成看到刘秀非常吃惊，甚至认为是刘秀驾驶丰田霸道行凶，但仔细一想，不至于啊，刘秀犯不上和他们任何人争什么。

奕成对赵辉腾说："蒙了，弄不明白了。无论怎样，放走董双红对我们只有坏处没有好处，把他关起来再说。"

奕成想知道，那个晚上董双红为什么和警察联系，为什么引来警察。但严刑拷打之下，董双红一直沉默不语。奕成最后对赵辉腾说："不用打了，你看他已经像是一块死猪肉了。"

那天晚上，狄威告知韩松，刘秀身边那个卧底要和他见面。韩松和狄威活动的时候，常常有一个人在暗处一次次端详韩松，一次次摇头。那个人就是那个所谓的卧底。狄威与那个自称卧底的人通话的时候，韩松利用技术手段追踪过，发现这个卧底和刘秀的轨迹有过多次交集。韩松对他很感兴趣，但是那个人端详韩松的时候却很失望。

这天早晨，韩松得知了刘锦牺牲的消息。

一大早，刘秀给董双红拨打电话，电话响了几下就被挂断了。刘秀来到董和平家，得知董双红一夜没有回家。临到董双红家门口时，刘秀看到一辆越野车，车上的人在见到刘秀的一刹那，迅速加油飞奔而去。刘秀突然感觉董双红凶多吉少，对董和平老两口说：

"刘锦和双红都出远门了,得过一阵儿才回来……"

这天早晨,刘秀给隆子洲拨了电话:"隆局,那么好的民警丢了性命,我对您太失望了……"

隆子洲却把这个电话看作是刘秀的公然挑战。

这天早晨,刘锦妻子早早烧好了滚热的开水,只等着刘锦回家就把冻饺子下锅。女人望向窗外,等待着丈夫的身影,可是刘锦永远也不会回来了……

这天早晨,马钧铁得知消息后叫了韩松,韩松又叫了我,我们一帮人在马钧铁的带领下浩浩荡荡地奔向秀才集团。

见到马钧铁的一刹那,我就知道一定出大事儿了,而且很快知道,那个高个子虾米刘锦牺牲了。

我们在秀才集团总部门前集合,然后走进写字楼。一路上,我们见到了孔二虎、油缸子、"金边眼镜",全部将其掀翻在地,扣上了手铐。

马钧铁在现场把孔二虎逮住,将他两个胳膊扭起来,孔二虎疼得嗷嗷直叫。

马钧铁问:"昨天晚上,是不是你干的?刘锦是不是你害死的?说!"

孔二虎不说是也不说不是,吓得浑身发抖。

状元楼里一时被我们几个闹翻了天。

当刘秀出现的时候,痛苦中的孔二虎小声指认说:"他,是他干的。"

虽然看起来有点儿眼熟,但韩松不容分说,直奔刘秀而去。无奈的是,韩松加上我和华生,三个人都没有打过刘秀。我们谁也没想到，刘秀竟然能有这般身手。

刘秀左躲右闪，他似乎也是怒火满怀，把我们几个揍得鼻青脸肿……

马钧铁收拾那些人的时候，刘秀把韩松死死地压在身下，扭着他的头，趴在他耳边说了一句话："你给我滚犊子，听见没有……"

那个早晨，刘秀像泼一盆盆脏水一样，把我们几个人一个接着一个扔了出去。

那个早晨，韩松和他的座驾被炸飞，停车场内的一台磕头机瞬间被炸瘫痪。

韩松一度感觉自己飘到了磕头机的顶上。身体摔到地上时，身下的积雪四溅开来。再后来，韩松丧失了记忆。当我推着韩松在医院走廊里奔跑时，大声呼喊："韩松，你千万不要睡着了，你还欠我一百万呢……韩松，韩松，坚持啊……"

我喊了一遍又一遍，完全顾不上脸上覆盖着的涕泪。

后来记忆恢复的时候，韩松感觉自己仿佛躺在担架车上，在一条走廊里急速穿行。那条走廊很长很长，走廊棚顶的灯光在迷离的视线中渐次掠过。迷迷糊糊中，韩松仿佛看到，一个人将强磁炸弹安装在自己的座驾上。

那个安装炸弹的人不断变换着容颜……身体任凭别人摆布的时候，韩松像是给自己搞了一次嫌疑人大辨认。手术刀在他身体上游走的时候，没有人想到韩松大脑中的这次辨认活动。

韩松被炸，市局选择了封锁消息，一是为了迷惑制造爆炸的犯罪分子，二是防止在市民中引起恐慌。

一切的一切，远非我这样的人所能想象。我总是自我感觉良好，局长的器重也让我有点儿小骄傲。我无法理解韩松，更无法理解马钧铁。

"你和刘锦的关系,准备在这样一个特殊时刻公之于众吗?"马钧铁问刘秀,"刘锦出了这种事情,我们都不愿意看到。我希望你理智一些。"

刘秀刷刷地流着眼泪:"隆子洲的做法不可行,但我没想到会搭上刘锦的命!庸才,庸才一个!我要把凶手碎尸万段!"

"不用你亲自动手,法律完全可以做到。越是这样的时候,你越要理智一些。我还是那个意思,凶手一定就在你那些手下当中。"

"钧铁,我听你的。只要能够找出凶手,我怎么都行。但是,出了这么大的事情,家里有许多事情需要张罗,少了我怎么行?所以,我不会在意公开我和刘锦的关系。"

"你放心,有那么多警察兄弟呢,我一定会安排好。你千万不要冲动,你一定要控制住自己,多大的痛苦也得暂时忍一下。"

"钧铁,你放心。凶手就在他们当中,我会……老账新账和他们一起算!"

"凶手一定是在你的那些手下当中。一旦真正的凶手知道他们杀的是你的亲弟弟,问题会复杂许多。再有,你暴露了,对刘锦的清白极为不利。他是烈士,他是英雄,如果临到最后却暴露出他有你这样一个哥哥……毕竟,很多人都说你是这个城市最大的偷油贼。"

"我说过,时机成熟的时候所有幕后的人都会一下子涌出来。让我弟弟单枪匹马和敌人较量,隆子洲这样干就是胡来!"

穿着厚厚棉服的刘秀在马钧铁的陪伴下来到刘锦的办公室。刘秀把弟弟的鞋子捧在怀中,哭泣着。

"我可以什么都不要,什么都不要,但是我弟弟……"

"既然已经隐瞒了这么久,你就再忍耐一下。我们一起将真正的凶手逼出来。"马钧铁对刘秀说，"首先，我们要确定是谁想炸死韩松。明摆着有人要嫁祸于你。"

勘查结果已经出来，韩松的座驾底盘被安装了定时炸弹，但在这样一个特殊节点发生爆炸，所有人都认为，给韩松安装炸弹的一定是刘秀。

刘秀忍着心中的剧痛，应付着方方面面的人。

柳家胜对刘秀说："人命关天。不论是谁干的，必须交出去。"

鲁奎问刘秀："实话实说，是不是孔二虎干的？我问他，他说不是他，但我知道，他是不会和我说实话的。"

刘秀分别回复两个人："无论是谁干的，绝对会交出去，不会客气。"

警方原本可以通过调取裤裆巷周边视频监控点的信息，获取那辆丰田霸道的行动轨迹，那是案件突破的关键。可是，调取那一带的视频监控设备时发现竟然全是坏的，而且已经失灵很久。

隆子洲气得浑身发抖，在党委会上毫不留情："科技信息化，投入了这么多人、财、物，难道是建设了一支北洋水师吗？北洋水师在关键时刻也能打上几炮呢！摄像头都成了摆设，倒查！"

刘锦牺牲引发了一股向隆子洲发难的力量。以鲁奎、张克平为代表的一方与以隆子洲为代表的主战派发生了激烈争论。

鲁奎说："刘锦当然是英雄，但这种牺牲有必要吗？有些人是不是要负领导责任？在时机不成熟的时候，和油耗子盲目交锋，这是拿民警的生命当儿戏。"

张克平说："打击油耗子不是个人英雄主义的事情，更不能营造个人逞强的工作氛围。指挥不利，让刘锦失去了宝贵生命，得有人负责。"

但是，隆子洲的态度依旧强硬。

办公室里，张克平默默流泪了，他心里明白，刘锦是好样的。他与刘志东交流时达成了一个共识："刘锦这么拼，就是努力证明他自己。"

刘志东也流着泪说："现在想起来，刘锦终归是老实人啊，我们当时不该难为他，但案子在那里，又没办法。"

张克平说："他们这一家子都被石油害了……"

为了找到刘锦丢失的那部手机，何烨用尽了看家本领，通过手机QQ给刘锦的手机加挂木马，试图远程遥控读取手机位置，遗憾的是，没有任何结果。

抓捕杀害刘锦的嫌疑人看来难上加难。韩松被炸，何烨一心想破案，围绕案发前后韩松的活动轨迹调取了许多视频监控，终于发现，一个身穿黑色运动服、戴着棒球帽的男子从状元楼里走出来，给韩松的汽车安上炸弹后又回到了状元楼。

更加想知道答案的是刘秀。刘锦出事的那天夜里，刘秀被雪夹雷惊醒后，心中的雷声便一直没有停止。刘秀外表波澜不惊，心里却在滴血。

此刻，以隆子洲为代表的公安机关的很多人，都对刘秀恨之入骨。隆子洲下达了死命令：不惜一切代价寻找刘秀及其手下的犯罪线索，随时准备采取抓捕行动，遇到袭击警察暴力抗法等情况，可以开枪。

这个命令够狠，但刘秀并不在意。他希望公安机关对自己的手下保持高压震慑，这样可以让他更加集中精力，寻找害死弟弟的凶手以及那股试图挑战与反叛自己的力量。

"老白,二虎,油缸子,奕成,裤裆巷是你们都感兴趣的地盘,刘锦在你们地盘上出了事情,你们一定知道是谁干的。告诉我,是谁?是不是你们?"马钧铁质问老白。

老白回答:"老马,我已经交你买路钱,我相信,即使我的手下被你抓了,我一句话你也就放了。我已经告诉我的手下,任何时候不要和公安机关对抗,发生冲突立即束手就擒。他们怎么会对那个警察下毒手呢?"

马钧铁突然拿出手枪,顶在孔二虎头上,满眼火红。

孔二虎表情淡漠地说:"开枪,你开枪,有种你就开枪。如果你认为是我二虎干的,你就开枪。"

马钧铁是不可能开枪的。

老白最后对马钧铁说:"老马,你不要冤枉我们这些人了。一定是不懂规矩的生荒子干的。"

侯伟找孔二虎询问真相。

孔二虎也是一头雾水,说:"那辆车就像幽灵,突然就来了。它为什么会要了刘锦的命呢?下手也太狠了。我实在想不出是为什么。"

"划算吗?你们谁干的,我不想追究,但你们要记住,狄氏兄弟都是怎么在那个山丘下边被干掉的……说了一万遍,不让你们偷油,结果你们惹了这么大的事儿。"

老白说:"不就是死个警察嘛,和咱们没关系,不是咱们人干的。"

刘秀忍着心中的剧痛,把所有手下召集到荒野上的那个山丘。他们当中有的人昨夜嗑药太多,眼睛贼光锃亮。看到孔二虎的貂皮大衣鼓鼓囊囊的,刘秀不安地问:"二虎,你带家伙了?"

孔二虎说:"哥,最近特别没有安全感,我得时刻防范着。"

刘秀告诉他："公安随时都可能动我们，带着这东西更麻烦。让我们陷入如今这步田地的，就是我们内部那位活心眼儿的人。二虎，那天晚上的事情是不是你干的？"

孔二虎听了，紧张得蹦了起来，怀中的短猎枪都掉在了地上："哥，哥，我永远不会背叛你。谁不听哥的话，我二虎直接干死他！"

回去的路上，刘秀正在闭目养神昏昏欲睡的时候，感觉座驾突然加速。若干警车试图对他们进行拦截，局势顿时大乱。

孔二虎身上有枪，但他和老白似乎都嗑药了。

刘秀皱皱眉，对司机说："加速，不要被抓到……"

其他人也都是这么想的。

警车呼啸，路虎狂奔。追击的警察先是鸣枪示警，后来开始朝他们射击。谁也不知道警方想要干什么。老白在车内给柳家胜打电话求助，孔二虎给侯伟打电话求助，两边竟然都说，自己的梦自己圆。刘秀则给马钧铁打电话询问是什么情况，马钧铁也不知道详情，只告诉他五个字："想办法脱身。"

那天，追击他们的是曹海、于强等人，当然还有我这位战神。

我一边追一边嘀咕："奶奶的，还敢不停车。直接击毙算了，做笔录、取证、起诉、全免啦……"

马钧铁打电话告诉我们，无论怎样不要伤了刘秀。孔二虎驾车拐入一个街区的小路，在警车还没跟上来的时候急刹车。刘秀从上边跳下，找地方隐藏起来。孔二虎继续加速从小路另一个出口冲出……

其他人都跑了，孔二虎和老白落网。老白被子弹击中，昏死过去，经抢救脱离了生命危险。孔二虎半路上把枪扔了，警方对他进行了检测，查出他吸食过毒品，属于毒驾。老白身上还有冰毒，不过，他俩在警察面前什么也不说。

第十一章　雷阵雪

韩松极其内疚。

要不是自己任性，要不是自己和狄威虚无缥缈地胡扯，刘锦在那个夜晚怎会孤单赴死？韩松恨自己，恨狄威。

大家决定暂时不把刘锦牺牲的消息告诉他的母亲。老人已经为自己的丈夫哭瞎了双眼，不能再让她为了儿子的离去心碎。千钧苦痛压在刘锦的妻子身上，可怜的女人在婆婆面前不敢流露出一丝痛苦。

接下来的几天，雪夹雷还在持续。雪天一般不会打雷，雷阵雪是非常罕见的自然现象，但刘锦出事后，天空却持续不断地响起滚滚雷声。那滚滚雷声震撼着大地，暴雪倾泻而下。这个城市的降雪量在初冬时节便刷新了历史纪录。

每当雷声接连响起的时候，女人可以哭了。雷声掩盖了她的哭声，老母亲一点儿都听不见。雷声四起，女人泪水飞溅……

韩松在医院住了顶多一周便再也不回医院了。韩松这人扛折腾，身子骨很硬实，被炸一下也没咋地，只受了一些皮肉伤。

韩松从医院一跑出来就来到刘锦家里。

韩松说："嫂子，您放心，我一定把凶手抓到。"

刘锦的妻子说："抓到又有什么用？抓到了，你大哥也没了……"

眼见刘锦的妻子无法摆脱悲痛，韩松心里惭愧无比。女人身上的担子还很重，家里一老一小都靠她了，而刘锦牺牲的消息还要瞒着老人，女人的精神压力之重超乎想象。

华生说："刘锦媳妇这个样子可不好办啊，我看她很快就会垮掉了。"

我也很担心："她要是垮掉了，刘锦失明的母亲还有那么小的孩子可怎么办？"

韩松对刘锦的妻子说："嫂子，您可要挺住啊！"

刘锦的妻子说："我也知道要挺住，也总是鼓励自己，但我真的快挺不住了。你大哥走了，还不如让我走了……"

韩松觉得，现在的首要问题是想个办法减轻刘锦妻子的痛苦。这时，韩松想起了已经近百岁的老住持源涕。

当韩松提出有一个女人家里有难事，希望源涕能给她化解指路的时候，源涕笑着说："不见了，身体不大好，不会客。我估计，这个冬天就到大限了……"

源涕在其他人眼中是神，在韩松眼中却仅仅是一个普通的老头儿，一个他非常喜欢的老头儿。尽管他身上已经没有了当年的酸味，尽管寺院早已重修，庙宇也已再塑金身，但在韩松看来，源涕并没有多大改变。

韩松半开玩笑地说："老法师啊，您抓紧弘法吧，要不然没机会了……"

源涕老法师呈现出很开怀的那种笑："好吧，就听你一次，你让我见谁，我就见谁。"

第十一章 雷阵雪

接下来，源涕与刘锦妻子的见面令韩松等人大开眼界，也使他重新认识了老头儿源涕。

韩松并没有告诉源涕女人家里发生的一切，但源涕仿佛早就知道了。源涕按着韩松烧香磕头完毕，刘锦的妻子便把刚刚抽的一个签交给源涕。

源涕对身旁的慧及说："你把她的八字装好给我……"

慧及来到刘锦的妻子近前，问了她的生辰八字，在一张纸上写好，交给一心看签的源涕。

源涕看过那签，又仔细看了慧及递上的那张纸，然后盯着眼前这位泪流满面的女人："施主，你不要再哭了，你再哭他就不走了……"

韩松听了有点儿吃惊。

"他是要转世的，你的眼泪不断地流，他就无法好好转世了。"

韩松惊呆了。刘锦的妻子也抬起了泪眼。

源涕身体不好，呼吸稍稍有些急促："他是很好的一个人，他也很留恋你。但他前世修炼已久，此生就是来和你短短见上一面。你的眼泪太多，他就回不去了……"

几天来，刘锦妻子的泪水第一次止住了。

源涕继续说："我们修佛的人都明白转世这个道理。一个人的离开，没有你想象的那么痛苦……他现在还在家中，被你的眼泪阻止了。这样不行，你得让他'走好'。"

韩松小声对刘锦的妻子说："嫂子，我可没告诉这位高僧锦哥已经牺牲了，你看看他多厉害。"

接着，源涕就像一位医生："你要注意心脏，你的心脏不太好，嗯……肾虚，肝火也旺，肝火攻心，对心脏更不好。"

刘锦的妻子非常认同："我……心脏的确有早搏。"又转过头对韩松说，"刘锦也早搏得厉害，所以我从不跟刘锦说。"

源涕说:"还想问什么?你尽管问。"

刘锦的妻子说:"我担心婆婆的身体。师父,您能帮我看看吗?"

源涕闭目良久,然后睁开眼睛,伸出右手食指,指指自己的心口。

刘锦的妻子说:"师父,我会一心一意照顾好老人的,您放心吧。"

源涕点点头,转头对韩松说:"我都这么老了,你好不容易来一次,难道你不想问我点儿什么吗?"

老和尚对自己居然有此一问,韩松更加惊奇,想了想,说:"您看我今年能提不?"

源涕摇摇头,闭上眼睛。

从源涕那里出来,路过一间佛堂时,韩松又看到了那个静气十足地打坐的人。刹那间,韩松愣住了,幻觉一般。那人不是别人,是刘秀!

韩松的身体开始发抖。刘秀睁开眼,看了看韩松,又看了看刘锦的妻子,却视若无睹,然后闭上了眼睛。

"老法师,他是什么人?"

源涕笑着:"好人……"

韩松倚在门框子上,直盯盯地看着刘秀。

刘秀依然佛像一般,对他完全不理不睬。

回到家里,刘锦的妻子似乎平静了许多。她相信了老和尚的话,害怕自己的眼泪会影响刘锦转世。她望着刘锦每天睡觉的那个位置,那里似乎依然留存着他的体温,自言自语:"刘锦,你放心地走吧,我会好好照顾老人的。"

那个夜晚,刘锦的妻子没有哭泣,但儿子却在深夜里大哭不止。他将小手指向窗外,就像以往父亲离开家时那样不舍:"爸爸,爸爸,不走啊……"

第十一章 雷阵雪

刘锦的妻子下意识地摸摸刘锦每天睡觉的那个位置,已经冰凉冰凉了……

韩松断定,刘锦死于孔二虎之手,但证据全无。那段日子,韩松曾经找过我,说想和我一起把孔二虎扔进冰窟窿,问我同不同意。我说,随时等你消息,我们把问题想细,保证安全。

韩松向我竖起大拇指:"没看错你。一起杀人都干,够哥们儿。"

刘锦牺牲后的那段时间里,韩松的记忆如同茫茫雪原一般苍白异常,那种苍白令他脑袋嗡嗡作响。苍白的记忆中,只有两个场景清晰可见,一个是那次寺庙之旅,另一个便是和华生、谢晖等我们几个人大醉。

我们吃的什么、在哪里吃的,韩松都已经不记得了,但是他清晰地记得,那次酒醉时,他们一起回忆起很多与刘锦有关的事情。韩松讲起了,刘锦牺牲那天下午,总是冲着他微笑,总是提醒他晚上有一个特殊任务。韩松还讲起了那杯没有喝完的绿茶和那双很臭的运动鞋。谢晖讲起了刘锦经常给他讲的绝版笑话。小董讲起了那一夜刘锦的勇猛,讲起了自己在雪地里抱着刘锦不停呼喊……

谢晖现场作了一首诗——

你就那样倒下,在这多雪的夜晚,我又想起了你那晚还没有讲完的笑话,想着想着,我竟泪如雨下!

你就那样倒下,一声枪响,我们近在咫尺,却相隔天涯!

你就那样倒下,面对着枪口,你有没有想过害怕。我就在你身后,眼睁睁看着你的热血融化了白雪、染红了你的发!

你就那样倒下,我抱着你大喊你的名字,你怎么就不回答?

你就那样倒下,今天你的办公室里还能嗅出你的味道,还有你没有喝完的茶。

你就那样倒下,你就这样走了,让我们永远铭记风雪夜里的惊诧!

　　你就那样倒下,在那几秒钟的时间里,你来不及想啥!

　　你就那样倒下,华灯初上的雪夜,你那失明的母亲、妻儿还在等着你回家!

　　你就那样倒下,面对危险时,你从来都是挺身而出不畏牺牲,敢把热血抛洒!

　　你就那样倒下,你的爱人还在等着你对她的承诺,带着她去海角天涯!

　　你就那样倒下,你的孩子还在等着,再去摸一摸你那硬硬的胡子茬儿!

　　你就那样倒下,我的战友,我的兄弟,你没有留下一句话!

　　你的身躯虽然倒下,你的精神却永远闪耀着光华!

　　你没有倒下,英雄不会倒下,一个个你,汇聚成你们、我们,千千万万共和国英勇平凡的警察!

　　谢晖朗诵的时候,所有人都泪流满面,大家不约而同干掉一杯白酒。

　　与葬礼有关的事情一件接着一件办理完。很快,一切归于平静。从刘锦的鲜血染红了白雪,直到密密麻麻的深蓝警服伫立于白雪之中为刘锦送别,似乎都发生在转瞬之间。

　　追悼会当天,刘锦的右臂依然保持着伸向远方的姿势,没有了皮肤的掌心血红血红的,无论怎样处理也无法改变他的那种姿势。有人觉得,刘锦这种姿势源于痛苦或是一种求生本能,却没有人知道,那姿势是一种聆听,也是一种呼唤。最后,一面党旗覆盖在他身上……

　　按照我们这里的习俗,女人今后若要再嫁就不出席自己男人的葬礼。刘锦的妻子陪伴着刘锦走过最后一程,这也宣示着,依然还年轻的她将用余生为刘锦守候。那一天的最后,她将刘锦的骨灰盒紧紧搂在怀中,贴在脸上,不停地亲吻着。

韩松、何烨、华生和我始终陪伴在她左右,她也只有靠着大家的搀扶维持着站立。她记得,源涕告诉过她,不能让自己的眼泪阻止刘锦走好,于是她强忍着眼中滚滚的泪水,但最后还是有很多滴落在韩松、何烨、华生和我的手上……

许多天以来,何烨、马钧铁、韩松等人都像是丢了魂儿,直到刘锦事迹报告会那天。

许多天以来,无论是丧事办理期间,还是后来的追悼会、事迹报告会准备与进行期间,几乎所有人都是泪水漫漫,甚至柳家胜、鲁奎、侯伟都曾当众泪水横流。泪水的高峰出现在事迹报告会这天,而把泪水推至最顶峰的人竟然是侯伟。

侯伟是谢晖的大队长,谢晖写的诗文当然由他朗诵最为恰当。刘锦事迹报告会那天,马钧铁、韩松、何烨等陆续登台,讲述了许多与刘锦有关的感人记忆。最后,侯伟登场,朗诵了谢晖写的那首《你就那样倒下》。朗读诗文的时候,侯伟脸上始终有泪水流淌。

事迹报告会的最后,隆子洲说:"同志们,刘锦的鲜血还冻在雪地里。明年春天,冰雪消融之前,知不知道我们该怎么做?"

台上、台下,整个会场里齐声高喊:"知道!"

侯伟泪奔诵诗的形象深深镌刻在每一个人的脑海中。市委陈书记无论走到哪里,都会提起在公安局的这感人一幕。市局领导赞不绝口,刘志东极力推荐,连一向苛刻的鲁奎都强力支持。走廊里,食堂里,到处都是对侯伟的溢美之词。

很快,侯伟被提拔为刑警支队副支队长。何烨被调至油田支队,侯伟最有力的竞争对手走了,加上泪奔诵诗的高调助力,侯伟顺利高升了。

已经崩溃得快要散架的韩松连日来始终胡子拉碴:"他奶奶的,几句诗,怎么把侯伟忽悠起来了呢?"

韩松一次次握着自己的手机,看着那一串串刘锦的未接来电,惭愧至极。狄威明白韩松心中的痛,几次试图拥抱他安慰他。

韩松倔驴般挣脱:"别再碰我,我做病了……"

狄威说:"那个卧底,那个想要给我第三张光盘的人,又一次和我联系了。是否可以见面?"

韩松说:"先等等,我要冷静一下……"

许多天来,韩松感觉,自己就像从空中滑落的自由落体,下方深不见底,他不知道最终会以怎样的姿态坠落在哪里。韩松一次次来到刘锦家里,抱起刘锦的儿子,紧紧贴着孩子的脸,却看到刘锦妻子脸上覆盖着的泪水,还有一旁的老母亲脸上的笑。

韩松一次次来到刘锦牺牲现场。白雪上的血迹清晰可见,那血迹虽然冰冷没有温度了,但韩松依然可以感觉到战友的气息。那一刻,韩松感觉,天地之间只剩下自己和刘锦……

随着时间的推移,刘秀越来越感觉到马钧铁让自己情绪刹车的重要性。否则,一切都会乱套。刘锦牺牲这个热点问题逐渐冷却了,韩松的问题又凸显出来。

鲁奎几次约谈韩松,韩松就是不去。孔二虎那边告他告得很欢实,属地派出所已经以涉嫌故意伤害立案。一旦韩松因为轻伤害被判缓刑,他就连公职也保不住了。马钧铁用尽各种办法寻找董双红,结果都没找到。

"这样的人是典型的'问题警察'。"鲁奎说。

隆子洲从来没有附和过鲁奎,也一直没有表态。

第十一章 雷阵雪

刘志东主要是叹息与责备:"为了工作真是不值当。韩松这小子也太虎了,没脑子,真要判了可咋整?"

韩松陷入了危机。那段日子,韩松心里想得最多的不是他自己,而是刘锦一家未来的日子怎么过。总是瞒着刘锦的妈妈也不是个办法。

无奈之中,韩松想到了一个主意。于是,在一个阳光明媚的上午,韩松来到油田支队找马钧铁商议,他的想法离不开马钧铁的配合。走进一楼接待室,韩松亮出工作证,说明了来意。门卫往马钧铁办公室打电话通报。马钧铁通过门卫回复,让韩松去406会议室等他。

韩松等了很长一段时间,马钧铁才端着一杯茶慢悠悠地走了进来。见到韩松,马钧铁表情冷淡:"你来什么事?"

"我很苦恼,从来没有这样苦恼过。像这样的一个个白天,还有一个个夜晚,刘锦的母亲想起刘锦会怎样?她老人家接下来的每分每秒怎么活下去?"

这是一个谁想谁崩溃的问题,马钧铁愣住了。

韩松进一步解释说:"我想制造一个事故的假象,就说刘锦抓油耗子时发生了爆炸,灼伤了声带,暂时不能说话了。刘锦母亲是盲人,所以我想……"

无论如何,马钧铁对韩松这样讲良心还是非常认可的:"你现在麻烦缠身,还想着刘锦,好。"

韩松说:"刘锦家太惨了。儿子受伤,失去语言能力,怎么也比没命强吧?"

韩松进一步解释说,如果自己真的被开除了,做牛做马也要照顾好刘锦一家老小。他相信,自己一个七尺男儿,能养活刘锦一家老小。

马钧铁说:"好,你是该为刘锦好好做点儿事情。刘锦始终在我面前说你的好,你小子仗着有个好老子抢了人家的位置,人家一点儿没有记恨你。那天晚上,你若是接了电话陪他去,结果也不一定是这样……以后,你得对得起刘锦。"

这是近两年来师父对韩松说得最多的一次,韩松的眼睛有点儿湿润:"以后,刘锦妈就是我妈,刘锦的家人就是我亲人。"

马钧铁点燃一支雪茄,那是韩松熟悉的味道,马钧铁喜欢重口味香烟,尤其是雪茄。这个味道,韩松许久没有感受了。韩松将眼角的几滴泪水擦去,然后一副讨好相,麻利地将茶几上的烟灰缸推到马钧铁近前。韩松感觉到了师父和自己距离的接近,但一阵轻松过后,心中又不免开始为师父担心。他觉得,自己已经不了解师父了。

马钧铁一边吸着烟一边打量着韩松,那眼神让韩松忐忑不安。

"那天,老白给我和刘锦拿钱,你看到了?"

韩松没想到马钧铁会直接这样问他,下意识地看看门口,似乎是怕有人听见,然后点点头。

"确切地说,那钱是专门给我的。老白的意思是让我行个方便。一百万元,不少,对吧?"

韩松一惊:"一百万元?那么多?"

马钧铁说:"不多。老白每天卖油这一块儿的进账就得几十万元。花一百万元让我这里给他永久方便,值得。"

韩松无语。

韩松敬畏师父,但又不大能接受师父目前的这种做法。韩松感觉自己更加孤单了。最近两年来,师父拒绝他,使他心理上有很强的孤单感,但他心中始终存着回到师父身边这个念想。而眼下,韩松觉得,自己即使回到师父身边,师父也不是从前的师父了。

马钧铁用力吸了几口烟:"过几天调到油田支队来,别在刑警那边干了。咱们捆在一起好好干,一起发财,如何?"

韩松回答:"别,别,师父,您发财就行,您发财就行,我胆儿小。师父,我愿意让您有钱,但师父,我怕您出事儿……我来油田支队可以,我也想跟着您干。可师父,来路不明的钱还是不能收。"

"那咱们收来路明确的钱。"

"不,不,不是那个意思,咱就不能碰钱。师父,您家里是不是有啥事儿?我手里有钱,还有二十万元,需要您就拿去。油耗子的钱不能要。"

"你的那点儿钱还是留着娶媳妇吧,就不要孝敬我了。"

马钧铁笑了,那是一种由衷的、发自内心的笑。

韩松却笑不出来。

窗外阳光明媚,韩松心里却乌云滚滚。他真想整一瓶子烈酒灌进肚子里。家里老父亲身体不好,已经住院了,单位这边又是一片混乱,韩松内心涌起一种崩溃的感觉。马钧铁依然注视着韩松,韩松却慢慢低下了头。

按说,父亲病到这个程度,自己应该全心全意照顾父亲,每天将父亲那双瘦弱的手放在自己掌心……韩松感觉累了,他想逃离。

有脚步声传来,韩松没有抬头。接着,韩松闻到了一股熟悉的味道,那是青苹果香水味。韩松的头还未抬起,嘴里却蹦出了两个字:"何烨!"

没错,是何烨。不仅是何烨,还有华生、曹海、于强、谢晖,还有何景利、隆子洲,还有我……

韩松傻呆呆地看着我们。我感觉,韩松已经蒙圈了。

马钧铁说:"但是,韩松,你有点虚胖啊,刘锦却瘦得像虾米。"

韩松说:"为了刘锦,我会瘦下来的。"

"韩松,你真不错,不愧是老韩局长的儿子。"何景利指了指墙上的一个摄像头,"韩松,刚才马支队和你的谈话我们全听到了。你有情有义,有原则,好!"

原来,韩松与马钧铁的这次见面,竟然是一个现场直播的视频会议。他们两人全部的互动,旁边一个小会议室里的何景利等人都通过视频系统看得一清二楚。几天来，曹海、于强、谢晖等已陆续调入油田支队，他们都是马钧铁、何烨按照隆子洲的要求，精挑细选后确定的人选。何烨、华生始终力荐韩松，马钧铁心中对他也认可，只是觉得还要对他进行最后的考验。结果，韩松精彩过关。

隆子洲说："我和文厅长真是没看错这个小伙子。"

"隆局，您让我们感动。"马钧铁说，"韩松，打击油耗子是一件很复杂的事情，所以你说要立功当局长什么的，我始终打压你，希望你能理解。"

韩松仔细回忆着自己和马钧铁刚刚的对话，那可全是高度机密啊。既然有现场直播，马钧铁为什么毫不在意地谈到受贿？

隆子洲说："韩松，真是名不虚传，业务很好，人品也过硬，你们的所作所为让我感动。今后我们一起大刀阔斧地干一场！"

何景利说："有隆局支持，我们一起努力，把这个城市数一数二的大油耗子全部干掉！"

隆子洲说："当警察是干啥的？就连小孩儿都知道，动画片里的黑猫警长都在不遗余力地抓耗子，我们怎么能够没有行动？这么些年了，油耗子打了许多，为什么还有硕鼠逍遥法外？景利，你把目前的局面和大家说一说。"

马钧铁告诉韩松："韩松，我希望你继续屌下去，去除骨子里依然还有的书生气。我希望你看起来吃喝嫖赌无恶不作，就像侯伟那样。你那样，油耗子才会给你钱，才会觉得你是和他们穿一条裤子的。他们给你钱财一定要收下，然后到纪检部门那里去备案或是交到英烈基金会。记住，每个警察都有秘密，有时这个秘密会很长久。"

提起侯伟，韩松心中一动。

何景利拿出一张图，在上边勾勾画画。看来，这张图绝对不是何景利在短时间内制成的。何景利如数家珍，详细介绍了本市七大涉油犯罪嫌疑人——刘秀、老白、"金边眼镜"、孔二虎、奕成、油缸子、君刚。何景利认为，打掉这几股势力，也就基本打尽了这个城市的涉油犯罪，因为与这几股势力没有关系的涉油犯罪，基本上已经被这些势力打尽，或被他们借公安机关之手收拾了，比如，侯伟处理的那些涉油犯罪就是这种类型。

何景利能够挖出这几股势力，首先得感谢交警那位车务处处长贺光明。有个成语叫按图索骥，何景利按牌索骥，主要是通过贺光明发出去的那些车牌寻找线索。牌照11111、55555、66666、77777、88888，都是刘秀名下的路虎揽胜的，牌照11111是刘秀本人座驾的，牌照55555是孔二虎的，牌照77777是老白的，牌照66666是油缸子的，牌照88888是"金边眼镜"的。老白除了揽胜之外，还有一辆玛莎拉蒂。

何景利说："这些人，大家说熟悉也熟悉，说不熟悉也不熟悉。说熟悉是因为大家知道他们都是偷油的，说不熟悉是因为我们很难抓到他们真正的把柄，更不知道他们在偷油、运输、贩卖、加工方面的诸多细节。"

马钧铁说："办了这么多涉油案子，扣一台偷油车很容易，但若想证据确凿抓到上线，则是一个大难题。这和搞毒品案类似。在咱们这个城市，每天晚上可不是只有一台偷油车在偷油，你即使扣了其中的一台，还有许多其他偷油车照偷不误。我的总结是，这么多年打击盗油犯罪，始终没有打到根子上，原因在于没有搞清整个偷油组织内部盘根错节的关系网。"

何景利说："假如我们现在上路，扣一台向外地运送原油的车辆，司机携带的那些假手续我们难以判断，也就是说，很多偷油车就在我们眼前，我们却无能为力。隆局，您决心大，但我也很担心，油耗子们神通广大，如果我们真的打狠了，隆局您承受的压力……"

隆子洲说："大家放心干，我已经做好准备了，丢了乌纱帽也不怕。我每天的工作千头万绪,打击盗油犯罪这方面主要靠大家,关键性问题和关键性时刻我来给你们撑腰。大胆干,而且每个案子都要办成铁案,要经受住历史考验!"

韩松游泳的时候会一次奋力击水三千米,完毕就会掉下一点五公斤体重,然后他再严格控制饮食。短短十天过去,韩松就瘦得像虾米了。按照预定方案,韩松定期来到刘锦家中,刘锦的母亲摸着他的脸时,面色平静却有滚滚泪水流淌。一切都是按照韩松设计那样,大家告诉刘锦的母亲说,刘锦因公负伤损坏了声带,再也不能说话了。

刘志东在发飙:"谁能保证他在关键时刻不会退却?他是政工出身,能有那么硬的骨头吗?"

"从省厅到地方,初来乍到,不知道水多深……"

"鲁书记,隆局这么干,要是砸锅了怎么办?尤其是将来,省厅和省委都认为派他来是个错误的时候……"

"盲目打击育才化工,是个失败的行动,不利于真正深度打击油耗子。"

鲁奎说:"也许我们和他们是殊途同归。那几个养了多年的桃子谁摘都是摘。虽然心疼,我们还是要祝愿他们成功。我们能出什么力气,一定要用尽,大局意识还是要有的。"

张克平说:"隆局的打法是凶猛一些,但他在工作的很多方面还是很让人钦佩的,比如每个周三雷打不动接访这件事情,一般人都做不到。我们也耐心一些,虽然在打击油耗子方面我们和他有分歧,我们可以再观察观察。"

此时,隆子洲,还有很多人,对马钧铁有着不容置疑的信任,

第十一章 雷阵雪

但是谁也不知道马钧铁和刘秀的特殊关系。当然，张克平、刘志东对此是心照不宣的，但他们只是在等待最后的事件走向。事实上，马钧铁是不会让人失望的。

马钧铁对隆子洲说："隆局，我现在是百分之百相信您，对油田支队也充满期望，但是，油耗子们出手都特别大方，谁要是动一点儿小贪念都会给我们造成很大麻烦。那一百万，我马钧铁和刘锦能挺住，年轻一代民警能吗？"

隆子洲说："是啊，弱点都在暗处。打击涉油犯罪和打击其他类型的犯罪不大一样。盗油牟利，大家都觉得沾一点儿、获得点儿实惠没什么，但麻木久了，致命问题也就来了……"

马钧铁说："先收他的钱，和他做交易，我希望看到他拿出这一百万元筹码后到底要做什么，可以更加弄明白老白这个人。"

刘锦牺牲后，马钧铁找隆子洲进行了一次长谈，坦陈了收取一百万元贿赂的真正动机。

隆子洲说："油耗子出手这么大方？"

马钧铁说："那么一大摞子钱摆在那里，一般人承受不住这样的糖衣炮弹。"

隆子洲感觉，马钧铁就像一台破案机器，却没有任何周旋于官场的伎俩与心机。隆子洲曾经有过各种机会与马钧铁互动，但马钧铁从来不溜须拍马，更没有做过像贺光明那样的事情。

隆子洲说："按理说，我们全局的工作已经是全省乃至全国一流了，我平平安安过三四年也就退休了，但深度打击油耗子这件事我还是要做。这是我警察生涯的最后一场关键战役。"

马钧铁说："但是，打击油耗子如果打不明白是会被反咬一口的，甚至会影响您个人……"

隆子洲说："有时我也在想，我们这样卖力干工作是为了什么。比如我，为了省心，可以不碰油耗子；你马钧铁呢，这么些年破获大要案无数,也该休息休息了。但我们都闲不住,思想不闲着,行动不闲着,为什么?原因在于我们爱这个职业,希望这个职业好,希望这个职业令人尊敬……"

孔二虎虽然涉嫌毒驾,但是他却有一个非常好的律师,公安这边似乎也有种力量在推动放虎归山,于是,孔二虎又一次被取保了。老白也同样被取保。

舆论对市局党委十分不利的时候,隆子洲告诉韩松:"让舆论沸腾去吧,放虎归山,就是为了让武松去打虎。"

孔二虎走出看守所的第一件事,就是带着油缸子闯进奕成的别墅,把枪口顶在了奕成脑门上。

奕成说:"都是自家人,这是干啥?"

油缸子把刀架在奕成脖子上:"少废话,把董双红交出来!"

赵辉腾把董双红押了出来,交给孔二虎。

孔二虎说:"跟我走,我还指着你告倒韩松呢。"

"你怎么知道他在我这里?"奕成问。

"少废话,我猜也能猜到。你还想抢走董双红?他可是我的宝贝。我问你,和你争抢董双红的是谁?"

孔二虎这样一问,问蒙了奕成。奕成一直以为和他争抢董双红的是孔二虎,没想到孔二虎反过来质问他。那个夜晚,丰田霸道与奕成在家门口激烈冲突,董双红成了双方争抢的猎物,目击证人还是有一些的,很多媒体都以"那一夜枪战,董双红家门口发生了什么"为题大肆报道。

这天下午,隆子洲给柳家胜打电话,告诉他必须摆平韩松被孔二虎一伙告状的事情。

第十一章 雷阵雪

柳家胜听完细节，明确地对隆子洲说："大哥，您放心。这帮兔崽子还想翻天了？"

检察院那边即将对韩松立案的关键时刻，孔二虎接到了柳家胜的电话。柳家胜在孔二虎那里有着无穷威力。这个时候，即使是侯伟的电话也一样管用。

柳家胜在电话里大骂："那个董双红，兔崽子，就是警察真的把他打骨折了，又能怎么地？还告警察？你怎么管理手下的？"

这个电话非常关键，孔二虎立即没了脾气，一再表示，不再告状，那件事就此结束了。

孔二虎说："但是，韩松这人特不懂事儿，经常挡我们财路，不是一次两次了。不干掉他，我们以后的日子不好过。"

柳家胜说："等他挡路的时候再说，但现在不能把他往死里整，听明白没有？"

孔二虎让董双红撤诉，表明了柳家胜和孔二虎的紧密联系。隆子洲觉得，小试牛刀进一步印证了柳家胜在油耗子中的影响力。

但随后，柳家胜对隆子洲说："老领导，您不要误会我，我的影响力是一点点积累出来的，最终目的是形成打击力。"

第十二章　相亲的日子

师父对韩松恢复了感情，韩松一直不离师父左右，生怕自己一不留神又被师父丢开。

马钧铁说："徒弟啊，我们必须把炸你的人揪出来。想炸你还成？"

韩松说："除了刘秀还有谁？肯定是他指使孔二虎干的，孔二虎恨死我了。"

马钧铁说："不可能是刘秀，也不可能是孔二虎。和孔二虎打了这么些年交道，你还不知道他？只会虚张声势，不会有那么大的胆子，他和油缸子都是那种人。"

韩松问："为什么不会是刘秀？"

马钧铁说："刘秀不像你想得那么坏……但我也不能确定他是否很好。"

"不那么坏？不能确定是否很好？"

"你不是承诺要给人家把刘秀父亲的案子破案吗？案子还没破，人家能害你？"

韩松愣住了，自己折腾了这么久，师父怎么什么都知道？自己

第十二章 相亲的日子

一心想打掉那个"黑手党",师父竟然说他不坏。师父这是怎么了?

"我告诉过你,事情的复杂程度远远超过你的想象。你还太嫩,但也就是你这种嫩,还真起了作用,如果按照你的思路查下去,也许二百万元奖金真的就是你的了。"

那天晚上,韩松把师父送到他住的那幢破旧的居民楼下,刚开车离去不久,就听到了激烈的枪响。待他返回,一辆吉普车已经消失在视线尽头。韩松冲进楼道,见到处都是血,瞬间泪流满面,带着哭腔不停地呼喊师父。

"哭啥?那些血没有一滴是我的。对师父这么没信心?"马钧铁站在他身后说。

身经百战的马钧铁只是腰扭了一下。

"邪门了,炸你不说,又要害我,这一切都是谁在折腾?"马钧铁疑惑极了。

是刘秀?不可能。是老白?马钧铁收了他钱财,却没给他在裤裆巷办事儿,但他也不至于因此杀人啊。

狄威将饭店低价出让后,开始到省城、北京上访,状告刘秀是黑社会。

狄威找到韩松问:"你能不能陪我去告状?"

韩松说:"告状,我陪你肯定不行。你这是越级访,越级访会被拘留的。咱们这边要是拘留你,你可以找我。"

狄威因为越级访就要被拘留的时候,果真给韩松打了电话。韩松得知是侯伟办的案,直接在电话里答复她说:"完了,这个人和我不对付,这事儿我好像办不了。"

谁知电话时免提,侯伟听到后直接抢过电话说:"韩松,你小子,我什么时候和你不对付了?这个女孩儿,只要你一句话,我就放了。"

韩松喜出望外地说:"侯哥,误会误会,我……"

205

侯伟接着问:"我一直感觉咱哥儿俩挺投脾气的,就是交流少。你说,放还是不放吧?"

韩松说:"放,我去接她……"

侯伟问狄威:"你那两个哥,枪毙两个来回都够了,你还觉得冤枉?还抓住刘秀不放?"

狄威说:"我就是不服。谁不知道刘秀是最大偷油贼?我哥那边的事儿我认账,我就是不服刘秀。你放了我,我也还得去告状。"

韩松来了。

侯伟对他说:"韩松,很多人都说你是第二个侯伟,但你没有我坏,所以你还不行。你只是看着坏,其实你一点也不坏,我知道。"

韩松有点尴尬:"但没有人说我好话啊。"

马钧铁说:"韩松,狄威说,刘秀身边有一个卧底,可以提供给你们想要的证据,用那个证据干掉刘秀,然后你立功受奖。不是说有第三张光碟吗?"

韩松说:"师父,您别说立功不立功的事了……那个小女子不着调,我想要的一直没有得到。"

马钧铁说:"韩松,她说有第三张光盘,你就信?说不定她是一直在利用你,一直在玩你,一直在拿你解闷儿呢。你可千万不要一失足,娶了她。"

韩松说:"她倒是有那个想法,我是一点儿没有那个心思,我和她不可能玩那个在水一方的游戏。"

马钧铁说:"好,你心里还是有数的。但是,她说,刘秀身边有个卧底,和他哥哥们关系不一般,倒是有可能的。关键是,这狄威和那个卧底有着怎样的关系呢?问题是,谁想炸你呢?"

韩松说:"我在冥王星卧底时的保密工作没问题,狄威不可能

第十二章 相亲的日子

知道。她那个老鸨嫂子也只是认为，我是个胡作乱闹的流氓警察而已，所以她们这一边不会炸我。"

马钧铁说："你初来乍到，也没具体得罪过谁。"

韩松："要说得罪，我觉得孔二虎有可能。别人就没了，他说过会要我命。"

马钧铁找来侯伟的时候，韩松也立即把我叫了过去。我和韩松没有想到，马钧铁和侯伟的个人关系竟然那么好，竟然那么彼此相信。

侯伟坚持说，孔二虎没有那么大胆量去炸死一个人，孔二虎之流就是嘴炮大王，没啥能耐。当我把狄成临刑前让我转达侯伟的话原封不动地转达后，侯伟脸色很不好看，质问我："你怎么不早点儿告诉我？"然后又自言自语："早晚都一样，看来他们对我还是要来那么一下子。"

马钧铁说："我告诉你们一件事，你们绝对要保守秘密。刘秀是刘锦的哥哥，亲哥哥……所以你们记住，如果哪天我真的出了事，凶手绝对不会是刘秀……我和刘秀从小一起长大，我们是铁哥们儿。"

于是，韩松明白了所有蹊跷。

见马钧铁对侯伟这样信任，韩松对侯伟说："哥，原来你是幕后高人，以前错怪你了。你是不是一直觉得我不咋地？"

侯伟笑着说："如果你是坏警察，我一定会用更坏的方法让你永无出头之日，但你不坏。你不是想通过那个女孩儿获得干掉刘秀的线索吗？"

韩松疑惑："你怎么知道的？"

侯伟回答："你师父告诉我的。别人不知道，公安局里我们俩是最过命的朋友了。我告诉你，这个小丫头油滑着呢，小心点儿。

我觉得，她就是想泡你，她看上你了。她一直拿你当止疼片，这才是主要的。"

侯伟和马钧铁两个人谈起了刘锦之死的蹊跷。

"他们好像彻底失去耐心了。"马钧铁说，"我们盯了狄氏兄弟这么多年，最后竟然什么也没有发现，你说他们多狡猾。"

"刘锦的死会不会和这个谜底有关？"侯伟说，"韩松被炸，我觉得也和这个谜底有关。"

这是韩松第一次见到侯伟和马钧铁对话，他们平日里即使在走廊里遇见，也是一副谁也不认识谁的样子。他们今天这样谈论问题令韩松很意外，他们聊的内容他似懂非懂。

马钧铁对韩松说："当警察都会有些秘密，有的会保密很久。"

侯伟对马钧铁说："DNA 比对，说不定就是李宝成呢，这个还是韩松立功了。"

两个人把目光一起转向韩松，韩松似乎明白了。

侯伟说："案子破了，钧铁，别忘了提醒刘秀，给韩松奖金。"

马钧铁对我和韩松说："这两天，我们需要和隆局做一次专题汇报，说一件重要的事。"

侯伟说："我也得准备好，因为我太有好奇心了，狄成背后的人一定不会放过我。"

几个人这样分析：韩松被炸，马钧铁遭遇枪手，甚至刘锦遇害，都有可能是因为他们触碰了一个潘多拉盒子，那个盒子里装载着刘会战遇害的秘密。

刘会战牺牲后，报纸上曾经长篇累牍地报道过他的事迹，同时也说明了案发现场的一些情况，比如，根据董和平提供的情况有三名嫌疑人，在冰面上还发现了一个阿诗玛烟头，等等。20 世纪 90 年代末期，DNA 技术应用办案已经初露端倪，于是，暗地里的凶手

第十二章 相亲的日子

把目标指向了要命的烟头。

冥王星夜总会最初只是面积一百五十平方米左右的小店，侯伟在那个时候就是常客了，他在那里挥金如土又喜怒无常，谁见了谁怕。

狄成向他扔去一捆万元钞票，说："刘会战被打死那个现场应该有几个烟头，你把公安提取的烟头偷来给我。"

狄成判断，流氓警察侯伟毫无疑问会见钱眼开，侯伟如果不按他的要求去做，也就意味着他生命的结束。狄成和他背后的人已经不得不这样做了，他们担心DNA会令他们原形毕露。

侯伟接过一万元钞票却摔在了地上。

狄成默默地看着侯伟，看他下一步如何打算。

侯伟说："太少了！糊弄要饭的？"

二十万元现金到手后，侯伟将一个阿诗玛烟头送到了狄成手中。

狄成说："侯伟，咱们原本就是兄弟，以后要是出了什么问题，你全家都没好。"

侯伟听了大怒，三拳两脚把狄成干倒，怒斥："你还威胁我家里人？吃了你这碗饭，就没想给共产党办那些事儿。"

狄成当时连连认错，事后却拿着一根凶手的头发到公安机关举报，目的就是验证侯伟是否真办事儿了。如果鉴定结果证明那个头发和烟头的DNA信息一致，就说明侯伟并没有真办事儿，届时狄成一定会死猪不怕开水烫，用各种托词和警方周旋。警方已经掌握了一个烟头，多一根头发又能怎样呢？狄成可以采用各种谎言应付，比如有个人交给他这根头发就失踪了，等等。总之，狄成在这件事上有着用不完的谎言。但是，狄成基本认为，侯伟会替他办事儿的，因为侯伟在他心里是一个不折不扣的坏警察，收了他的钱财怎么能不替他消灾呢？

随后的日子里，狄成与侯伟基本上形影不离。侯伟却无论如何也没能发现狄成的重要接触关系。侯伟是想长期经营，一旦发现三名凶手就果断出手。但直到狄成等待死刑复核那些日子，侯伟也没能发现狄成背后的人。在狄成生命的最后时刻，侯伟没有将这件事情揭开。狄成已经是死罪了，这个盖子若是揭不好，余下两个人不一定会浮出水面，而侯伟和家人却会有性命之忧。可是，侯伟还是止不住好奇，一次次到看守所看望狄成，努力满足他生命最后所有要求，目的就是想知道另外两个人是谁。狄成明白他的用意，始终没有点破一切，倒是把他的好奇心通过在押的狱友转告了另外两个人。

侯伟有好奇心，就说明他骨子里还是想挖出凶手，狄成对此当然明白。侯伟的表现已经说明，他收钱财并不是想替狄成消灾，只是想深度发现所有真相。狄成即将踏上死地的那一刻方才明白侯伟的用意，于是把侯伟的好奇心传递给了应该知道这个信息的人。侯伟不知道，他已身处险境了。侯伟当年吃喝玩乐都是假象，他一直在努力寻找那个能够解开刘会战死亡之谜的答案。

韩松的怀疑重点目标瞬间指向了李宝成和老白。

隆子洲的态度是：尽快获得李宝成的 DNA 样本，但对老白和李宝成动手暂缓，先把老白和李宝成涉油犯罪流程调查个水落石出。

"我从穿上这身警服开始没有一天虚度光阴。你应该知道。"

对韩松的解释，何烨不理不睬。一个又一个夜晚，何烨和衣而卧的时候，总是感觉韩松不靠谱，整天都是忙忙乎乎、心浮气躁的样子。韩松自认为他所有举动都是未来站在何烨面前的筹码，但何烨却完全不这么想。随着时间的推移，两个人的感情不但不见任何起色，误会反而不断加深。何烨在日记中写下：看这时光匆匆而过，生活不是剧本，谁也不会等谁。

第十二章 相亲的日子

"今晚这个行动,应该会在你相亲之前结束。"晨会的最后,何景利半开玩笑地对何烨说。支队正在搞一个偷油案子,韩松刚刚到支队报到,对这个案子的前期不是很了解。何景利对韩松说:"让你抓谁你把他抓到就是了。"

"你初来乍到,和我一样干粗活,从粗活做起。"我故意分散韩松的注意力,担心他会因为何烨相亲受到打击。

韩松目光呆滞,木然地说:"我也就能干点儿粗活,我太粗心大意了⋯⋯"

这样说的时候,韩松看着何烨的眼神特别黏糊。

何烨的注意力却全部在工作上。何烨说:"我在打击涉油犯罪方面,一直没有培养出像样的线人,华生、洪图在这方面也是弱项,今晚这个线索来得特别艰难。"

马钧铁说:"刘锦有个很好的线人董双红,但他最近不见了,很遗憾。"

今晚这个行动,依然在裤裆巷的一号目标位置。马钧铁一直要求何烨紧盯裤裆巷,围绕裤裆巷搜集线索。何烨与华生经过一番努力,很快有了动静。

何烨说:"马支队,我们能不能再把刘锦的那个线人找出来呢?他能相信刘锦,也一定会相信我们。"

马钧铁说:"上次油缸子落网以及刘锦牺牲那天的线索,都是这个人提供的,但这个人失踪了。"

马钧铁说:"同志们,今天晚上加把劲儿。何烨上来的这个线索虽然只是一台五十吨的油罐车,但可以撕去老白的面纱。"

早年,刘秀打折了老白的腿,却始终没有打服他的心。刘锦牺牲那天夜里,何景利带着大家去侦查老白背着刘秀独自开办的化工厂。刘秀的手下都有活思想,比如,孔二虎就正在建一个自己的加油站。孔二虎觉得,开加油站刘秀不会反对,因为未来加油站营业也会使用育才化工的油品，所以刘秀是会乐享其成的。但是，老白独自开办化工厂，刘秀绝对不会容忍，警察更不会容他。老白以为，摆平了马钧铁，就可以在裤裆巷打开一个缺口，把偷来的原油运到杏州，最起码可以安全地运到自己的化工厂，但他不知道，马钧铁根本没有看上那百万筹码。

何景利说："今晚，何烨与华生把目标油罐车扣下就成，然后洪图送何烨去相亲。车交给曹海、于强。讯问工作由韩松、华生进行。"

这一晚，何烨将去相亲，对方是中心医院外科名医钱博文。

韩松咧咧嘴："你们听到没？何烨抓完人交给我审，然后人家就去相亲了。"

华生没心情玩手机了。我也默不作声，足足抡了五十多个哑铃。

裤裆巷里的幽灵似乎已经不在。刘锦的鲜血至今依然凝固在距离那里不太远的地方，但当天夜里我们工作至很晚也没发现目标，令人感觉有点儿跑风的意味。实在等不下去了，何景利让何烨赶紧去约会，留下韩松等继续工作。

何景利说："耽误何烨一生，担不起这个罪名啊……"

何烨祝愿大家抓人扣车一切顺利，随后踏上相亲路。何烨的婚姻问题始终是个难题，大龄剩女永远比大龄剩男显得紧迫。当然，假如不是工作那么投入，何烨也许早就名花有主了。何烨整天打拼在男人的世界里，把自己弄得也像个男人。这一天，医生钱博文给了她新意。

何烨特意来到韩松身边说："我年纪大了，不等你了。你总是那么不着调，我给了你很多的机会。"

韩松听了无言以对。

何烨相亲的日子，众人齐心协力帮她从繁忙的工作中抽身。由于都很中意对方,谁也不想听到"被否决"的消息,碍于面子,两人约定不打电话、不发短信、不通过介绍人传话,第二天晚上七点还在这里见面,如果某方没来,就说明某方不同意。其实,双方都特别中意对方,只是都觉得不便立即表达。

钱博文如期到达,何烨却迟迟没有露面。也许注定这个夜晚会发生一些事情。钱博文失望的时刻,在同一个咖啡馆,老白兴致正浓。钱博文不认识老白,更不认识狄威,当老白与狄威在距离钱博文不远处喝咖啡的时候,他们彼此谁也不知道谁是谁。

尽管刘秀已经叫停所有偷油行为,但众人最看重的是利润和效益。刘秀集中收油时,众人可以听话给他面子,但刘秀不收油了,还不让别人偷,那怎么行呢?贼不走空的道理千古不变,一切可不是刘秀叫停就能停下来的。这些都在刘秀意料之中。

油缸子、孔二虎的偷油活动都在刘秀的掌控中进行,刘秀暗地里让董双红给他们开辟的新通道,越来越发挥重要作用了。加上裤裆巷开放的一个运油通道,欲擒故纵的策略被发挥到了极致。

最近,几个盗油集团从各种渠道获得的原油,除了老白留下一些偷偷加工以外,每天都有四百吨左右的原油经由裤裆巷运至省外,每吨原油利润在三千元左右,极其可观。前一段时间外运原油还由育才化工垄断。刘秀一番折腾后,盗油江湖有些混乱了。孔二虎和油缸子还相对听从刘秀的命令,偷油活动都是小打小闹,奕成却在大干,每天外运的四百吨原油大多来源于他。老白极力笼络刘翔,希望有一天刘秀的一切都属于自己,却不知道刘秀已经布下大棋局。老白甚至不知道刘翔是刘秀的独子。老白时刻都想有朝一日自己能像刘秀一样,所有人都对他忠心耿耿。他的目标是:干掉刘秀,每天外运原油一千吨。

谁也不知道,裤裆巷是警方故意开的一个口子,进而令一切有规律可循。老白以为是那百万保护费在发挥作用,实则警方掌握着一切。

奕成没有不尊重刘秀的意思，他和刘秀毕竟有情分儿。老白却很无情，他心底一直恨着刘秀。老白、奕成和千里之外的杏州化工企业联系密切，他们依然在偷油，依然在外运原油牟利。余下的原油原本是供给老白自己的化工厂消耗。何烨相亲那个夜晚的行动，阻断了老白的化工厂的原油供给。

内部的斗争从未停止。刘秀叫停偷油活动后，斗争急速升级。恩塔地区的奕成试图与孔二虎、油缸子分庭抗礼，刘锦牺牲的那个夜晚，黑色捷达里被撞死的两个油耗子就是奕成派来抢油的手下。

一切友谊都是表面的。刘秀已经感觉到一个无形的黑影笼罩着他，时刻准备与他对抗，因为他周围都是无利不起早的人。

奕成算是恩塔的涉黑势力，他的座驾林肯领航员里总有一只藏獒，价值连城，凶狠无比，据说曾经为奕成撕咬过不听话的手下。

前些年，奕成闲着无聊的时候，经常让自己的车以不超过二十公里的时速行驶，甚至更慢，任何车都不能也都不敢超他的车，如果谁犯戒，定会遭到奕成手下的暴打。许多年来，路上的车辆一见到奕成的林肯领航员都会自动让路。

当地人总结出两大祸害：油田的盗油车、恩塔的奕二哥。

奕成对手下无情，对孔二虎更充满了恨。奕成一心想控制更多的原油来源，觉得孔二虎和油缸子的偷油点应该全部给他才对。他觉得，孔二虎的存在没有必要，每次双方见面都剑拔弩张。前一段时间，孔二虎抢走董双红，更令奕成难堪之极。奕成决定，和孔二虎斗一斗，让他尝尝恩塔人的厉害。

那天晚上，钱博文独自等待何烨。此时此刻，老白与狄威谈兴正浓。狄威神色轻浮，完全不像和韩松在一起的样子。

约定的时间过了，钱博文觉得，何烨失约意味着她没相中自己。

第十二章 相亲的日子

钱博文要了朗姆酒,开喝。他不懂朗姆酒是啥意思,反正酒水单子上写着这个名字,就随便要了。

何烨让钱博文心动了。何烨在他眼中清澈、干练、阳光、健康,何烨和他身边的女医生不一样,和女护士不一样,和所有他见过的患者不一样。但是,何烨没来,钱博文和初恋分手时都不曾这样难过。

门外有汽车刹车的声音,专心喝酒的钱博文没有在意。在他绝望的时候,何烨突然出现在他面前……何烨坐定,看了看钱博文,又看了看那酒瓶子,说:"医生,酒量不错啊。对不起了,迟到一个小时二十三分。"

钱博文把杯中残酒一饮而尽:"你要是不喜欢别人喝酒,今天这点儿酒是我这辈子喝的最后一口。"

好笑的表白。何烨的嘴角刚刚动了动,突然感觉有人一直盯着自己。出于职业习惯,她不论去哪里都会注意观察一下周围的环境和人。但今天有些特殊,她的注意力刚才都在钱博文身上,暂时放松了那种融入骨髓的警惕。瞬间,何烨扭过头,看到了老白和狄威。

何烨的目光射去的时候,老白正轻搂狄威的腰肢。何烨、华生等人不止一次看到韩松与狄威在各种场合出现。当然,韩松从没有向狄威提起过自己最为欣赏的女同学,也觉得没有必要提起。

何烨的注意力完全集中在钱博文以外的位置。钱博文好像说了些什么话,但何烨就像失聪了,什么也没有听到。

何烨拿出手机,拨通了华生的电话:"华生,韩松和那小妞儿还处着没……你别直接问韩松,策略点儿啊……十分钟以内告诉我答案。"

何烨走后不久,我们抓获了嫌疑人和油罐车,将其押解回单位后,韩松立即开始讯问。他心中那股压抑令他控制不住自己的火气,动不动就拍桌子瞪眼。

华生叫他出来吸了一根烟，放松放松。

华生说："天天这样忙，狄威还要不要了？"

用力掐灭烟头返回讯问室之前，韩松非常自信地说："放心，那小娘子永远是我的。她和我好着呢。"

何烨的手机响了，是华生打来的。何烨听了几句，不由得皱起眉头。

那边，老白与没心没肺的狄威搂搂抱抱，甚是亲密。

何烨的心中有种说不出的痛，她扭过头。何烨说不清自己对韩松是什么心情，但至少觉得韩松不应该遭到背叛。何烨抢过朗姆酒，倒了一杯，咕咚一下喝进去。再倒，再喝！

何烨对钱博文说："就这个酒，再来一瓶。"

何烨喝酒的时候，完全忽略了钱博文的存在，满脑子都是韩松的身影。她想起了与韩松之间的一幕幕。她的眼睛突然湿润了，一滴眼泪滴落在酒杯里。

钱博文满是疑惑："你……这是怎么了？"

"走，和我去单位。"

按照何烨的性格，她是不会过多解释什么的。何烨起身朝店门走去，钱博文就像小跟班一样乖顺地跟在后边，顺手还拿走了桌子上的所有纸巾，以便何烨需要时立即供应。

临要出门，钱博文说："等会儿。"

钱博文拿起纸巾，把何烨眼角儿的一滴泪擦干："外边风大，别伤了脸。"

时间很晚了。孔二虎走出自己的加油站，感觉一个人跟在他的后边，顿时警惕起来。加油站前的路被大雪覆盖，显得非常冷清。他的手下开着牌照 55555 的路虎揽胜朝他驶来，揽胜后边还跟着一

第十二章 相亲的日子

辆款式比较老的奔驰。

"二虎,奕成向你问好。"

一句含着杀机的话令人不寒而栗。杀手的身体颤抖着,声音低沉有力。

孔二虎僵住了一秒钟,他确信,眼前这人是有备而来,也许下一秒钟对方就会掏枪。

孔二虎完全没有了昔日威风,想逃却双腿发软,差一点儿咕咚跪在地上。他把眼神落在不远处慢慢驶来的路虎上,希望自己的手下能够冲过来救驾。可是,开路虎的司机却没有感觉到迫在眉睫的危险,路虎依旧是那个不紧不慢的速度。

就在这一瞬间,那人的匕首连续两次扎入孔二虎的腹部。孔二虎捂着肚子倒在地上。

那辆老款奔驰突然加速,开到他们跟前。杀手打开车门,从容上车,奔驰消失在风雪中。这时候,路虎上的孔二虎手下才匆忙跑过来,把孔二虎扶上车。孔二虎在后座上大骂手下见死不救,直到最后没了力气。

那个杀手是奕成手下第一杀手赵辉腾,由于患有先天性钾缺乏症,所以身体总是颤抖。赵辉腾自幼跟着奕成打打杀杀,凶残无比。孔二虎的手下眼看着孔二虎被刀扎伤,眼睛都没敢睁开。

"就扎了两刀?没来个三拳两脚?辉腾,你是不是老了,怎么这么熊了?"奕成非常不满意,"到医院去看看,不行还揍他。都去!"

这个夜晚,奕成需要给孔二虎最大的恐惧,以便接下来从他手中抢夺裤裆巷那个油井密布的地盘。

经过一番急救,孔二虎没有性命之忧。他在病房里刚刚舒舒服服躺下,奕成和手下冲进了病房。

赵辉腾二话不说,上前将孔二虎拽下病床拳打脚踢。旁边一位患者见孔二虎被打得太重了,出言制止:"别打了!你们这么打不把人打死了吗?"

奕成瞪眼:"没你事,你少废话!给我使劲儿揍他,有事儿我兜着,有人来我挡着!"

赵辉腾在奕成的纵容下将孔二虎的胳膊打折,直到孔二虎人事不省。

这帮人离去后,有人尖声喊叫。叫喊声唤醒了孔二虎。孔二虎摸起电话,拨通了刘秀的电话:"大哥,我让奕成干了……"随后又拨通了侯伟的电话:"大哥,我要报警。"

第十三章　高尔夫和藏獒

"这是我男朋友钱博文。"何烨一身酒气，走进支队大门就遇见了身着便装的何景利，于是直接指着钱博文介绍说。

戴着眼镜的何景利皱着眉头向钱博文点点头，随后闪身离开，明显对这股酒气不满意。

何烨的表情看不出丝毫欢喜。钱博文则不同，听了何烨这般介绍，脸上露出了新郎官一样的笑容。钱博文不知道眼前这位何景利是谁，只是笑着点头示意。

等何景利走远，钱博文问何烨："刚才那位是打更的？"

何烨马上把食指放在自己嘴上："嘘……那是我们老大，支队长。"

来到执法办案区，何烨刷了指纹，带着钱博文走了进去。

"坐这儿，你在这里等我。"何烨将钱博文按在走廊里的一把条椅上，而后走到讯问室前。

透过玻璃，何烨看到韩松在里边拍桌子瞪眼，看来讯问正处于关键时刻。何烨眼睛红红的，直瞪瞪地看着韩松。韩松不经意一抬眼看到了窗外的何烨，于是停止工作，走出讯问室。

韩松说:"怎么回事?这么大酒味?何烨,你这是怎么了?谁欺负你了?"

何烨笑了,眼中还带着泪。

韩松说:"相亲没成?借酒浇愁?不至于吧你?"

此时,韩松突然发现条凳那边坐着一个人,东张西望的样子,非常可疑,于是一如既往地用蛮横的口气问:"你干什么的?怎么进来的?"

韩松这气势令钱博文有些尴尬。

何烨拦住韩松,说:"别吵吵,那是我男朋友。"

韩松立马软了:"幸会幸会。"扭头又问何烨,"但是,你带着他来公安局干啥,来找我干啥?"

何烨突然发现自己很难回答这个问题。无奈中,何烨说:"没啥,就是有了男朋友以后啊,特别想来看看你。"

听了何烨这句话,韩松发自肺腑地笑了:"这是真的啊?何烨,你现在回头还来得及,我永远等着你。"

何烨说:"韩松,你是最棒的,没谁能配得上你,你记住我的话。"

韩松突然沉默了。他觉得何烨怪怪的,突然想起"女孩儿的心思你难猜"这句老话。也许,何烨是真的喜欢自己?名花有主了,还对自己恋恋不舍?韩松疲惫的脸上有点儿坏笑,但很快又凝固了,他目前满脑子都是案子。

韩松说:"你看你这身酒气,你喝多了,快回去吧。"

虽然酒气熏天,但何烨却不像在胡说八道:"韩松,你要记住我的话,你永远要自信。"

韩松有点儿蒙圈。

走廊那一头,钱博文表情茫然,谁也不知道此刻他在想啥。

韩松拍拍脑门子,何烨今天是咋了?

何烨说:"你得离那个狄威远一些,免得受伤太深,我说的不

第十三章 高尔夫和藏獒

是玩笑话。"

韩松觉得此刻不宜再开玩笑了，很认真地说："相信我，我和狄威就是逢场作戏，绝对没有假戏真做。无论怎样，她伤害不了我，因为我对她根本没上心。"韩松笑了，神态有点儿小嚣张，"在这个世界上，只有你何烨能让我伤心。"

韩松问："我，你不用担心。现在的问题是你，你相信那个医生？"

何烨若有所思地回答："我感觉还行吧，年纪大了，得现实一点儿了。"

韩松说："你把他叫来，把测谎设备打开，问他几个问题。"

这个夜晚的办公室，热闹极了。一大帮警察生拉硬拽，把医生带到了测谎仪前边。

韩松问："你真心喜欢何烨吗？"

数据显示，医生说"喜欢"的时候没有说谎。

韩松接着问："除了何烨，你还喜欢过别人吗？"

数据显示，医生说"没有"的时候是在说谎。

韩松继续问："此刻，除了喜欢何烨，你心里还喜欢别的人吗？"

数据显示，医生说"没有"的时候依然在说谎。

接下来，韩松坐到了测谎仪前边。

我问："你心里除了何烨，还有喜欢的人吗？"

数据显示，韩松回答"没有"时没有说谎。

我问："你以前喜欢过除了何烨以外的其他人吗？"

数据显示，韩松回答"从来没有"时没有说谎。

我问："何烨嫁人了，你什么感觉？"

数据显示，韩松回答"生不如死"的时候没有说谎。

次日早晨，奕成求见刘秀。临到中午时分，驾驶 88888 牌照路虎的"金边眼镜"来电,告知奕成到刘秀别墅后边的高尔夫球场见面。奕成的林肯领航员驶进那个雪地高尔夫球场时,刘秀正在挥杆击打一个又一个橙色小球。

不远处,水泥罐车正在转动,一台掘土机刚刚挖完一个大坑。

奕成下车,朝着刘秀走去。奕成左手边是赵辉腾,右手边是他的那只藏獒。刘秀听到了声音,却完全不理不睬。藏獒跃跃欲试前蹿后跳,到了刘秀身前更是这样。奕成不断用小动作安抚藏獒,局势似乎完全由他掌握着。

奕成已经来到刘秀近前,但刘秀依然只顾打球,看也不看奕成一眼。在他身旁,"金边眼镜"和君刚站在那里一动不动。奕成点燃了一支烟,也不打扰刘秀,静静地吸着。目光生冷的赵辉腾依然颤抖着,但他的颤抖并不是因为天寒地冻,而是因为身体缺少钾元素的疾病。

刘秀打够了,累了,于是转过身。那只藏獒目带凶光地朝着刘秀叫了两声。刘秀的视线依然没有落在奕成和赵辉腾身上,而是对着藏獒说:"乱咬!你怎么来了?谁让你来的?"

刘秀一边说话,一边提着高尔夫球杆朝藏獒走过去。说来奇怪,这藏獒竟然呈现出从未有过的怯意,似乎要往主人奕成身后躲藏。奕成对此非常奇怪,他不知道刘秀有着怎样的魔法。奕成正在纳闷的时候,刘秀已经来到藏獒近前。

刘秀继续对着藏獒说:"畜生,你怎么来了?谁让你来的?"

一边说着,刘秀一边挥起高尔夫球杆,朝着藏獒的下巴颏搂了一杆子。那畜生的硕大脑袋忽悠一下朝着天空仰过去。接下来,刘秀继续挥舞球杆疯狂抽打,那藏獒没有任何反抗的意思。雪地高尔夫球杆都是钢制的,攻击力超乎想象。

赵辉腾想上前阻拦,刘秀一个手下照着他左腿就是一杆子,骨折。

转眼间，那藏獒嗷嗷直叫，匍匐在雪地上，狗血四溅。

最后，"金边眼镜"走到近前，掏出一支短猎枪，朝着藏獒的头连续射出五发子弹。

藏獒一动不动了。

刘秀说："狗仗人势！还藏獒呢，一点儿气节都没有。"

金边眼镜一挥手，手下过来将还有点儿呼吸的藏獒拖走，一直拖到那个坑里。随后，水泥罐车向坑里注入了水泥，掘土机又铲来积雪覆盖在水泥上边。

这时，刘秀才看了看奕成："记住，我这里不能让畜生进来，进来就是死。"

奕成和赵辉腾一声没吭，刘秀在奕成心中还是很有威信的。

刘秀说："你和二虎那点儿恩怨怎么没完没了啊？心胸能不能宽大一些？"

没有任何人搭理赵辉腾，他独自一瘸一拐，返回了那辆林肯领航员，额头上满是豆大的汗珠。奕成非常心疼那只陪伴了自己很久、价值连城的藏獒，但一个字儿都没敢和刘秀说，就像一切都没有发生一样，跟随刘秀走进别墅。

刘秀说："你们这样下去，你干我，我再干你，不是办法。"

奕成说："大哥，孔二虎撞死了我的手下，是不是得给我个说法？虽然不能确定警察是不是他撞死的，但我看也悬。"

刘秀说："二虎被你们打骨折了，太放肆了吧？"

奕成说："大哥，您得主持公道啊！"

刘秀说："我再清楚地告诉你一遍，绝对不是二虎干的，二虎这辈子的杀人账本我都一清二楚。你听懂没有？不是二虎干的。下次你若遭遇那人，你和你的手下还是个死。我也希望搞清楚那天晚上真正的凶手到底是谁，那个撞死你手下又害了那个警察的人。"

奕成说："大哥，我原本以为是二虎撞死了我的手下，报纸上说的那个警察，我以为也是二虎撞死的。但警察找我时，我可一句废话都没说啊，我是守规矩的。"

刘秀说："奕成，我告诉你们不要再偷油了，你们不听，你还说你守规矩？"

奕成说："能不能是孔二虎说谎呢？"

刘秀有点儿不耐烦了："说谎？你以为我在孔二虎面前那么没有威信？他敢和我说谎？你倒不如说我在说谎。奕成，你小子过分啦。这些年，我对你怎么样你应该清楚。你想扩大地盘，想疯了吧？我给你点儿机会？"

奕成说："老大，您别这样说，我不想扩大什么地盘，所有地盘都是您的。"

刘秀一脚踹翻了眼前的桌子："知道都是我的，你还敢这么胡来？"

奕成沉默了。

"我说过，大家不要再干了，但你若是想再干那么一段时间，我不反对。"刘秀说，"还是那句话，得有点儿章法。竟然开始自相残杀了……"

奕成此行的目的是想求得刘秀理解，但没想到刘秀打死藏獒，又打断了赵辉腾的腿。

刘秀接下来说："奕成，我生气，是因为你对二虎太过分。如果你认我这个大哥，以后有人这样对待你，我也会这样生气。兄弟同心，其利断金。狄氏兄弟那种挑战说来就来，你懂吧？我现在面临巨大危机，我身边有叛徒。"

奕成说："叛徒？谁背叛你我就干掉他。但是，大哥，我弄点儿油，你别说我是背叛。"

刘秀说："偷油当然是为了吃饭，那个无妨。算了，我的牌子正想给你，我刚才没控制住情绪，算是弥补一下你的损失。"

奕成面带羞愧:"弥补啥啊,大哥说得都对,我不对。"

刘秀说:"其实,这个牌子我早就想给你。我不希望你和二虎再出争端。不要只研究偷油,也研究一下我的话,你们都要适可而止。将来一起干干净净做富豪,不好吗?"

奕成说:"我明白了,我不会和二虎有争端,我去和他道歉。可撞死我手下的真正凶手会是谁呢?"

刘秀表情凝重:"你可算想点儿正经事儿了。你得提防点儿那个凶手,我感觉一切很明显了,应该就是老白。"

奕成说:"老白,我来办他。"

奕成当然希望这样做,因为他可以清除一个障碍,又帮刘秀解决了棘手问题。

临别,刘秀对奕成说:"想办法找到一个叫董双红的人,他也许知道那天晚上到底发生了什么。"

奕成听了,突然一个激灵说:"董双红是被孔二虎和油缸子抢走的,叛徒一定是董双红了,因为董双红那天晚上一直在和那个警察刘锦联系。"

奕成讲述了那天晚上发生的一切,以及赵辉腾抢到董双红,董双红又被孔二虎抢走的过程。刘秀的内心在颤抖,他在心疼董双红。刘秀心想,刚才打折赵辉腾的腿,也算为双红弟弟报仇了。

刘秀当着奕成的面,给孔二虎打了电话:"你要照顾好董双红,他有一点儿损失我拿你是问。"

孔二虎当然会完全服从刘秀的指示,刘秀说照顾好董双红他便会无条件做好。刘秀的一番仲裁,令他和孔二虎、奕成的关系更加紧密,而他本人更加超然物外。刘秀让"金边眼镜"为自己采购了最新款的劳斯莱斯幻影,贺光明亲自送来了99999牌照,而且亲手将那威风无比的牌照小心翼翼地挂上。

公路上，奕成带领手下疯狂追逐老白，但老白并不知道追他的是谁。奕成下了狠心，要取老白的性命。奕成知道，刘秀说老白是叛徒，往死里弄他没毛病。

奕成命令手下向老白的座驾开枪射击。老白在惊恐中盘算，是谁想要我的命？他的第一感觉就是刘秀。这个时候，身处险境的老白认为，只有求助警方才可以保全自己，开着他的玛莎拉蒂疯狂地朝油田支队的方向逃窜。

"我要到警方那里寻求保护，问题严重了……"老白拨通了一个电话，而他的电话被韩松截获了。

韩松已经围绕老白开展全方位侦查。老白等人都很有戒心，韩松搜集来的信息，很多都是碎片化的，需要不断分析研判。比如这个电话，他是打给谁的？是什么意思？很快，韩松确定，老白是打给孔二虎的。这个时候，韩松想起了孔二虎的眼神，想起了自己被炸后朦朦胧胧中看到的那个人……

从逻辑上判断，老白是打完这个电话才来到公安局寻求保护的。马钧铁和韩松眼看着老白驾车来到楼下院子里。

此刻，老白心里很烦乱，开着满是弹痕的玛莎拉蒂来到油田支队时，没有了往日的招摇。

"这老白温柔了许多。"马钧铁说完，便和韩松抱着肩膀，眼看着那扇门。

敲门声响起。

韩松说："进来……"

老白看到韩松在，欲言又止。于是，马钧铁示意韩松先出去。

韩松刚刚关上门，老白的话匣子就打开了。

老白说："哥啊，现在油田支队里，我就你这么一个亲人了，咱们感情也不差事儿啊，你对老弟可不够意思啊！"

马钧铁敷衍说："这两天的很多事情都不是我主导的。支队刚刚大换血，大家都急着出政绩，我控制不了局面。"

老白说："至少也给我个信儿啊。"

马钧铁说："不对啊。这次扣的车、抓的人，和你们育才化工没啥关系啊。那些赃油都是一路往北，运到二十公里外奎城的一个土炼油点。我感觉，那点儿小家小业不是你的做派啊？"

老白说："大哥，不要置小弟于死地，好吗？"

马钧铁说："收你钱财，替你消灾，没问题。裤裆巷那边，只要我能确定是和你老白有关的油，当然会放行，或是给你放个哨。但是，你们育才化工的油都是南运，北上这条线，我无论如何也没想到和你有关联，抱歉啊。"

老白说："铁哥，若是别的警察查个油车什么的，不会在意是南运还是北运，没有人会整那么清楚。"

马钧铁说："说了这么半天，你的意思是说，这条线是你的？那个土炼油点也是你的？和我说话，直接点儿。"

对此，老白却不露丝毫口风。接着，他转了话题："今天不说别的，有人要杀我，我要报案，我要寻求保护。"

马钧铁说："老白，你既然来了，就不能白来，今天你不能走了……"

老白说："我没想走，有人冲我开枪……"

马钧铁说："不是你想的那种不走，是我们不让你走了，你被刑事拘留了。"

奎城的土炼油厂以及北上的这条赃油运输线，马钧铁早已知道了它的存在，何景利也一样，但在隆子洲这次向油耗子们雷霆宣战之前，马钧铁也好，何景利也罢，想触碰这个土炼油厂和那条运输线时，总有意想不到的渠道通风报信，连一台运送赃油的罐车都扣不到。在这样的情况下，即使带队去围剿那个土炼油点，也只能面对一个空空的院子，一个人影都见不到，查出这个炼油点的上线更是比登天还难。

　　茫茫雪野，马钧铁与何景利都曾无数次踏雪寻痕。这条运输线上，一台油罐车一路要更换许多次司机，就是为了防止有人熟门熟路找到那个炼油点。马钧铁与何景利就是有那么一股子韧劲儿，始终不放弃。尤其是马钧铁，他虽然与何景利一样，没能最终确定那个土炼油点在树林里的具体位置，但育才化工也好，这个土炼油点也罢，马钧铁曾经无数次在隐蔽处蹲守，掌握了车流信息，做了各种记录，进而推断出土炼油点和育才化工日均购买和销售赃油的大致数量。

　　核心问题是，如何确定那个炼油点的准确位置。

　　韩松经过艰苦的讯问，首先确认了土炼油厂与固定运输线的存在。在何景利看来，干掉老白是必需的，但又远远不够。他们希望通过干掉老白挑起刘秀与老白的内斗，接下来一鼓作气，打掉秀才集团的重要金矿——育才化工厂。这是何景利的想法，从常规角度来说，合乎侦查逻辑。

　　为了获得那个炼油点的准确位置，韩松曾带领于强、曹海奔赴奎城。为了不打草惊蛇，他们将车停在市区，穿着旧衣服乘坐农用车进入奎城，潜伏在那个藏有炼油点的大片树林附近的农村。通往那片树林的路只有一条，白天基本看不到人，他们只能躲在树林里观察情况，看到运油车辆驶过就秘密地在树林里追踪一段儿。随着一辆又一辆运油车辆的进入，他们距离目标越来越近。

　　那几天，为避免身份暴露，韩松他们只能穿着厚厚的棉衣露宿荒野，吃住在树林和荒草丛里，只有买食物时才会短时间出现在村里仅有的一家小食杂店里。

　　一连几天，他们困了就倒在草丛中睡，饿了就掏出凉馒头和硬面包就着雪充饥。

　　韩松说："这馒头啊，细细嚼着会充分感觉到麦子香。这雪呢，

第十三章 高尔夫和藏獒

含在嘴里更像一股清泉啊。"

头发不梳，手脸不洗，胡子长了没法刮，头发上沾满枯树叶，衣服上满是厚厚的油渍和污渍，让人看不清衣服原来的颜色。三个人浑身散发着难闻的气味。几天过后，韩松他们再去那家小食杂店买东西时，店主已经认不出他们了，不仅完全没有卖东西给他们的意思，而且捏着鼻子把他们往外撵："盲流子，滚出去，弄得满屋都是味儿。"

为了更加精确地掌握非法炼油点的位置，他们经常要夜里行动。

那天夜里，韩松一不注意掉进一个大坑里，曹海和于强紧跟着也掉了进去。他们费尽力气爬出大坑，好不容易找到一处小土丘，不但便于藏身，而且距非法炼油点较近，就决定在此观察。三个人疲惫不堪，躲在被积雪覆盖的小土丘下睡着了……

美梦是短暂的。第二天醒来时，韩松的叫声惊醒了于强、曹海。原来，他们竟然躺在一大片坟地里，被积雪覆盖的小土丘就是坟头，他们睡觉的地方还有残缺的黄纸。

从水坝那边望过来是一片树林，到了近前才发现，那是由五片大树林组成的林带。最终，韩松确定，非法炼油点位于其中的第三片树林里，那片树林周围是旷野和农田的混合区，几公里内没有一户人家，仅有一条林间小路与外界相通，周围高大茂密的树木成了非法炼油点的天然屏障。韩松兴奋极了，想大叫却又不敢，很快用坐标记录仪确定了炼油点的精准位置。

前期侦查的条件实在太艰苦了，跟特种部队的野外生存训练一样。但这一切对于韩松三人来说，不仅艰苦，也紧张刺激。尤其是夜里观察炼油点时，映入眼帘的景象如同鬼域、幻境。炼油厂的蒸汽清晰可见，点点灯光保证了整个厂区可以正常工作，但依然显得十分幽暗。那里，黑色的人影影影绰绰，断断续续的说话声已经可以听见。这座隐蔽的黑金城堡让人联想到鬼片里的情景。

韩松开始在我们警校同学的群里炫耀战绩了，把自己乞丐模样的照片一堆堆发到群里。

有人说："韩松真棒，上得厅堂，下得荒郊野外。能够活色生香黄赌毒，也能孤魂野鬼当无赖……"

韩松说："奚落我可以，但你们别乱讲，跑了风，把你们这个群的人都送纪检委、检察院。"

通过观察，韩松发现，这个涉油团伙不仅狡猾，人员分工细致明确，还有很强的反侦查能力。为躲避各方检查，盗油团伙有专门的"暗道"，盗油线路上布满了"探子"。每当夜幕降临，偷运原油的车辆从韩松他们那座城市出发，专走背道，行驶几十公里后绕到通往奎城的那个水坝上，目的是绕开收费站，躲避检查。

这个水坝位置偏僻，一般很难看到行人和车辆。水坝还有一个优势，站在高处，能看到韩松所在城市入口处和奎城出口处的情况。盗油团伙看中了水坝的这些优势，最终确定了这条运油路线。

盗油团伙采取了多种反侦查措施。我曾经多次以司机身份卧底，发现相关侦查工作不是一般的难做。例如，有一次，我驾驶运油车辆抵达奎城后，首先与炼油点约定交货地点，通常是在距离非法炼油点几十公里外的荒野上交货，待我的运油车辆抵达后，炼油点的司机不容分说将运油车辆开走，卸完原油后再将车辆送回，因此，即便是常年给炼油点送原油的人，也无法接近炼油点，更不知道具体位置。

为了更保险，盗油团伙还经常变换交接原油的地点，和我交接取车的人员也会定期更换。这条"偷油专线"上遍布油耗子的眼线，只要运送原油的车辆从裤裆巷那边驶向奎城，盗油团伙就能随时掌握运油车辆的位置和情况。我一次次担任运油司机，获得那么一点儿线索都是碎片化的，确定那个炼油点位置更是不可能的事情。我真的由衷地佩服韩松。在群里看到他那邋遢样子，我很心疼，同时

第十三章 高尔夫和藏獒

也感觉我的这个卧底工作比他舒服。我发现,我从来就比他舒服,韩松所从事的一向尖端。

经过一周的侦查,韩松记录了大量运送原油车辆的号牌、非法炼油点内的人员情况、犯罪嫌疑人活动时间等关键信息。七天后,韩松三人返回支队,向隆子洲、何景利汇报前方情况,曹海、于强继续留守侦查。

何景利根据韩松拿回的情报,组织了一次综合性航拍,认真分析运油车辆线路,反复论证抓捕的可行性。最终,由十多幅航拍图拼接成一幅直观的"作战图",决定在奎城出口、通往奎城的水坝和非法炼油点外围等多个重要地点部署警力。

隆子洲召集油田支队全新力量,听取前期工作汇报,随后进行战前动员,设置抓捕组、现场勘查组、取缔组、保障组、机动组、观察组……参战民警分工明确,行动代号"掘鼠"。当晚,油田支队民警按事先计划被分配到各作战点,蓄势待发,隆子洲赶赴现场指挥。

持枪特警和警犬坐进伪装车辆,向奎城驶去。所有参战人员中途不允许下车。外面下着大雪,负责现场秘密侦查的韩松、曹海、于强穿着白色伪装斗篷,爬到距炼油点不足百米的一个土坝旁。羽绒服很厚,但冬夜严寒依然令他们瑟瑟发抖。

韩松密切地注意着周围的动静……

次日清晨,有车辆陆续进入炼油点。犯罪嫌疑人就在眼前忙碌着,他们的笑声、小声说话的声音,韩松三人都听得真真切切。大家趴在地上一动不敢动,连喘气都要放慢速度,防止升腾的雾气令他们暴露,专注地等待着行动打响的一刻。

"车辆进入""目标返回""目标进入视线"……

各种信息不停地传来。隆子洲密切关注着每一个细节,随时准备下达出击的命令。此时,所有民警早已赶到预定位置,潜伏在路边的低洼处,靠在一起取暖。

"开始行动……"

随着隆子洲的一声令下,抓捕行动开始。

水坝上的一辆运油车被拦了下来,车辆被便衣民警立即开走。随后,又一辆卸完货的车辆行驶到水坝上,驾车人迅速被擒。此时,奎城出口处一辆装满原油的车辆被扣,隆子洲等人乘坐的车辆则开足马力向炼油点疾驰……几分钟后,满载持枪特警的伪装车辆缓慢驶入炼油点。

车门打开的一刹那,荷枪实弹的警察冲进院子里,多名犯罪嫌疑人还没反应过来就已被擒,有人仓皇逃窜,有人扣动猎枪扳机,还有人手持砍刀向民警砍去。这个夜晚,奎城郊区的这个角落枪声大作……

昏暗的炼油点乱成一团。两名犯罪嫌疑人跑到树林边,韩松等人一跃而起,将其抓个正着,手持砍刀的犯罪嫌疑人没跑几步,就被迅猛的警犬扑倒在地。短短几分钟时间,现场的犯罪嫌疑人就被全部制伏。

老白的这个非法炼油点位于一片密林深处,一千多平方米,周围全是高大的树木。地上到处是黑糊糊的原油,还有五六个化油池。两个约四十吨的大铁罐被埋在地下,其中一个装满原油,另一个装有大半罐原油。当晚,没有一辆运油车跑掉,在场的犯罪嫌疑人全部落网。

执行抓捕任务的民警还在犯罪嫌疑人身上搜出了许多现金。一名犯罪嫌疑人说,他们的工资计件,每吨原油可赚二十元到三十元,因炼油点用油量较大,收入都很可观。听了犯罪嫌疑人的供述,看到满地的原油,隆子洲非常心痛。在现场,他坚定地说:"这些都是我们油田的原油,绝对不能外流。我们的原油被偷到哪里,我们就要打到哪里！"

不过，虽然很多嫌疑人落网，最终却无法确定他们与老白或是秀才集团中的任何人有联系，这让隆子洲感到最为遗憾。老白再一次面临取保。

刘秀告诉马钧铁说，他有重要证人可以证明那个化工厂与老白的关系，但刘秀又告诉马钧铁说："一切不急。老白的功能还没有发挥完毕。他的戏还没演完。"

马钧铁告诉刘秀："韩松为了打掉那个化工厂吃了不少苦头，一定帮帮那个年轻人，否则活儿都白干了。"

刘秀说："我说的证人一定会帮助韩松。"

老白的化工厂被打掉后，刘秀单独宴请韩松，韩松欣然前往。狄威的证据杳无踪影，机缘流转终于可以让他直接接触刘秀了。刘秀带着韩松去了那个干打垒，韩松陪着刘秀一起给那些黑白照片行礼。韩松说："这个地方，我知道……"

刘秀向韩松讲起了过往的一切，那个夕阳西下的傍晚里父亲的背影，还有那个夜晚的恐怖声音：你永远没有机会了。

在刘秀的办公室，韩松问起了那个老秤盘，刘秀给他讲起了那个老秤盘的故事。"那个踹折秤杆的人会出庭作证，证明老白和那个化工厂的关系。"

韩松问："你的前妻能听你的话吗？"

刘秀答："她永远只听我的话，那是她用一个个教训换来的经验。"

韩松问："为什么？"

刘秀答："她听我话，不需要理由。韩松，当你功成名就的时候，男的女的，凡夫俗女，都会对你毫无理由地顺从。我让蒋梅吃屎，都没问题。"

望着"三老四严"的书法,韩松凝视很久。韩松越来越感觉,他似乎恨不起来眼前这个人了。厅长交办的贴靠任务果真很有趣,但刘秀似乎没有那么坏。

刘秀告诉韩松:"我这辈子最痛恨的就是油耗子,我会和公安机关合作,把所有油耗子一扫而光,这是我的承诺。"

第十四章　我和老白的互动

至少在表面上,"掘鼠"行动大获成功。何烨、华生、韩松和我忙得不亦乐乎。大概多日不见何烨,钱博文探头探脑地出现在支队门口。

"干什么的?"依然是韩松先发现了他,接着,韩松想起来,他是何烨的男朋友。韩松一个眼神过来,我和华生当即会意,几乎同时对钱博文怒吼:"说你呢,你干什么的?"

我们假装不认识钱博文,把那天晚上的测谎似乎完全忘在脑后。

钱博文被这气势吓得有些发蒙:"我……我找何烨,我是他男朋友……"

这家伙如此快就揭开谜底,华生和我有些失望,但人家既然表明身份了,我们俩也就不能再装了,满脸堆笑地走到近前:"哦,误会误会,认出来了,我们在搞案子,以为你是来探风的呢,抱歉啊。"

何烨正在讯问室里,我热情地将钱博文引到会客室,给钱博文泡了杯热茶。

钱博文说:"谢谢。你们最近很忙啊?"

我琢磨了一下:"不忙,不忙,我们哪有那么多事情。"

华生接着说:"何烨更不忙,我们这个单位的女的都吃香,什么事情都不让她们干,何烨每天就是按摩美容做脸逛商场。"

看到钱博文那表情,我努力憋着不让自己笑出来。我说:"您坐啊,我出去忙了。"

我一出来,就把韩松叫到一旁,把刚才的事嘀咕给他听。

韩松说:"别闹啊,何烨好不容易有了一个男朋友,你可别给闹黄了。"

华生听了有些不高兴:"我们还不都是为了你?难不成你跟那个狄威是认真的?不打算要何烨了?"

我跟着起哄:"对啊,你不要,惦记何烨的人多得是,也不能便宜了那个医生啊。测谎结果都在那里摆着呢。"

韩松看我俩没正经的样子,有些不快:"案子都忙到这份儿上了,还有心思干坏事?你们两个没去爬冰卧雪,没累着,是吧?"

我不理他,提着一个快烧壶和华生一起朝会客室走去。

钱博文原本在看报纸,见我们进了房间,赶紧起身。

华生很客气,一边让钱博文坐下,一边给他续水。

我先自我介绍:"我是何烨的警校同学,现在的同事。"接着,我用关心的语气问,"何烨这脾气,你能行吗?"

钱博文说:"脾气,不太了解。"

我说:"你放心,回头我说说何烨,别一天到晚闲逛,多陪陪你。你们得加强了解。"

钱博文的脸色有些尴尬,也有些惶恐,试探着问:"何烨对我说,她案子忙,脱不开身……"

我说:"这个何烨……人是不错,就是太爱玩了。在警校的时候啊……那些事情不提了。你看,她多调皮,还说案子忙,这不是忽悠人吗?你放心,回头我说说她,别老是这么没正形儿。"我压

第十四章 我和老白的互动

低声音,"刚才,最开始对你恶狠狠那位叫韩松,曾经是何烨的男朋友——这事儿,通过那天测谎你也知道一二了,我也不瞒着你。你看他那个霸道样子,最后都不敢娶何烨了。你要是真心和何烨交往,可要负责到底,否则我们这些同学不答应。"

钱博文顺着门缝看到正在走廊里比比画画的韩松,脸上的表情很复杂。

我接着说:"你们好好处吧。毕竟年龄大些了,何烨应该稳重点儿了。你回去问问何烨,我可是她最铁的哥们儿,我说的这些都是为了你俩的幸福。丑话必须说在前边,幸福才能在后边。但我觉得,何烨不适合你们医生这种人。不过,你既然选择了,就不能再三心二意。"

若是没有那天晚上何烨眼泪汪汪找韩松那一幕,此刻的钱博文还不至于对何烨有太多的反感。一次次挑战底线的结果是,钱博文一句话没说就走了。

钱博文的小插曲过后,局长隆子洲驾到,大家脸上都洋溢着喜悦。隆子洲对油田支队这一阶段的工作非常满意,刚刚坐下就对何景利提出表扬。

隆子洲说:"咱们油田支队的'掘鼠'行动,作为一场开局之战非常不错,尤其是保密工作做得好,整个过程没有跑风,说明我们这支队伍相当过硬。尤其是马钧铁,收了老白那么多钱都没给人家报个信儿,很不够意思啊。"

大家都笑了。

何景利说:"老白被控制在这里,他的化工厂还能保持高效运转,说明老白生意运转很成熟了。"

马钧铁说:"刘锦遇害,韩松被炸,我被袭击,我感觉都是老白干的。这个想法我已经产生很久了。"

隆子洲说："大家不要忘记，还有很多案子要破啊，尤其是刘锦的案件。"

提起刘锦，大家的心情沉重起来。刘锦的血还冻结在雪野当中，隆子洲曾经说过，要在积雪消融之前将油耗子打尽。隆子洲感觉到了大家心中的那份沉重，鼓励大家说："现在，开局良好，希望我们一鼓作气，实现我们的目标。"

马钧铁说："我觉得，韩松带领我们打开了一个神秘盒子，由于那个盒子里隐藏着杀害刘会战凶手之一老白，韩松、刘锦还有我，都是揭开谜底的关键人物，老白才会对我们下手。"

马钧铁的分析推理，从某个角度来说是很有道理的。接下来的事态发展，似乎越来越证明着这一点。在马钧铁心里，老白已经是最为叵测的人物了，甚至远远比刘秀更加叵测。出于和刘秀的情分儿，马钧铁最为痛恨的就是老白了。

我的业务能力有限，除了抓人就是看守那些被抓获的嫌疑人。我独自看守老白的时候，他向我暗示，可以给我一笔巨款，老白想给外边打个电话，还想让我帮他逃走。

我认真地考虑了老白的建议。有了那笔钱，媳妇也许会和我重归于好，我们会破镜重圆。谁也不知道我的生活中发生了什么，如果媳妇和我重归于好，别人就永远不会发现我生活里的那个小波澜了。

"我要是接受了你的好意，把你放了，我就得进去。关键是怎么才能把你放了，我还平安无事呢？"

"你让我打个电话，现在我就让人把现金送到你指定的地方，余下的都好商量，怎么样？有了这笔钱，你这个警察不当也罢。"

我显得很犹豫。老白对我的状态很满意。外边的风雪很大很大，厚厚的积雪正笼罩着城市纵横交错的路。妻子离开以来，我那纵横交错的心思也覆盖着厚厚的积雪，老白的这番话似乎有某种融化积雪的功能，我的心跳开始加速了。

老白说："都知道油田支队大换血了，但若真想干正经事儿，应该冲着刘秀去，应该去查育才化工，查一个刚刚起步的土炼油点，磕碜不？"

我说："那个土炼油点是你的吧？"

老白说："即便是我的，我也不能承认啊。"

我说："你不承认，他们也能查出来。"

老白说："查出来也和我没关系。和刘秀有关系的摆在那儿，你们不打……"

我说："你怎么知道他们打完这个不再打那个？据我所知，支队里这些人的工作积极性都很高涨。"

老白盯着我看了一会儿，说："人家都忙来忙去，你怎么这么清闲？"

"我是从特警队新调来的，业务不熟，目前在学习阶段。"

"业务熟的表面上都人五人六的。一看你就是踏实人。"

我不想把话题扯太远，先忽悠老白说："看来你也是很有血性的人。你也不是杀人犯，弄点儿小油没啥，我能帮你到什么程度就帮到什么程度。你想吃什么喝什么，尽管和我说。"

老白说："我想……出去……你把我放了，我按照刚才说的办。"

对话进行到这里，我一度加快的心跳慢慢平缓下来，瞬间发昏的头脑重新清醒。我想起韩松和马钧铁对老白的那些判断，他怎么可能不是杀人犯呢？刘锦遇害，韩松被炸，很可能都和眼前这个人有关。我怎么能有和他做交易的念头呢？

闲着也是无聊，我继续和他饶舌："盗油又没死罪，只要不是死罪，放了你也没啥，但就这么放可不行。这么放了你，工作丢了不要紧，还得进监狱。"

老白说:"进监狱不至于,大不了是个玩忽职守的错误,你合算。"

我说:"以前,你或是你们的人也这么干过?"

老白沉默。

我出门给韩松拨了个电话,把刚刚的事说了。

韩松说:"你终于还是不傻的,明白我为什么在笔记本上写着那句话时刻提醒自己了吧?接着和老白好好聊,看他下一步如何表演。"

我回到老白身边。老白又进一步想别的办法和我套近乎。

老白说:"你初来乍到,我给你点儿线索,你把刘秀抓了,把他拘留了、逮捕了、判刑了,怎么样?这样你可以立功,我也可以立功。我立功了就可以争取宽大,就可以放出去了。"

我说:"要说盗油没死罪,也不一定。你看,狄氏兄弟不就是因为盗油,一点儿一点儿查出其他事情最后都被毙了。你觉得刘秀有没有这种可能?"

老白说:"刘秀倒不会被枪毙,杀人放火的事情,都是我们做的,他的强项是对付我们这些手下。"

我说:"如果刘秀知道你对我说的这番话,如果他知道你想吃独食儿,你觉得会是什么后果?"

老白的汗珠子流了下来。

我说:"还是好好配合我同事吧。即便你不承认那个炼油点是你的,大家也心知肚明。刘秀这种人,我不相信他没有命案。你说,这个城市里,谁敢碰刘秀?谁敢和他叫板?他这威信是咋来的?"

老白说:"我们私下也都明白这个道理,刘秀贼精,当官的也好,打打杀杀这帮人也罢,谁也玩不过他。即使他有个杀人之类的事情,也是神不知鬼不觉的。"

我说:"神不知鬼不觉?我不信。头上三尺有神灵,我相信他

第十四章 我和老白的互动

早晚会完蛋。记得狄氏兄弟被枪毙之前那张报纸吗?狄老大旁边有一口井,那个意思就是刘秀给他挖了一口井。挖井这类事情,估计刘秀干得多了,不差你这一个。枪毙狄老大那天,我负责押解,狄老大当时很惨,那就是和刘秀作对的后果。你好好想想吧。"

老白苦笑一下,说:"我的玛莎拉蒂,我的路虎,那都是秀才的财产,给我使用就是用来做道具。你的那些警察同行,那些官员,看我这行头就眼晕,我再时不时给他们砸一个钱箱子过去,就没有办不成的事情了。可归根结底,将来一旦出了什么事情,风险都是我老白的。人家刘秀啥问题都没有啊。"

我说:"那是你不懂法律。你们就是黑社会性质组织,刘秀是老大,你们干的所有坏事他都有份儿,而且需要承担最严重的法律责任。"

老白说:"我们偷的所有油都要乖乖交给刘秀。你知道只是油这一项刘秀每天进账多少?一百多万啊!"

见我目瞪口呆的样子,老白继续说:"一百万,你不信?谁也不信,但千真万确。他每天赚一百多万,风险却都是我的,我是刘秀手下里最倒霉的一个,因为我是在最前台。"

我说:"也别那么说,风险再大,也没杀人风险大,对不?而且杀警察的风险更大。刘锦是谁杀的?"

老白摇摇头说:"我感觉不是我们的人杀的。我和二虎关系很好,但杀人这种事,即使关系再好,二虎也不会对我讲的。我和二虎聊过杀警察那件事,我感觉不是他干的,但他应该知道某些重要情况。"

我说:"不是二虎干的?而他又知道一些情况?"

老白说:"这个事情在二虎那里一定会有突破。这是我的感觉而已。"

我转移话题:"老白,说实话,我觉得你有点儿熊。你怕刘秀干啥?如果真有一天,你发现他要对付你,如果你是爷们儿,就得

241

提前收拾他。那样我才佩服你。"

老白苦笑："哥们儿，你这是啥警察啊？还教别人杀人？咱偷人行，杀人可玩不来啊。"

我是故意在试探，但老白的回答，我分辨不出真假。要么刘锦的死真的与老白无关，要么老白就是一个好演员。

老白说："刘秀很会用人。你看，我这个人性格有些懦弱，就适合沟通个关系啥的。二虎和油缸子就不一样了，他们更适合在旷野上和那些油耗子打打杀杀。要说杀人越货，二虎和油缸子都有可能，我就不行，没那个气场。"

我问："咱设想一下，如果刘秀将来真想干掉你，会让谁下手呢？二虎？油缸子？"

老白眼神中露出了一丝恐惧："我不知道，但一定会有。刘秀又偷油又干房地产，天天在他身边的君刚就不用说了，幕后帮着他的更多。别看我和二虎、油缸子天天围着他转，我们谁也不真正了解他。"

我说："既然这样，你对做污点证人有信心吗？"

老白又苦笑："不瞒你说，没有。你看看，育才化工那点儿偷鸡摸狗的事情，最后都得扣在我脑袋上。举报？我眼前根本就没有这条路，刘秀早就给堵死了。你知不知道，我这条腿就是被刘秀打残废的……"老白越说语气越沉重，"我感觉，我目前只有死路一条了。现在，有人想置我于死地……"

离开老白，我把所有情况和大家进行了分享。

马钧铁说："别看他表面可怜巴巴。老白演戏很有一套，他是在你面前给自己彩排呢。"

韩松说："这种人嘴里从来就没真话。只要能保命，他会把自己择得干干净净。"

第十四章 我和老白的互动

何烨说:"老白所有的话都要反过来听。比如他说没有信心做污点证人,其实他信心满满。"

悄悄进行的 DNA 比对已经证明,老白不是烟头主人,但这不能排除他不是害死刘会战的凶手之一。原本指望韩松加大审讯力度的时候,隆子洲局长来了命令:放了老白……

其实,放了老白也是刘秀的意思。文碧君厅长和隆子洲交流后确定:只要是刘秀说的,尽量照办,尤其是在羁押老白找不到证据的时候。

隆子洲委托马钧铁告诉老白:"老白,你们秀总的力量实在强大,他为你疏通了关系,我们放了你。"

董双红是孔二虎的手下,同时也是刘秀和刘锦的弟弟、线人。董双红和保安队长小董是叔伯兄弟。长期以来,他们以刘锦为核心,在打击油田犯罪过程中,始终微妙地配合着。小董性格直来直去,不适合做线人和卧底的活儿,而性格相对活泛的董双红却不同,他可以在孔二虎之类的油耗子那里虚与委蛇,有机会就配合刘锦干点儿里应外合的事。同时,董双红也按照刘秀要求掌握了全部偷油技巧。刘秀曾对刘锦说:"让董双红学技术,是为了真正做到知己知彼。"

侯伟向董双红的母亲询问那个与孔二虎、刘锦联系的电话号码。

"这个号码是我儿子的,但他不让我们往他这个手机打电话,除非遇到特别紧急的情况,比如我或者他爸犯病什么的。"董双红的母亲还说,"我儿子很有正义感,他是在帮助刘锦打油耗子。那个号码是他做事时使用的号码。"

韩松、侯伟、马钧铁一起来到刘秀办公室。此时,刘秀已经进一步明确了刘锦牺牲当晚双方火拼的名单,赵辉腾和奕成肯定在场,董双红也在,但撞死刘锦的到底是谁依然不得而知。马钧铁告诉刘秀:"老白就是害死你父亲的三名凶手之一,但还需要等到李宝成落网。"

马钧铁把隆局的想法告诉了刘秀。

刘秀说："隆局的情我领了。我们对老白欲擒故纵，就是为了掌握他偷油犯罪证据，我会全力配合。"

马钧铁说："不是你全力配合的问题，你也需要全力解释，偷油这事情你难逃其咎。"

刘秀说："一切都会真相大白的。清者自清。"

刘秀紧紧握住韩松的手，说："年轻人，我永远也忘不了你。将来，你在我这里说一不二，你让我深深敬佩。钧铁和我说了很多关于你的事情。"

当马钧铁提出没有证据能够证明老白的化工厂与老白有关系时，刘秀轻松一笑："这个可以让蒋梅提供帮助，老白所有化工厂都是她承建的。"

马钧铁意外地笑了："刘秀，你还有多少事情我不知道呢？你和蒋梅还有联系，关系还不错，是吧？"

当侯伟向刘秀表达自己多年来始终在苦心寻找狄成幕后那个人时。刘秀目光炯炯有神："李宝成，狄成幕后一定是李宝成。案子终于要见亮了。"

侯伟说："这些年，我们缺乏交流。我们在做好警察的事儿，你在和那些人周旋，但我们要是好好交流那么几次，分享一下彼此情况，就大不一样了。"

刘秀说："你们都是我的恩人，我不会亏了大家的。"

搜索李宝成行踪的工作开始了，但李宝成像是意识到了什么，不见了踪影。

第十五章　侯伟之死

"打击油耗子这方面，市局指挥有严重问题。"

"问题在哪里呢？"

"问题在于，隆局长不信任我这种人，如果让我负责行动，就不会有牺牲。隆局长太急躁，又不信任我这样的老油条。刘锦又是个实心眼儿……"

侯伟作为一名警察，给人的感觉总是亦正亦邪。韩松以前并不喜欢他，但近期发生的一系列事情扭转了他的印象。韩松觉得，作为一名警察，侯伟很有血性。

侯伟说："松啊，你这个人哪儿都好，就是比较幼稚。当警察，你得现实点儿。"

韩松说："我还幼稚？"

侯伟说："你咋不幼稚？你和何烨、华生、洪图都是死心眼儿。你要知道，油耗子这帮玩意儿没什么好人，你遇到油耗子就得往死里揩油，这样才会和他们打成一片，最后才有机会看清他们的面目，然后将他们一网打尽。"

韩松说："我不是死心眼儿，他们的钱我就是不想要。"

侯伟说:"我的意思是,他们的钱你得要,这是为了让他们感觉你和他们是一伙的。"

韩松说:"侯哥,我知道你是好意,但我不同意你的观点。如果不是这帮偷油的肆无忌惮,刘锦就不会死,刘锦他爸当年也不会死。油耗子是我们的天敌,我们不能只为钱活着。"

侯伟一笑:"当警察得专业。你让天敌感觉你是天敌,你就没法干掉天敌了。"

韩松说:"你说的这个我懂。"

侯伟说:"哥今天和你说的都是实在话。不瞒你说,我赚的这点儿黑钱,都交到了英烈基金会。你以为我是让你把钱往自己兜里揣吗?我这么干,也是深度卧底,油耗子们从来不拿我当外人。我这些年一直在想办法搞清楚这个城市里油耗子们的组织体系。"

韩松说:"哥,你教教我怎么抓油耗子呗,我总是不太明白,比如孔二虎,我总是抓不到他的任何把柄。"

侯伟说:"这你算问对人了。在这座油城,对付油耗子谁敢说比我还专业?孔二虎这样的油耗子应该打打拉拉,利用他。"

韩松说:"你就告诉我咋打吧,拉拢,我会,不用学。"

侯伟拉着韩松来到一条公路,很快看到一辆运油车,后边有一辆牌照为66666的路虎跟着。侯伟加速前行,上前将运油车拦停。那辆路虎也停下了,那是油缸子的车。

路虎停下后,油缸子一看是侯伟,笑了:"哥,啥事?"

侯伟厉声说:"油缸子,你给我下来!"

油缸子看到韩松有点儿紧张:"我可是正经生意人,我就是路过……"

油缸子加速离开了。

侯伟对韩松说:"你去查查那运油车。"

韩松很快查完,返回来说:"手续正常,放行。"

第十五章 侯伟之死

　　侯伟冲韩松摇摇头。他走到运油车跟前，向司机要了手续，仔细看了看。那手续上面详细记录着油品从出厂到运输环节一系列的审批情况。

　　侯伟小声对韩松说："你看，一般检查人员很难分出真假，但我能看出问题。你只要先把车扣下，沿着这个审批手续逐一打电话了解，一会儿准有人给你送钱来。"

　　果然不出所料，侯伟打了几个电话，就查出这个单子不是正规公司开具的。

　　侯伟对韩松说："查非法运油车辆有两个办法，一个是线人举报，查一个准一个；再有就是路上这样查，你发现司机紧张，有溜道车跟随，基本就有问题，然后再沿着审批单据查各个环节，很容易辨别真假。"

　　很快，侯伟的电话响了。侯伟接通电话。韩松听不清对方在说什么，只听侯伟说："好，就这样吧，我们放了。今天我在和油田支队韩松大队长一起工作，这个面子可是人家给你的，不是我。"

　　韩松有点儿急了，说："别放啊，让我带回去。"

　　侯伟说："不用带了。我今天是给你教学。刚才给我来电话的是育才化工的那个'金边眼镜'，我们交情很深，我必须给他面子。你回头再扣他，估计他得找你，借着这个机会腐蚀你。你想怎么办，自己定吧。钱，该收就收，把它交到英烈基金会就行了。油缸子他们已经是秋后蚂蚱了，先让他们欢实几天。"

　　侯伟和韩松又来到裤裆巷，深入一片盐碱地深处。这时，他们看到了一辆装满原油的三轮车，车上的原油洒落满地。侯伟强行超车将其逼住，将三轮车驾驶员从车上拽了下来。三轮车主急忙讨饶说，家中老母有病，因无钱医治，只得出来偷点儿原油卖钱治病。

　　韩松生了恻隐之心，劝侯伟放过他，侯伟却说："对油耗子不

247

要心软,不要相信他们说的话。"

见侯伟不为所动,对方掏出两千元钱递给侯伟:"两位大哥,买两条烟抽。"

侯伟接过钱,直接扔到雪地里。韩松觉得他这个样子很酷,但没想到,接下来他的"三观"又被颠覆了。

侯伟说:"都什么行情了?你这么一点儿是什么意思?"

对方依然笑脸相迎,捡起地上的钱,又从怀中掏出一沓票子,一起递给侯伟:"大哥,不好意思啊,就这些了。您看,我是个实诚人。大冷天的,两位大哥去吃个火锅暖和缓和,别让老弟吃牢饭就成。"

侯伟挥挥手。等那人走远了,侯伟对韩松说:"今天,只是给你上两堂课,一是怎么抓油耗子,二是怎么和他们交朋友。我们最后的目的是一网打尽。这些油最后都由老白卖到了杏州。"

通过侯伟,韩松明白了,一个卧底警察应该在油耗子当中臭名远扬,而不是威震四方,这也是掌握油耗子内幕的一个很好的路径。

"我想给你看看我的最新成果。韩松,我把这个成果送给你,你想立功或是想提拔的时候就拿出来,但是记住啊,没有实惠不要动这个。"

大雪纷飞,在裤裆巷的那个高岗处,侯伟先指了指东方,又指了指西方,说:"咱们就站在这里吧,不要太近了,太近容易被发现。你看见那些塑料大棚没有?你看见那一片土房子没有?"

韩松顺着侯伟所指的方向望去,没感觉有什么特别。

侯伟说:"现在大雪已经把一切盖住了。如果有一天需要,你就到那些大棚和土房子里转转,那里都有地道,通向输油管线的地道。这些家当都是油缸子一手经营起来的。你明白了吗?"

韩松曾经听说过油耗子通过挖地道的方式偷油,没想到地道就在这里。

第十五章 侯伟之死

侯伟说:"这些地道都给你留着。但是,轻易不要动,要动就大动,等待时机成熟,比如市局采取统一行动的时候。"

韩松说:"侯哥,你咋对我这么关爱?"

侯伟说:"我官也当够了,破了刘锦这案子就不想再进步了。韩松,我佩服你的血性,只有你才像一个警察的样子,我希望你未来有发展。"

韩松说:"我有那么好吗?其实,我也不咋地。"

侯伟说:"你小子别谦虚了。何烨太唯唯诺诺,总是唯领导是从,华生、洪图都有点儿幼稚。你行,将来就看你的了。"

韩松说:"哥,谢谢你的信任。"

侯伟说:"一会儿,咱俩回支队向刘志东汇报一下案子,你也多给人家点儿好印象,他毕竟是党委成员,未来对你特别有用。"

韩松说:"侯哥,你还年轻,为什么就不想进步了呢?"

侯伟说:"说实话,我能管得了自己,却管不了老婆。我将收油耗子的钱全部上交了英烈基金会,算是我清白的证据,但我有个贪婪的老婆,油耗子们经常给她送钱。她很短视,她收的那些钱,我是要不回来的,你明白吧?哥的名声,有她在就没好。所以将来呢,你一定要娶个好老婆,那个狄威可不行啊……"

韩松说:"刘锦的老婆就很好,当警察没个好老婆真不行啊!"

侯伟感叹:"是啊,哥的命不好,没有遇到好女人。但也不能离啊,孩子都那么大了……"

油田支队大换血后,始终保持着高速运转。"掘鼠"行动只是第一仗,而且仅仅是个开始,针对刘秀、孔二虎、油缸子、奕成、君刚的侦查一直紧锣密鼓地进行着。油田支队已经注意到,刘秀的座驾11111路虎属于奕成了。

鲁奎说:"油耗子们空前活跃。打掉老白这个化工厂有什么意义呢？从证据层面来说，一点儿都看不出来这个厂子和他有什么关系。"

老白的化工厂被打掉后，柳家胜、张克平、鲁奎、刘志东等与隆子洲、何景利一起给案件会诊，彼此的不信任却是主流。

张克平说："这次行动表面成功，但却是一次盲动。"

鲁奎说："就像把耗子洞炸了，却没有发现耗子洞里的耗子。"

柳家胜说："大家都认为成功的事情，有时却是失败的，搞案件要实事求是，更要在前期做好充足准备，尤其是打击油耗子的案件。准备工作有时要做一两年，甚至更长时间。"

何景利很不高兴，说："侦查还在继续，怎么能说失败呢？"

鲁奎说："那你就好好继续吧。激情不能当饭吃。"

隆子洲问："什么可以当饭吃呢？大家不要说风凉话。"

奕成使用11111牌照了。车牌的变化说明奕成的地位急速上升，已经有取代老白的意思了。或许，刘秀是在刺激老白，让他和奕成之间的矛盾升级。

虽然有一定的信任，但刘秀在马钧铁心中当然总有解不开的神秘，马钧铁不可能每一个细节都到刘秀那里求解。表面看来，秀才集团有些东西在瓦解，有些事情又在重新规划中。按照马钧铁的推断，丰田霸道里的幽灵是老白。那么，老白被追击是谁干的？刘秀还是奕成？

韩松说："撬开孔二虎的嘴是关键。"

围绕李宝成的电话监控截获一个重要情报：李宝成要求奕成干掉侯伟。侯伟知道这个消息后仰天大笑："看来，真的就是李宝成了。"

韩松告诉侯伟，一定要注意安全，侯伟除了每天佩戴的六四手枪，又加配了一把五四手枪。侯伟说："小意思，我等着他们来，他们干不过我。"

第十五章　侯伟之死

令韩松意外的事情发生在三天后。

那个早晨,侯伟说:"你不用来,我今天要抓奕成。如果我审不明白,你再过来。"

韩松满口答应。他明白,和马钧铁认定老白不同,侯伟一心想从奕成这儿打开突破口。

那一天,侯伟抓捕奕成时双方发生枪战,奕成受重伤,生命垂危,赵辉腾被击毙,侯伟也在送往医院的途中停止了呼吸……

和侯伟前去抓捕的同伴说,他和侯伟走近奕成那辆路虎的时候,奕成的枪口从车窗探出来就是一枪,然后开车逃离。侯伟上车追击,那个同伴都没来得及上车。侯伟一路将路虎追到一条断头路上,路虎上的人朝侯伟射击,侯伟也猛烈还击……

奕成和赵辉腾的血液化验显示,他们刚刚吸过毒。

侯伟牺牲后,刑警支队全体出动,市局特警支队配合,围剿了奕成团伙的一个据点,查获十六辆运油车,抓获三十余名团伙成员,收缴原油三百余吨,还发现了奕成藏匿的三支猎枪、两支气枪、一把五四手枪及大量子弹。

通过弹痕检验,那把五四手枪就是袭击马钧铁时用的枪。马钧铁告诉韩松:"看来,你、我还有侯伟都成为谋杀目标,原因归根结底是触碰了刘会战的案子。一定是幕后的李宝成想灭口。李宝成分别操控着老白和奕成。耐心等待,针对我们两个人的袭击一定会有。对方也许幼稚地认为,把我们几个干掉了,他还会有重新做人的机会。"

"冲动!表面战果辉煌,这些东西和刘秀有什么联系?"

"打击油耗子,已经完全不动脑子了,说白了,都是虚张声势。"

"有这么给战友报仇的吗?"

……

鲁奎、张克平、刘志东与隆子洲的矛盾日渐升级。矛盾升级归升级，只是工作思路和打法上的分歧而已，他们对隆子洲还是由衷地尊重，因为他们看到了隆子洲的坚持，尤其看到了他工作时展现出的特殊情怀，那是一种普通警察难以做到的情怀。在这一点上，大家想法是相通的。

侯伟牺牲后，刑警支队通过媒体极力宣传侯伟的先进事迹，谢晖依然写下了非常感人的诗文。声、光、电齐上阵，政工部门加班加点，成就了一个感人至深的"侯伟事迹报告会"。报告会那天，鲁奎和刘志东亲自上阵，倾心诵读谢晖写的感人诗文，亲临现场的市委书记陈健被感动得热泪盈眶。陈健书记把这种感动转化为对鲁奎、刘志东和公安队伍的无限好感。

报英模、报烈士，刘志东评价侯伟勇敢无畏，鲁奎评价侯伟廉洁典范，他们一同到市领导、省厅领导和公安部领导那里汇报侯伟的感人事迹。考虑到侯伟是牺牲在一线的公安机关中层领导干部，刘志东和鲁奎一心想将侯伟树为标杆。

没想到，侯伟的妻子那边却出了问题。这个女人在侯伟刚牺牲时表态说"家里啥困难都没有，侯伟牺牲得很光荣"，但她的耐心实在有限，很快便沉不住气了，到处找领导要改善住房条件、给自己安排工作……她的思想境界始终无法跟上侯伟生命里最后那英雄一瞬。隆子洲对侯伟妻子十分优待，只要是她提出的要求，全部一一满足。

在鲁奎、刘志东的一手推动下，侯伟被安葬在烈士陵园。之前，刘锦也被安葬在这里。安放骨灰那天，市局全体民警出席，韩松也去了，却没有参加冗长的仪式，而是来到旁边的寺庙里看望源涕。来了这么多人，缺了他一个并不显眼。

天空中飘舞着雪花。这是韩松有生以来第一次上香。韩松请了三炷香，在佛前给侯伟敬上，心中默念："哥，你走好……"

韩松转过身时看到了源涕。老法师穿着厚厚的棉僧服，两个小和尚搀扶着他。韩松看到这个身影，心生感动。苍老的源涕对韩松说："你这孩子啊，也能来上上香？"

韩松视线移到那些香客身上，他们都在虔诚地为佛祖敬香，走了一批又来一批，点点香火代表着一个又一个祈求。他们是为了表达对佛祖的敬意还是为了自己？韩松确信，大多数香火都是为了索取。

小和尚们将还没燃尽的香取下来，在一个装满白雪的盆子中浸灭。过不多时，又一批香火密密麻麻地伫立于香炉之中。

韩松说："老法师啊，你可要好好活着。这个世界上还有太多的灵魂需要你来超度……"

老法师源涕笑而不语。此刻，韩松已经不觉得源涕是一个普普通通的小老头儿了，他感觉，源涕身上有一种力量，那是他多年来从没意识到的力量。

第十六章　刺破老白的棋局

刑警支队忙着给侯伟树碑立传的时候，油田支队上上下下忙得不可开交。这段时间，隆子洲小心翼翼地引导着打击工作的开展，防止出现闪失。即使没有省委领导的批示，育才化工也是隆子洲关注的目标。

放掉老白后的一次会议上，市局领导激烈交锋。隆子洲并不在场。

张克平说："这么关键的时候，凭什么放了老白？"

鲁奎说："如果不能扛，就不要打油耗子。"

何景利说："又不是第一次放老白，有什么大惊小怪？"

张克平火了："何支队，你这话是啥意思？寒碜我们是不？你是隆局的红人儿，脾气越来越大。"

鲁奎同样愤怒："我们以前放他，是因为没有掌握太准确的证据，也是为了放长线钓大鱼。现在，打掉了老白这么大的一个企业，却要放他，这是有失章法的。"

何景利知道，现在还不是摊牌的时候，只好说："也许时间能证明我们殊途同归，但也许不能。"

第十六章 刺破老白的棋局

那时大家还不知道，刘秀已经提供了重要证人蒋梅，可以证实那个化工厂与老白的关系。

在这个节骨眼，韩松截获了李宝成和鲁奎打电话沟通的信息。侯伟不在了，李宝成估计那个重要证据阿诗玛烟头也随他去了。但为了进一步验证是否可靠，他向鲁奎提出要到公安局一趟，用自己的 DNA 和公安局存着那个做比对。

鲁奎说："万一是你，怎么办？"

李宝成说："不会是的，我们悄悄进行比对，你知我知，不就行了吗？"

那个时候，侯伟已在一定范围内公开了真凶烟头的 DNA 数据，鲁奎是知道的。很快，鲁奎和李宝成便做了一次检验，结果证明，二者同一。

电话监听却显示，鲁奎这样告诉李宝成："放心吧，不是你。"

可一转身，鲁奎便把真实情况告诉了我们所有人。

这样的结果说明，鲁奎这个人自有他的一套，职业责任感还是存在的。韩松对他的不良感觉顿时化解了一多半。在监听过程中，韩松始终捏着一把汗，他不希望鲁奎和李宝成同流。韩松一度认为，苛刻的鲁奎已经和李宝成等同流了，但最后的结局不是这样。韩松内心是欢喜的。

为了这件事情，隆子洲向刘秀解释："李宝成是盗油大鳄，等一等再抓他。我们首先要把他的所有犯罪挤干榨尽。"

刘秀说："我懂，我会全力配合。"

卧薪尝胆多年，老白一直暗中为自己布局，刘秀因此对育才化工有失控倾向。刘秀觉得，已经到了断臂求生的时候了。他和马钧铁仔细交流合作的每一个细节。按照两个人的约定，刘翔将在未来和老白等人一同落网。

刘秀给马钧铁的感觉是：他想让育才化工停下来，却已无力阻止。此刻，刘秀希望这个企业的一部分快速毁灭，连同自己；而老白却想尽一切办法让企业继续从事不法活动，目的也是希望警方快速干掉这个企业，然后把所有罪名扣在刘秀头上，之后，自己重打鼓另开张……

老白走出看守所后，竟然带着狄威主动去见韩松。这次见面，韩松高度戒备，防止一不小心自己被老白灭了口。韩松告诉我说，他还没活够呢，让我在暗中保护他。

见面后，老白对韩松和狄威说："二位，说实话，发生了那么多事，谁也不好预测是怎么个走向。一开始，我在暗地里观察韩松警官。我说实话，你不要生气。我感觉，你很不成熟，根本没有能力帮助狄威，帮不好还会把大家害了，所以，我一直没有和你们见面。"

"不要说那么多。我知道你是害死刘会战的人后你就炸我，对吧？"韩松很不客气。

老白连连摆手："警官，可不要乱说。炸你的人是刘秀，在我们内部大家都心照不宣。那天你把人家闹成那个样子，人家还不炸你？"

韩松知道老白此刻谎话连篇，暗自庆幸，幸亏自己掌握着一些底牌，否则真有可能被他牵着鼻子走了。

狄威看着精明，其实没有智慧可言，一直被老白牵着鼻子走。

韩松说："老白，你真行，狄氏兄弟在天有灵的话不得来找你啊？我看狄威现在都是你的了。"

狄威呈现出难为情的状态。

韩松问狄威："你和这个老白在一起，感觉快乐吗？是不是经常会感觉很难堪？这家伙可不是什么好东西。其实，他什么也帮不了你，只想占你便宜。"

第十六章 刺破老白的棋局

韩松这番话好像让狄威找到了某种依靠。

老白很快接话:"不用你主持公道。狄威最恨警察了,是警察让她家灭门了。"

韩松说:"你太低估狄威了。你也没看报纸啊?你个没文化的东西。"

老白说:"说这些没用的话有啥意义?我今天是想给你点儿证据,能够将刘秀置于死地的证据。"

韩松意外地回答:"我不要,也不需要。我现在有特殊证据,那个证据上写着你的死期。"

老白被韩松激怒了,但他把怒火首先转向了李宝成。

李宝成回到油城的时候,老白见面就要杀他。老白说:"大哥,和金钱比起来,命更重要。当年,是你坚持要杀刘会战,现场留下的烟头也是你的,你承担责任吧。"

老白要下手的时候,李宝成告诉他:"你想多了,侯伟死了,那个烟头也随他去了。我已经和鲁奎沟通过了,公安局现在保存的那个烟头是赝品。你还是和我一起好好发财吧。"

老白坚持要杀他的时候,李宝成告诉他:"我要去公安局实名举报刘秀。你要杀我,等我弄完刘秀也不迟。狄成他们不好使,你们也够呛,我只好亲自出面了。你要是不想弄倒刘秀,现在就可以杀了我。"

李宝成拍了拍自己的残腿,又拍了拍老白的残腿,接着说:"这个仇一定要报。当年,他把我这条腿打废了,我一声没吭。我始终记得自己咬着牙,单腿蹦到不远处,捡起断了的小腿抱在怀里的画面。我要去找公安局长说明情况,亲自说。"

老白被李宝成说服了。

一切都是连环套。刘秀旗下企业除了育才化工,还有一个佑才化工,已经被老白牢牢掌控。两个企业就像一辆被去掉刹车功能的大货车，疯狂地驶向悬崖。而去掉刹车功能的人就是老白。老白发动全市大小油耗子加班加点偷油，然后将偷来的油送往育才化工。老白的思路是，刘秀让大家停止偷油，我偏偏不停，最后把所有的罪责都推到刘秀身上。

这个时候，为了让公安机关全面掌握大小盗油集团的活动，隆子洲与何景利采取了放水养鱼的策略，给人的感觉是，这个城市的油耗子没人管了。

隆子洲第一次部署马钧铁、何烨触碰育才化工的时候，打了对方一个措手不及，主要目的是在公安机关内部敲山震虎，而眼下隆子洲等人正在准备一系列决战。

老白说："我相信新任公安局长和油田支队的工作能力，他们一定会成功，一定不会让我们失望。"

老白脸上浮现出一丝阴森的笑意。

几方面的力量都在角力，老白想利用育才化工彻底干掉刘秀。刘秀表面上显得无能为力，其实是在将计就计。

"我就知道会有这么一天，我老了，干不过他们了……"刘秀对马钧铁说。

马钧铁回答："好在未雨绸缪，让小丑们闹吧。"

"钧铁，说心里话，从我卖带鱼那天起，我就感觉一直被人追着，被追了那么多年。蒋梅离开我，让我意识到，男人得有钱。被那些城管追，让我意识到，男人得有地位。"

"金钱和地位，你不是都有了？"

"现在那些对我来说已经不重要了。过完这一关，我就出家。源涕老了，我去接他的班儿。"

危急时刻，两个人笑得很轻松。

"等这件事情完了，很多人都会现出原形。我总感觉，你们公安机关里有一种力量，这个职业不一般。"

第十六章 刺破老白的棋局

"我相信,马钧铁不会只有一个,到时候看吧,快了。"

育才化工位于城市郊区,厂区周围多是旷野和杂草地。育才的工人白昼休息,晚上开始忙碌,许多卡车进进出出。为了弄清进出厂区拉油的车辆、人员等情况,我经常跟着韩松、何烨他们潜伏在厂区周围的荒草中,用高倍望远镜观察并进行秘密拍摄。

老白将育才化工与公安机关的对抗设计得完美无瑕。刘秀严令停止各种不法活动,但育才化工的一切不法活动依然井井有条,所有活动都被"金边眼镜"和老白控制着。他们有很强的反侦查意识,老白假戏真做,让手下喽啰每天开着五六台车在这个城市和周边城市接壤处的若干个出口"遛道"警戒,看到可疑车辆就前堵后追,以鉴别车内是不是警察。

何景利告诉大家:"去那里侦查,车只能用一次,因为那里过于荒凉,还有人放哨,车用的次数多了很容易暴露。"

奥迪、桑塔纳、帕拉丁,曹海将周围朋友的车都借遍了。韩松从附近老乡家借来一辆摩托车,和我穿上了破旧的衣服,扮成长期野外作业的人。因为侦查是在夜间进行的,我俩骑摩托三拐两拐就迷了路,跑了不知多久,竟然一头扎到了育才化工的一个侧门。

当韩松和我准备往回骑时,车灯让厂里的人有了警觉,他们开着吉普车赶了过来,追了一里地将我们堵住:"大半夜的,干啥的?"

韩松急中生智,趴在车上装喝多了。

我马上反应过来:"我哥们儿喝多了,我送他回家,道不熟,迷路了。"

有时,韩松和我在夜间将车藏匿在树林里,穿着厚厚的棉袄徒步侦查,一次往返要走三四个小时,手电都不敢开,只能靠着月光和记忆找路。韩松还弄来了别人不要的破烂衣服,以保证每次侦查时穿的衣服不一样。我们在化装侦查过程中了解情况时获知,只要油耗子们将原油送到育才化工厂院内，就不会被公安机关没收。育才化工厂有时还会"上门服务"，到偷油者那里取油。

每次从野外侦查完回到单位，我和韩松看见华生都会气哼哼地说："天寒地冻的，你总是在办公室里热乎乎地执行任务。"

考虑到华生白白胖胖，不适于野外作业，何景利总是派韩松和我带着曹海、于强执行艰苦的野外侦查，让华生配合何烨的工作。不过，玩笑归玩笑，韩松和我都不介意那种艰苦。

老白设计的这个棋局可谓密不透风。

秘密侦查工作进展顺利，但侦查人员始终无法进入育才化工。育才化工夜里生产的时候，虽然人声鼎沸，车辆往来频繁，但警惕心极强，有专人把门，谁也无法进入厂区。于是，韩松使用互联网上的卫星地图进行侦查。

韩松对卫星地图进行研究发现，育才化工共有三个厂区，结构相似，都由化油池、储油罐等组成。育才化工一直对外宣称，使用从俄罗斯进口的渣油进行生产活动。韩松请专业人士剖析，育才公司若使用俄罗斯渣油，根本不需要化油池，炼化企业无须建这样的化油池，它最大的作用是用来集中偷窃来的原油，然后对原油进行脱水处理。

韩松通过对卫星地图进行高分辨率分析发现，化油池内全是油污，这说明，化油池一直处于使用状态。同时发现，厂区院内有十余个容积达上万立方米的储油罐。区区几个化油池的生产能力，竟然有十余个容积达上万立方米的储油罐，足以印证其犯罪频率之高。

"遛道车"、化油池、工人们反常的作息时间、上万立方米的储油罐……种种证据表明，育才化工并没有像其对外宣称的那样，使用所谓的俄罗斯渣油，也没有进行相关的提炼工序。实际上，他们在将偷窃来的原油在厂区内进行脱水、提炼等简单加工，然后销售。

第十六章 刺破老白的棋局

韩松进一步调查后发现，为育才化工送油的油耗子们，大多从采油七厂、八厂、十厂、柳树林油田等油区偷窃原油，然后运送到孔二虎的一处加油站，由孔二虎统一交给育才公司派出的运油车，然后由"遛道车"护送到育才化工厂区内。孔二虎本人经常亲自"遛道"，押运原油至育才化工。韩松大略测算了一下，每晚二十余辆车送原油进厂，育才化工一个晚上就能吞进五六百吨原油。

那天早晨上班时，韩松在支队楼下遇到一个衣衫褴褛的老女人。韩松觉得这个人有点儿眼熟，又马上打消了念头，心想，最近自己老是眼花，是不是眼睛出什么毛病了？

"我刚才看到一个破衣烂衫的老女人，特别像何烨。"办公室里，韩松一边喝着热咖啡一边和我打趣，又对旁边吃着花生米的华生说，"我和洪图天天在外边食不果腹，你天天在办公室里花生米不离手，把自己养得白白胖胖。"

华生说："我天天在单位陪着何烨，也很无聊啊。"

我说："得便宜卖乖。"

我们正在说笑，那个衣衫褴褛的老女人不知什么时候已经站在他们身后。几个人一回身，吓了一大跳。

韩松礼貌地说："大娘，您找谁？有什么事情？"

这位老人许久不说话，和我们三人对视了片刻后，说："我真有那么老吗？"

我们惊呆了，这老人原来真是何烨！何烨的化装术骗过了我们。

何烨伪装成拾荒老太，推着小车轻而易举地进入了育才化工厂区。那里有很多废弃的装油料的袋子，化工厂的人也非常希望拾荒者将其运走。

何烨发现，原油入厂以后，由工人们进行脱水、提炼等简单操作，由于生产过程极不正规，生产出的油料质量极差。这些油料都陆续注入储油罐，有时也会被装上大罐车运走。何烨很快意识到一个问题，在公安机关四门落锁设卡查缉的时候，公路运输非常不安全。但育才化工的生产活动仍在紧锣密鼓地进行，依然有油罐车向外运油。难道他们不怕被查吗？

与何景利交流后，何景利怀疑这部分油料并不一定是运往外地，很可能被犯罪分子运到了另一个地方分散保管。

根据这个分析，韩松进行跟踪侦查，结果发现，育才化工的大罐车将原油送到了佑才化工厂，更加巧合的是，该公司对外也是号称使用的原料为俄罗斯渣油。通过航拍进一步发现，佑才化工厂区内竟然有十五个体积庞大的储油罐，情形与育才化工相仿。

何景利判定，佑才化工也是一家"挂羊头卖狗肉"的公司，从事着与育才化工相同的生意，非法收购、销售原油，而且从名字上判断，这个公司应该也是刘秀控制的。

油田支队逐渐掌握了育才化工、佑才化工从收购被窃原油到原油销售的渠道。按照其生产能力进行初步估算，他们面对的很有可能是新中国成立以来最大的一起盗卖原油案件。隆子洲及时将此情况向省公安厅和市委汇报。

市局的会议室里唇枪舌剑。

"现在，城市里油耗子遍地，黑化工厂都在加班加点生产。国家领导人批示严惩盗窃国家原油犯罪，我们却在放松，不断放松，什么意思？"

"看看公安网，查获的被盗原油数量与去年同期相比下降得令人吃惊。油田支队不是大换血了吗？怎么打成这个熊样？油田领导和市领导的意见都很大。"

"同志之间，关键是信任。有人和油耗子勾连不假，但也不能给大多数人扣帽子，这样就伤了打击合力，影响了整体战斗力。"

第十六章　刺破老白的棋局

……

面对这些意见，隆子洲表情平静，最后只说了一句话："刘锦的鲜血还没有融化，我向大家承诺，刘锦的鲜血融化时，一定给所有人一个交代……"

与此同时，状元楼里也在进行着一场交锋。

老白说："哥，这么多年了，您把我们的骨头渣子都榨出来啦。"

油缸子"啪"的一声，将一把匕首拍到桌子上，油腻腻地说："把我们的钱都还我们，要不白刀子进去红刀子出来！"

向来沉默寡言的君刚说："油缸子，你算狗屁呀！这里哪有你说话的地儿！"

君刚始终是刘秀的忠实部下，和刘秀在少年时就铸就了感情，他在集团内部有不容置疑的威慑力。油缸子听了他的话，油汗珠滚滚而落。

老白说："我们给你干了这么多年，怎么就不能坦诚相见？"刘秀说："我对你们算是仁至义尽了，给你们做人的机会，还不坦诚？"

老白说："鬼才相信你那些话！上市啦，股份啦，这些我老白将来也能给兄弟们做到。我干大家才放心。"

刘秀说："你干不了，你没那个机会。"

老白说："为啥？"

刘秀说："因为你的骨灰是黑色的，下一个冬天我就能看到……"

老白悚然起身，但看到站立刘秀身后的君刚又坐了下来。君刚怀里鼓鼓囊囊的，一看就有家伙。孔二虎一会儿看看这边，一会儿又看看那边，不知所以。

老白故意将育才化工和佑才化工置于警方的侦查视线当中，自以为能金蝉脱壳。当所有警察都把注意力集中在育才和佑才两家公司的时候，老白却在暗度陈仓，通过公路外运原油。油缸子每天在那些塑料大棚里盗油，专供老白，目的地是千里之外的杏州。侯伟牺牲之前，已经把他的发现告诉了韩松。

为了查明油缸子偷的原油都被运送到哪里以及具体运油路线，何烨与华生对运油车进行了跟踪。他们穿越密集的公路网，一路奔到海边，最后来到了杏州。老白自以为神不知鬼不觉，却不知道一切都在何烨等人的掌握之中。

何烨让韩松给她导航，以确定运油车的轨迹。韩松利用城市视频监控系统盯着一辆辆满载原油的运油车，那些运油车从城市里驶出的时候，韩松就会告诉何烨车型及车牌号。送油车经常走走停停。有时，为了在某个路段等待一辆运油车出现，何烨与华生要在路边等三四个小时。大冬天里，这种蹲守往往超越他们身体承受的极限。何烨看到华生被冻得瑟瑟发抖的样子，嘲笑他："你那厚厚的脂肪白长啦？"

他们蹲守嫌疑运油车时只能站在路边等，如果在车中等，一是容易被"遛道车"发现，二是可能会被当地交警发现。他们的行踪一旦暴露，前期的侦查成果就会前功尽弃。看到嫌疑运油车时，由于担心被发现，他们连电话都不敢打，一般都是发短信告诉在下一个路段的曹海和于强。跟踪一次运油车辆需往返近两千公里，最长的一次，何烨与华生两天两宿没合眼。

何烨一般都按照嫌疑运油车的车速判断它们经过的时间，但常常并不准。因为嫌疑运油车前有"遛道车"，运油车有时会在收费站外逗留一两个小时等待"遛道车"传信息，如果运油车改线了，何烨与华生他们都不知道。

克服重重困难，何烨终于摸清了老白手下人的运油路线、活动规律。

这天下午，省公安厅文厅长批示："抓捕行动要严密组织、注

第十六章 刺破老白的棋局

意安全。无论涉及什么人,绝不姑息,对涉及公安机关领导干部,可先采取措施,再向当地党委、政府和公安政法机关通报。"

这一天,从省公安厅文厅长的办公室到市公安局,都笼罩着紧张的气氛。公安厅厅长决定采取行动,并向隆子洲下达了命令。

尽管此案将不可避免地涉及犯罪分子的保护伞,公安厅厅长的表态依然非常坚决:"我们要拿出壮士断腕的决心,刮骨疗毒,切除我们队伍内的毒瘤。"

何烨的调查表明,育才化工和佑才化工的法人都是老白,背后大老板是刘秀。

当晚,老白宴请一位杏州来的客人,蒋梅和狄威作陪。老白在庆祝一切顺利时,却不知道何烨等人正在观察他们的一举一动。老白十分兴奋,因为刘秀的化工厂即将被干掉,更因为那条通往杏州的运油通道畅通无阻。

在附近监视的何烨看到陪酒的狄威,心生极度厌恶之情,小声对华生说:"你看看那小女子,你认识不?"

华生看了看,吃了一惊。

何烨示意他淡定:"那个小妖精就是狄威吧?韩松这小子真有先见之明,和小妖精交往一点儿没受伤。"

荷枪实弹的民警将育才和佑才两家公司包围。隆子洲带领大量警察进入公司院内时,公司的保安队员全体出动,和前来执行任务的警察疯狂对抗。但几个领头的瞬间就被制伏,其他乌合之众随之散去。

当晚很多人落网,包括值班的采购科科长、科研负责人刘翔。

对于这个刘翔,老白和"金边眼镜"非常奇怪。他像一个书呆子一样,每天都准时来到公司,仿佛他们与他父亲的争执和他没有任何关系。刘翔每次见到他们都很礼貌,出奇地平静,就像什么也没发生。

刘翔非常配合公安机关工作。警方对办公楼内的财务室、办公室、经理室搜查时,刘翔交出了大量收购、销售原油的犯罪证据。此次行动,警方共抓捕收油、卖油、炼油人员三十六人,办公楼内职员六十六人,并收缴了多辆运油的大罐车。

刘翔的高度配合令隆子洲非常意外。刘翔面对隆子洲时说:"我在电视上见过您,您是公安局长隆子洲,我想说明情况,我想配合公安机关……"

上次动育才化工的时候,刘翔也很配合,但也没有像这次这样,把所有关键证据倾囊而出。老白得知这些情况后更摸不着门路了,觉得刘翔在害刘秀。

刘翔打开保险柜,拿出一个账本交给隆子洲,上面有详细的育才化工的行贿名单。隆子洲惊呆了——那三张光碟上的内容就来源于此,但仅仅是冰山一角。

隆子洲连夜录制了一个电视通告:经过前期大量调查,市公安机关今晚采取行动,端掉了育才化工这个我市有史以来最大的盗油窝点。警方已经得到大量物证,包括育才化工的行贿名单。在这里,我代表市公安局党委郑重通告,限定二十四小时内,凡与涉油犯罪有关的民警必须主动自首,以求宽大处理,否则严惩不贷……

鲁奎听闻此事,赶紧来到张克平的办公室,刘志东也在这里。

鲁奎说:"这样的发布稿会误导视听。克平,你收没收过他们的钱财?志东,你收没收过?都收过。但在我这里和同志们那里都有记录。他们只看到了那个行贿名单就这样发布通告,我觉得不妥!"

几个人一同来到隆子洲的办公室,向他说明了情况。

隆子洲听闻,显得很焦急:"这样做很草率。"

第十六章 刺破老白的棋局

刘志东说:"您打击油耗子心切,这样做也情有可原,只要局长知道很多民警都是清白的就行。"

张克平说:"局长,您也不要自责。谁让油耗子们那么狡猾呢。但是,他们低估了我们,我们却没低估他们。胜利一定是我们的。"

涉黑嫌疑

第十七章　被掩盖的真相

通过市委书记的大公子陈国栋的运作，老白得以面见市委书记陈健。老白面见陈健，主要目的是搅乱真相，他说："刘秀长期引导企业从事不法活动，我一直努力让企业回到正轨，但很艰难……"

陈健注意到，这个企业的法人老白和幕后的董事长之间有不可调和的矛盾。陈健考虑的，是努力不让这种矛盾影响企业效益，进而影响地方经济。陈健希望公安机关能够给他一个合理的解释并表示，他不会保护违法的一方，但希望能快些有结果。

省委领导的批示已经下来："这一仗精彩、漂亮，下一步要做好证据搜集和固定工作，除恶务尽。"

这种情况下，刘秀可能很快就会被收监。

打击育才化工战役迅速发酵，坊间流传的版本很多：有人说，中纪委工作组已经进驻；亦有人说，中央高层指示，办案人员均从外地调遣；也有人说，因牵扯当地公安人员过多，如果彻查，全市公安系统将会瘫痪……

柳家胜对隆子洲发布如此通告暴跳如雷："武断，武断，没把一切调查清楚就下死手，有没有公道？把好人打成坏人，这样怎

第十七章 被掩盖的真相

么行？"

隆子洲对柳家胜说："我错是错了，但咱们将计就计，如何？"

柳家胜和大家立即明白了隆子洲的用意——将计就计。

连日来，状元楼里人来人往，有的嚣张，有的耷拉脑袋。

刘秀正在状元楼里静静等待，鲁奎突然而至，质问刘秀："你什么意思？这些年，没我鲁奎帮着你，你能有今天？拿点儿小钱给我，你还记录？"

刘秀说："不是我记的，是老白背着我干的。"

鲁奎说："别跟我打马虎眼。老白能背着你干事？他长几个胆儿？"

刘秀冷笑："前一段时间，你们的'掘鼠'行动打掉的那个化工厂就是老白背着我干的。他背着我干事，很正常。"

鲁奎知道"掘鼠"行动，但不知道那和老白有关。

鲁奎说："那么你告诉我，怎么能确定老白和那个化工厂有关系？"

刘秀说："抓了孔二虎、油缸子就都清楚了。而且，我还有撒手锏，能够证明这一切。老白的化工厂是蒋梅建的，蒋梅是我的前妻。"

马钧铁遇到了大麻烦。他受贿一百万元的视频不知被谁发到了微信朋友圈和各大网站、贴吧上，无论市公安局怎样解释，都无法扭转舆论的声讨浪潮。一时间，油田支队从万众瞩目的正义之巅跌落为人人责骂的腐败老巢，人们对马钧铁受贿问题的关注，瞬间超越了公安机关打击育才化工取得的辉煌战果。

这一切，都是老白在背后主使。这段视频的再次出现，让马钧铁更加确信，刘锦牺牲的那个夜晚出现的所谓的幽灵就是老白。

市委书记陈健立足于保护地方经济发展,在与隆子洲谈话的时候,对育才化工的打击处理,定下了三个分开的工作准则:一是要把企业的违法行为与守法行为分开;二是要把企业的违法人员和守法人员分开;三是要把企业的恶劣影响与历史贡献分开。并强调,处理育才化工不能搞"一刀切"……

陈健指示隆子洲,快侦快诉,尽快让企业恢复正常生产,尽快让舆论安静下来,尽快让公安机关稳定下来。陈健还专门到公安局召开现场会,指示隆子洲,随时汇报油田支队的侦查办案情况,在移交检察院起诉之前向他做一次综合汇告。隆子洲指示油田支队,务必做好证据搜集工作,把案子办成铁案。

何景利对隆子洲说:"我不管别人怎么看,我只对法律负责,只对国家负责。如果真的捅了什么娄子,我就告老还乡。"

隆子洲说:"我也是这么想的。"

尽管对马钧铁的问题,隆子洲在各种场合极力予以说明,但他发现,越是他想做的事情,市委一些主要领导越是反对,人们都把他对马钧铁的保护视作袒护。

"那一百万,马钧铁为什么放在柜子里,不交给纪检委或是他当时所在的刑警支队?"有人质问。

马钧铁解释说,当时纪检委和支队在他眼里并不可信。但质问者却说:"说你收钱是为了打入敌人内部,才是最大的不可信。"

检察院对马钧铁立案了,那段视频铁证如山。马钧铁的同事们提供的对他有利的证词都没有被采纳。马钧铁似乎没救了。

隆子洲始终和马钧铁站在一起,他告诉马钧铁:"你要坚定信心。我会以市公安局党委书记、局长的身份为你作证。"

中午,不接待完上访群众不吃午饭;晚上,不接待完上访群众不下班。隆子洲在局长接待日始终坚持着这个习惯。公安部要求地市公安局长一个月集中接访两次,隆子洲却将每周三固定为自己的接待日,雷打不动。

隆子洲清楚地记得,他上任后的第一个接待日,有反映公安机关在打击油田犯罪方面不作为的,有反映公安机关在打击油田犯罪方面枉法的,有反映公安机关违规办案的……隆子洲对这个城市公安机关曾经的乱象记忆犹新。

第一个局长接待日,隆子洲连续接待了八十一名上访群众,全是反映油耗子盗油线索的。隆子洲始终保持着对公安热点问题的关注,多次通过新闻媒体向群众公布自己的联系方式,并通过微博和群众进行互动。那一年,隆子洲向全体市民郑重承诺:我接待就接待到底,事事有着落,件件有回音。

打击育才化工最为关键的时刻,隆子洲突然"失踪"了,向他请示工作只能通过电话——隆子洲因为马钧铁的事情上火,患了重感冒,在招待所躺了三天。但在周三接访日,隆子洲依然神色憔悴地出现了。

信访办民警建议他别接访了,隆子洲说:"和市民都说了,怎么能失信呢?"

民警又建议他挑重点的接访,隆子洲却说:"上班就得干上班的事情,接访一个也不能少。"

当天,隆子洲共接待来访群众二十七人,当最后一名群众离开时,他因体力透支几乎休克。

由于每次接访都需要苦口婆心地解释、劝导,隆子洲常在接访后累得说不出话来。加之最近由于打击育才化工过度辛苦劳累,隆子洲的嗓子哑了。第二天,隆子洲做了声带息肉手术。手术后,医生告诫他,至少十天不能说话,与他人交流只能通过写字的方式。

但手术后的第一个周三,隆子洲又准时出现在接访现场,一见到上访人便开口讲话了。

周三,李宝成和董和平早早地来到市公安局接访室门前,看了看排队的人群,然后走到接访室对面的一个向阳的墙角。董和平怀里揣着两个烧饼和一瓶水。他和李宝成不是约好了一起来的,只是恰巧碰上。董和平的儿子董双红一直没有回家,已经失踪很久了,他想让公安局长给自己找找儿子。此刻,董双红已经被马钧铁、韩松等人保护起来。

李宝成想向局长详细说说自己这些年受到了刘秀怎样的迫害。李宝成自信,有高层的护佑,如果能再从道义层面说服隆子洲,一切就完美了,就能更好地掩盖真相。

董和平蹲在地上,李宝成抱着肩膀站着。

董和平说:"我看你咋那么眼熟?"

李宝成看了看董和平,觉得他就是一个衣着简朴的平头百姓,便也没有任何警惕。

李宝成说:"我经常听人们说,我长得太大众了。"

董和平说:"你也是来告状?"

李宝成说:"是,告状。"

董和平说:"人家都说这个局长好,但不知道他是真好还是假好。"

李宝成说:"我也不大相信。"

董和平说:"咱们先在这里观察一下,看这个局长是不是真像别人说的那么好。"

临近下午两点的时候,董和平从怀中拿出两个烧饼,分给李宝成一个。两个人几口就把烧饼干掉了。

李宝成说:"看来这位局长真的不错,接访到现在午饭都没吃。"

临近傍晚,董和平对李宝成说:"这位局长一天没吃饭了,总共出来去厕所三次。这样的局长不会错吧?"

第十七章 被掩盖的真相

李宝成说:"不会错。大哥,一会儿你先进去说你的事情,我最后说。我吃了你的烧饼,欠了你的情啊。"

董和平说:"好,我先去看看这位局长到底咋样。"

去接访室之前,董和平说:"我还是看你眼熟,但就是想不起来了。"

李宝成说:"想不起来就不想了,进去吧。"

董和平刚刚跨进门槛,突然想起李宝成是谁了,脸上的肌肉抽搐起来,咕咚一下子被门槛绊倒,心中的恐惧瞬间将他湮没……

多年来,尽管那几张面孔在董和平心中越来越模糊,他却从没有忘记。见到李宝成,董和平的记忆慢慢恢复。

但是,李宝成已经不记得董和平是谁了。

李宝成正在眼巴巴地等着董和平出来告诉他这个局长咋样的时候,韩松等人出现在他面前……

第十八章 决战杏州

  油田支队一帮人都很理解隆子洲的无奈。大家什么也不多想，专心致志搜集涉油犯罪线索。马钧铁前途未卜，如果有必要，大家愿意和隆子洲一起出庭为马钧铁作证。大家相信，吉人天相，好人会有好报。
  戏剧性的转折来得比大家想象的还要快，但暂时与马钧铁无关。
  中纪委巡视组突然将陈健拿下，陈健璀璨的政治生涯戛然而止，但具体因为什么谁也不知道，坊间各种传闻不断，中纪委网站也只是说其涉嫌严重违纪。不过这么一来，老白瞬间失去了依靠。

  韩松负责抓捕孔二虎。孔二虎刚下车，看见韩松，又箭一般重新蹿进驾驶室。
  路虎加速疾驰，韩松也猛力加油。路面都是积雪，很滑，但韩松就像疯了一样。那一刻，韩松已经把生命抛在脑后。追逐了多久，韩松不记得了，汽车打滑、旋转撞上雪障的瞬间，韩松失去了记忆。
  孔二虎把车停下了。的确如刘秀所言，孔二虎没有那么大胆量，他对韩松没有杀机。慌忙中，孔二虎拨打了急救电话，告诉医生：

"我走了。他醒了以后,告诉他是我救的他。"

随后,孔二虎飞驰而去。

昏迷中,韩松一直呼唤着:"何烨、何烨……"

韩松被推进钱博文的手术室之前,何景利、何烨、华生、我还有狄威都在左右。

何烨对钱博文说:"你把韩松救过来。"

戴着大口罩的钱博文不断点头。

华生很认真地说:"钱大夫,我们以前和您说的那些都是瞎掰的,何烨是非常好的一个女孩儿。您在手术的时候可别对韩松下黑手啊……"

钱博文无奈地摇摇头。

钱博文和韩松都进了手术室。

华生说:"我现在才知道,医生这个职业太伟大了。"

韩松头部有严重积血,需要开颅手术,这是几位医生达成的共识。

大约一个小时过后,韩松被推了出来。

何烨说:"手术这么快就结束了?"

钱博文说:"我们决定,不做开颅手术了。"

众人面面相觑。难道韩松救不活了?

瞬间,每个人都泪如泉涌,狄威则是号啕大哭。

钱博文说:"大家不要急,不要急。我们决定保守治疗,因为韩松苏醒了,这真是奇迹。"

何烨拉着韩松的手说:"韩松,无论你怎样,我都会照顾你,陪伴你一辈子……"

钱博文表情很无奈地说:"你不要太激动,让病人安静。"

隆子洲也赶到了医院,他紧紧握着钱博文的手说:"用最好的药,不计代价救治韩松。"

韩松恢复得超快,五天后竟然可以下床行走了。住院第十天的时候,韩松竟然像个好人一样来到医生办公室:"钱医生,我要出院……"

回到支队,韩松当着何烨、华生和我的面说:"这一次九死一生,我明白了,人这辈子太短暂。有想法,就要赶紧落实到行动上……何烨,你和钱博文分了吧,我们结婚吧……要不,我就不活啦。"

华生小心翼翼地说:"钱博文刚刚救了你的命……"

韩松说:"这个我领情。但我前一段时间太忙了,忙成什么样子你知道,于是才让钱博文钻了空子。我们俩这次扯平啦。"

何烨叹了口气:"这些乱事儿,等刘秀的案子办完了再说。"

这个时候,贺光明正在寒风中瑟瑟发抖。贺光明已经被检察机关立案,隆子洲把他下派到一线执法岗位,而且是裤裆巷一带。贺光明身上的警服已经进入倒计时。

这天上午,何烨、华生和我来到裤裆巷,挡住一辆油罐车,不过,这辆车手续齐全。贺光明凑过来看热闹,看到何烨一脸沮丧,说:"看它不是偷油车,失望了,是吧?"

我们几个不喜欢贺光明,也不喜欢和他搭茬儿。但贺光明太寂寞了,执行这种枯燥的勤务,能有人说说话对他来说是个缓解。雪野里,他与我们讲话的态度,甚至带着几分讨好。

贺光明说:"这辆油罐车看起来一切都挺正常,是吧?但我可以告诉你们,它是套牌车。同样牌照的油罐车,我从早晨到现在已经看见三辆了。有关车牌的问题,我可是专家……"

贺光明这番话让我们恍然大悟。原来,这些运送赃油的油罐车一直在频繁活动,虽然手续看起来没问题,但车却是套牌的。

第十八章 决战杏州

何烨说:"贺大处长,你这天天执勤,怎么不扣车呢?"

贺光明说:"这大冷天的,我在警车里不愿意出来。"

我小声对华生说:"贺光明的工作态度到哪里都变不了,他只喜欢不劳而获。"

通过何烨、华生近一段时间的侦查,围绕老白的一个盗油团伙的轮廓已经大致清晰。他们具有很强的反侦查能力,偷油环节和收购环节依然是由孔二虎、油缸子在干,还有人专门负责原油外运。该盗油团伙不仅收购袋装原油,还公然使用套牌油罐车运送大量原油。运油车辆夜间出发,多数驶往千里之外的沿海地带。

马钧铁、何烨、华生驱车长途奔袭,发现大部分运油车经过长途跋涉,都驶入了杏州的盘龙化工厂和米仓化工厂。盘龙化工厂占地面积为两万多平方米,炼油设备齐全,是当地的知名企业、纳税大户。盘龙化工厂的管理特别严,外来人员无法进入厂区,其董事长李宝成还是市人大代表。

为了将跨省盗油团伙一举端掉,隆子洲指导专案组制订了周密的计划。

这天早晨,支队获悉,收购原油的团伙已支付货款,两辆满载原油的车辆已经出发。见时机成熟,隆子洲带队秘密赶赴盘龙化工厂所在的城市,一张巨大的网已经撒开。

跟踪途中,两辆满载原油的车辆突然不见了。难道行动被对方发现了?隆子洲将车停在高速路口,假装接人,观察过往车辆,终于在柳树服务区发现了运油车辆,运油车辆前方还有一辆引路的白色轿车。为了不引起对方怀疑,韩松将车开到下一个服务区等候,并随时与前方的民警保持联系。

事后得知,运油车突然消失并不是对方发现了什么,而是被当地相关部门查获。引路车交付罚款进行协调后,运油车才重新行驶到高速公路上。

下午的时候,一辆油罐车驶入盘龙化工厂,有人示意停车,油罐车开始放油。

油罐车驶入盘龙化工厂一小时后,隆子洲一声令下,在周边埋伏的二百多名民警同时行动。

马钧铁带领便衣民警将刚卸了一半的油罐车控制住,又迅速控制了工厂的几个出口,当场抓获调油员、化验员和油罐车司机等涉案人员二十二名。接下来,荷枪实弹的特警进入盘龙化工厂,抓获涉案人员四十人,查扣了生产记录和账本。次日上午,民警又先后将七名准备上班的工人抓获。经初步讯问,这里所有人都知道,盘龙化工厂使用偷来的原油加工生产。

在距盘龙化工厂三百公里的张家屯,民警冲入村旁一个大院,将包括大货车司机和工人在内的十五名涉案人员抓获。

不同油田所产的石油,通过化验是可以检测出来的。隆子洲指示,对涉案省市几个油点的油罐逐一进行化验,让这些属于国家的原油从哪儿来回哪儿去。警方经过讯问确认,盘龙化工厂三个月内非法收购原油四万多吨,案值两亿多元。

原油运到千里之外的杏州,背后的利润究竟有多大?每吨原油在当地的收购价是一千五百元到两千元,而盘龙化工厂的收购价是每吨六千元左右,差价四千元到四千五百元。以五十吨的油罐车计算,一车油能赚近二十万元。

隆子洲和油田支队一帮人正在为这些流失的国家原油无比痛心时,盘龙化工厂的舆论反击战开始了,一篇微文在朋友圈里广为流传——

在保护油田生产上,隆子洲立下了汗马功劳。这次到杏州的打击活动,隆子洲随行带着媒体记者,否则,事后的报道也不会写得那么具体、生动。隆子洲的御用媒体高调渲染这次打击盗油行动的战绩时，又特别强调，盘龙化工厂顶着纳税大户、先进企业等光环，言外之意，杏州成了盗油犯罪的销赃之所。

盘龙化工的董事长李宝成是市人大代表。第二天，隆子洲对盘龙化工厂参与盗油的行为进行通报后，杏州公安积极配合，对李宝成采取了强制措施，取保候审。

刘秀在韩松陪伴下赴省城见文厅长。文厅长专门约来隆子洲，共同和刘秀进行了一次谈话。

刘秀说："这一次，我可不是上访。我终于感觉到了一种清晰可见的力量，让我由衷佩服。我钦佩你们的决心和勇气，更钦佩你们的工作方法。"

这种恭维没有让公安厅长和公安局长产生兴趣，但刘秀这些年的心路历程却令他们动容。

"隆局长，到您那里上访的董和平，我爹当年就是为了保护他牺牲的，他也是刘锦的养父……说得直接点儿，我和刘锦、董双红都是油田的儿子，我们看不了有人糟蹋哪怕是一滴原油……"

疑心虽然没有完全散尽，但文厅长和隆子洲已经开始认真对待眼前这个叫刘秀的人，一个省内大名鼎鼎的油商、企业家。

"他们偷油的收益八十多亿，我全部做公益了，这些都有据可查。但是，这些情况需要保密。除了老白和"金边眼镜"可能会被判死刑，很多油耗子不会被判得很重，日后，我还要控制掌握他们的动向，所以我需要得到某种保护。最好的保护就是连我一起判刑。打击油耗子需要我这种耗子王发挥作用，更需要我们一起合作。我准备将刘翔的科研成果无偿献给国家。这个油田的原油太宝贵了，每丢失一滴，就仿佛是我心中的血失去了一滴……"

谈话进行到这里，文厅长已经意识到，这是一起极其特殊的案件。除了约请省内公检法司最高领导举行联席会议，文厅长还专程赶赴国家安全部门及能源部门面见有关领导，说明情况。

刘翔在原油中提取的特殊元素得到了认可，被认定为国家能源安全保密项目。公检法司领导联席会议确定：全力支持刘秀旗下企业的正常运转。作为一种保护，刘秀将在涉黑案件处理中被判刑，之后将给他办理保外就医。

那一夜，孔二虎眼见着那辆套牌油罐车启动，消失在茫茫黑夜之中。这个夜晚，油缸子也刚刚目送一辆同样牌照的油罐车远去。当晚，这样的目送重复了五次，换句话说，这个夜晚总共发出了五辆这样的油罐车，这些油罐车的终点都是杏州。

疲惫的孔二虎来到一家温泉会馆，前厅的海蓝色灯光让他顿感舒适。这里的所有女孩儿都戴着面具，她们身材高挑，步态撩人，时刻等待着像孔二虎这样的客人在楼上奢华的按摩室里揭去她们的面具。

一番又泡又蒸的折腾之后，孔二虎去了他的包房。经过长长的走廊的时候，孔二虎遇见了一位又一位戴着面具、提着小包的女孩儿。

孔二虎静静地躺在那里。门开了。孔二虎的眼睛半睁半闭，让自己的身体最大限度地放松。面具、小包和一个身影出现了，孔二虎闭上了眼睛。当女孩儿的双手接触他的双手时，他感觉女孩儿特别有力量。紧接着，他的双手被反剪到身后，冰凉的手铐紧紧地铐住了他的两个手腕。

孔二虎想喊叫，一团毛巾塞进了他的嘴里。女孩儿从小包里拿出军用背包带，麻利地将孔二虎五花大绑，又蒙上了他的眼睛。孔二虎像个粽子一样被抬到窗边，窗外寒风刺骨，又泡又蒸已经让他的汗毛孔处于张开状态，寒风针尖一般，让孔二虎颤抖不止。孔二虎感觉自己被从窗户顺到了一楼,又被扔进了一辆汽车的后备厢。

楼上那个女孩儿眼看着那辆车离开,摘下面具,露出了何烨的脸……

孔二虎彻底明白过来的时候,已经在公安局的讯问室里了。

韩松看着孔二虎:"二虎,今晚咱俩算算总账吧。"

孔二虎的眼睛瞪得又大又圆,非常恐惧。

看着瑟瑟发抖的孔二虎,韩松把自己的警用大衣脱下来,给他穿上。

孔二虎捂着大衣,依旧浑身颤抖:"韩松,我错了……"

韩松做了个打住的手势:"不要说这个,今天不谈私事儿,谈公事儿。"

孔二虎只好如实交代:刘锦遭遇不幸的那个晚上,老白撞翻了奕成手下的押运车。刘锦突然出现在现场,老白感觉刘锦认出了他,所以下了死手。孔二虎还交代,奕成是瘾君子并且枪不离身。那天,他得知奕成和赵辉腾刚刚"溜冰",便引诱侯伟去和他交锋……

孔二虎还供出了董双红被秘密关押的地点。解救董双红的时候,孔二虎说:"我要是在老白那里露了他的底,他的小命就没了,而且弄不好老白还会让我下手。我不想沾人命,所以把他藏起来了……"

这一天,注定会被写入历史。

太阳刚刚升起的时候,位于杏州市的米仓化工厂院内警灯闪烁,特警荷枪实弹守卫着被盗原油,油罐车整装待发……

马钧铁请示:"报告,被盗原油是否可以回家?"

隆子洲下达指令:"国家的原油回家!"

当日,警方查扣的几万吨被盗原油踏上了回家的路。

现场指导起赃工作的国家能源部门相关负责人对记者说:"这次战役,隆局长千里奔袭,一路追踪到杏州市,掌握了大量证据,一举捣毁了非法收购、炼制原油的企业,实属不易。"

记者问:"这次战役是否起到了震慑作用?"

隆子洲说:"我们跨省打击涉油犯罪,对盗窃、贩卖、收购国家原油的不法分子起到了极大的震慑作用,打出了公安的气势与声威。油田产量明显上升,效果十分显著,这些都证明,我们的工作是卓有成效的。"

记者问:"打击涉油犯罪的社会意义是什么?"

隆子洲说:"打击涉油犯罪,最大的意义在于维护国家能源安全。近年来,为保证完成稳产目标,为国家的经济建设输入血液,油田工人们不分昼夜、不畏艰辛,我们公安机关有责任保驾护航。"

老白落网后,那辆丰田霸道在藏匿处被找到,车辆发动机上的机号被抹去了,里边有多个假牌照、二十多部手机、两部望远镜、砍刀、钢锯、斧子、锤子、胶带等。

韩松问:"你这是要杀谁?"

老白沉默了很久,说:"很多啊……"

马钧铁遭遇袭击,系老白安排人干的;刘锦牺牲当晚,老白是凶手;韩松被炸,系老白派人安装的炸弹;通过蒋梅,奎城土炼油点与老白的关系得到了印证;老白的手下承认,是老白指使他们诬陷马钧铁……

审判正在进行。

刘秀、"金边眼镜"、孔二虎、油缸子、君刚、轮椅上的奕成、李宝成等,都站在被告席上。

DNA比对证明,李宝成就是害死刘会战的凶手。李宝成说明了

第十八章 决战杏州

老白也参与其中的情况。由于涉案人员众多，检方早已提前介入。随着侦查的不断深入，陆陆续续又有不少官员牵扯其中。

这是一场特殊的较量，因为它涉及的是国家能源安全。

那边正在庭审，这边，公安局正在召开隆重的表彰大会。

何景利、马钧铁、韩松、何烨等市公安局近百人的民警方阵着装整齐，向隆子洲敬礼。

隆子洲站定后，庄严地向大家回礼……

冰雪融化了，刘锦的鲜血也跟着化成了玛瑙色的水滴。

韩松在接下来的春天和夏日里，经常陪伴刘锦的母亲在江边散步，他一直在冒充刘锦。所有人都在配合韩松的谎言，说刘锦由于在抓油耗子的过程中受伤，失去了语言能力。

接下来的冬天，刘锦的母亲病危。刘秀保外就医，第一件事就是来到母亲身边，他跪在床前，泣不成声。

老人去世前轻抚着韩松的脸说："孩子，谢谢你。我要去找刘锦了。我知道，你不是他……"

尾 声 洗澡

乘坐公交车上班的那段日子，公交车在冬日凛冽风雪中疯狂奔跑。

一个又一个早晨，我都是这样度过的。我的睡眠越来越差了，导致我坐公交车时总会昏昏欲睡。那天早晨，当公交车行至一个下坡路的时候，冰雪路面令刹车失去了作用，撞上了前边一辆小心翼翼行驶的私家车。我瞬间被惊醒了。

我裹紧棉衣下了车，决定步行到单位。刘秀的手下"金边眼镜"已经早早地在单位等我了。他给了我一把丰田霸道车的钥匙。从此，我告别了乘公交车上下班的日子。

一切似乎都过去了，我们的日子走上了正轨。与以往不同的是，我们似乎和刘秀已经亲如一家了。韩松为刘秀所做的一切，有情有义的刘秀经常在不同场合一次次深情重复着。

刘秀请我们暴吃海参鲍鱼大龙虾的时候，望着我们的表情就像慈祥的兄长看着一帮亲生弟弟。和刘秀有交情之前，我从来没有吃过海参鲍鱼大龙虾。最初那几次，我在餐桌上难掩激动的时候，韩松一次次恶狠狠地瞪我，劈头盖脸地批评我："囊屎包，就知道吃。

看你那吃相就知道你有多大出息。"

韩松猛批我人格的时候,我总是笑。这家伙已经被何烨彻底抛弃了,心情极差。

何烨说:"我们都不小了,你不成熟的地方、深不可测的地方太多太多……"

韩松说:"我其实很简单,我只是想等胸前挂满功勋章再娶你。"

何烨说:"钱博文最起码能给我一个家。你继续你没完没了的幼稚吧。"

我对韩松说:"何烨虽然抛弃了你,但你不要往心里去。"

韩松回应我说:"别说那些不咸不淡的话,我从来就不是她的。"

对于刘秀,我和马钧铁都认为,我们的眼睛没有看错。

当我在韩松面前表扬刘秀的时候,韩松对我总是怒目而视。李宝成在杏州的化工厂已经被秀才集团收购,刘秀的大儿子刘翔已经成为地跨油城与杏州一系列化工厂的集团总裁。

刘翔面对我和韩松等人的时候,似乎总是有不容置疑的友情。的确,我们一起经历了太多太多。

我和马钧铁、韩松平日里驾驶着秀才集团提供的丰田霸道,油料和车辆维修保养等费用全部由秀才集团提供。刘秀对我们说:"我们的企业就是你们的家。人生苦短,我永远是你们的坚强后盾。"

老白和奕成等,该枪决的已经步入死地。孔二虎、油缸子、"金边眼镜"等人都已经出狱,回到了刘秀身边,只有君刚还在监狱里,但听说也将很快出来了。孔二虎等人都已经金盆洗手,但依然围绕在刘秀左右。

刘秀对我和韩松说:"他们现在都为我做正经事情。"

我多次配合董双红走向茫茫深夜,给一些油耗子担任偷油的油罐车驾驶员,最后在孔二虎、油缸子的配合下,将那些人扭送公安机关。

韩松说："有孔二虎、油缸子在，刘秀能金盆洗手？"

马钧铁说："这么些年了，难道你还没读懂刘秀？"

在那个陈列着折断的秤杆的办公室，刘秀曾经一次次满眼泪水地给我们讲述当年被城管追逐时的奔跑，少年时和弟弟刘锦望着父亲在夕阳西下中消失的背影。每当讲起爷爷和父亲戴着大红花在彩旗飘舞中走来时，刘秀都欢呼雀跃，给我们的感觉是，刘秀是一个活在过去时的人。

刘秀说："当老实人，说老实话，办老实事。现在好了，我的手下现在都是恪守'三老四严'的人了，以前不懂规矩的孔二虎、油缸子也都回归了正轨。"

马钧铁说："如果他们继续这样和你走下去，无论是对他们个人，还是对你的企业，都是好事情。"

开着丰田霸道上班这两年，我感觉时间过得飞快而且每个日子都混沌，远远不像乘坐公交车上班那些日子——缓慢而且每个日子都清晰。

两年前，刘秀原本是坚决要奖励韩松二百万元的，但韩松对我说："那二百万真的让我心痒痒，却一分不能要。"

刘秀给全市公安英烈基金会捐款一千万元。一切都是正能量爆棚。

"天当房屋地当床，棉衣当被草当墙。五两三餐保会战，为国夺油心欢畅。"在很多场合，刘秀都字正腔圆地背诵这些油田会战的诗文。一切都是正能量爆棚。

韩松说："如果我说刘秀目前依然在偷油，你们信吗？"

马钧铁说："我不信，完全不信。如果刘秀依然在偷油，我宁可一颗子弹打死自己。"

我说："韩松，你别胡闹。刘秀还有什么可怀疑的地方？"

"雨淋淋，不停钻；风嗖嗖，顶着干；雪茫茫，当春天；汗腾腾，劲更添，一心为国争口气，再苦再累心也甜……"

在干打垒吃杀猪菜的时候，刘秀又来了那么一段。那年冬天，刘秀在干打垒杀了一口肥猪，宴请我们一帮人马。杀猪是一次祭祀活动，主要是祭奠干打垒里立着的爷爷、父亲和刘锦的牌位。祭奠结束后，大家在东厢客里打麻将、玩扑克，而那口肥猪在西厢厨房里化作了一道道杀猪菜。

蒋梅一直在忙里忙外，但从来不喝酒的刘秀那天明显是喝醉了，当着众人的面，不知是哪里来了一股邪气，在院子里暴打蒋梅，还边打边骂："当年你踹折我秤杆，今天我要踹折你腰杆。"

最后，马钧铁和刘翔将刘秀拉走了。蒋梅的血洒在了洁白的雪地上，血中混杂着蒋梅的泪。

韩松对我说："刘秀阴险、狭隘，是一个可怕的人。"

我对韩松说："你就冤枉好人吧，他哪里有那么坏。别看蒋梅可怜巴巴的，她这是报应。"

韩松对我说："你懂什么。你看到的是报应，我看到的却是刘秀。"

刘锦的母亲去世的时候，给刘锦妻子留下遗言："即使饿死，也不要接受刘秀一分钱的接济。"

刘锦的妻子不像侯伟的妻子，很有志气。刘锦离开后，她没有向单位提出任何要求，更是严格按照母亲的话，从来不向刘秀伸手。刘锦的妻儿似乎和刘秀没有了任何关系。刘秀曾几次想给刘锦妻子钱财都被拒绝了，满面怒火推门而去。

这一切，韩松是知道的。

韩松问我："洪图，未来的某一天，你会出卖我吗？"

我回答韩松："我永远不会出卖你。我怎么能出卖你？"

我和韩松一次次陪着"金边眼镜"、孔二虎、油缸子到中东一带出差，说是去出差，其实是"金边眼镜"等人出差时邀请我们一起去玩。他们在中东收购油井后，接下来在北京会见难得一见的国企石油巨头领导，把收购的油井转卖给国企。

我和韩松在"金边眼镜"的一个阿拉伯朋友的陪伴下观赏中东美景。石油造就的一座座土豪城市令我眼花缭乱。韩松却对我说："刘秀的心中一定也潜藏着这样一座城，他幻想着成为主人。"

我感觉韩松是在说梦话，但他的表情显得清冷孤单。

韩松在刘秀那里说一不二，还曾当着刘秀的面数落孔二虎。刘秀的态度则是：二虎，韩松让你跪着就不能站着。

背地里，孔二虎已经和狄威走到了一块儿。孔二虎说："松，你要是不同意，我立马离开狄威。"

背地里，狄威告诉韩松："我的目的依然是报仇，我要利用孔二虎撕掉刘秀的面纱。"

韩松面无表情，他感觉，刘秀也好，刘秀的手下也罢，一切都是诡异的。

韩松曾经陪着柳家胜和鲁奎一起到刘秀的"金三角"赌场豪赌。也曾经，四个人一起到阿尔卑斯山滑雪，还一起到黄河源头顺流而下游玩。

在黄河之源，柳家胜对刘秀说："现在，你回归清澈了。"

刘秀说："没有大家的帮助，我哪里会清澈。"

归来后，韩松对我说："洪图，很多事情，我越来越看不懂了。我是不是还太年轻？"

一次次，白天与夜色里，韩松默默地跟踪孔二虎、油缸子还有

尾声 洗澡

董双红。日积月累,韩松画出了一张图,图上边标有所有孔二虎他们三人的盗油位置。他们已经不用栽阀门了,就连中俄输油管线也早已经被他们装上了盗油阀门。这些阀门全部由董双红掌管,管道里的油就像自来水,他们想用多少就用多少。

盗油江湖,刘秀已经一统江山了。刘秀将在中东低价收购的废弃油井通过石油国企中的内线高价倒卖给国家。最近,随着几位石油国企巨头领导被中纪委查处,刘秀企业的龌龊行为跃然纸上。

韩松制作了一张刘秀手下盗油的地图,复印后交给我说:"这张图我也给了狄威一份,让她告状时使用。我和她若都有不测,你这张图一定要发挥作用。"

我对韩松说:"我们有必要对刘秀下手这么狠吗?我们现在都像亲人一样。告诉他停止盗油活动,然后清理门户,或是将孔二虎等人交到公安机关,不就完了吗?"

韩松这一次没有骂我,而是耐心解释说:"洪图,你头脑简单,我不再批评你。我觉得,一个男子汉一不能被荷尔蒙打败,二不能被人性弱点打败。刘秀已经被人性弱点打败了,别看他表面多风光,多成功。"

"你知道刘秀的梦想是什么吗?"韩松问我。

我摇摇头。

韩松回答:"刘秀心中有一座迪拜,一座属于他的迪拜。除了文厅长和我,所有人都低估了他。"

韩松最后告诉我:"我有我的目标,而且永远坚定不移。"

这句话是韩松在这个世界上留给我的最后一句话。从此以后,再也没有人见过韩松。韩松失踪后不久,刘秀就找到了我,我瞬间就明白了一切。

"那张图,你是交公还是交给我?"刘秀问。

我脑子从未有过地快速反应:"哪张图?韩松那个?必须交给

你啊,大哥。"

"人生苦短,韩松怎么就是想不开,非得向最亲的人开刀?"

我爽快而无奈地回答:"死心眼儿,他在警校时候就是死心眼儿。"

"还有一张在狄威那里,你知道吗?"我说出实情的时候,刘秀非常满意。

刘秀说:"好,这说明你值得我信任。"

我只能把眼泪咽到肚子里。瞬间的交锋,我就知道刘秀掌握和明了一切。我不坦白,怎么会有活路?怎么会找到一切的答案?

"看来,只有你可以是我的亲弟弟了。"刘秀哭了,声音很低,却是一种压抑模式的歇斯底里,"你不想知道狄威和韩松去哪里了吗?"

我回答说:"哥,你不会亏待他们的。我相信你,我理解你,我知道你的无奈,我知道你的苦心。"

我连珠炮似的忽悠着——只为暂时保命,而后报仇之事来日方长。

离开刘秀后,我钻进了特警队营房,那里是我的大本营。我给隆子洲打电话,给文厅长打电话,给所有能想到的人打电话。

结果,所有人都告诉我说:"你太鲁莽了!你这么做有什么意义?"

我不能总待在特警队了,我无奈地离开的时候,在一个僻静街角遭遇孔二虎、油缸子还有刚刚出狱的君刚等人。

我没带枪,身上什么家伙都没有……

我感觉昏天黑地的那一刻,我的警察兄弟们铺天盖地而来,隆子洲、何景利、张克平、刘志东、马钧铁、何烨、华生均在,唯独

尾声 洗澡

不见韩松的踪影。君刚逃掉了,余下人员全部落网。

原来,我成为一个诱饵。诱饵的幸福感告诉我,我没有被抛弃。

我们所有人都很紧张,我们都被自己呼吸形成的团团雾气包裹着。我上了一辆车,发现车上竟然坐着文厅长、柳家胜、鲁奎。三个人面色凝重,一看就是有大事情发生的样子。

柳家胜示意我不要说话,然后来了一句:"走,我们去洗澡。"

我们的座驾来到新建成的科技中心,路过一个拱门,在对整车扫描时,两个跟踪装置在电脑上清晰可见。接下来,我们依次走进安检门。文厅长走过的时候,安检门没有报警。柳家胜、鲁奎和我走过的时候,电脑显示,我们三个人身上有窃听装置,都是黄豆粒大小。

柳家胜说:"抓紧换衣服,我们洗洗澡。"

我明白了,原来,我和韩松的一切都在刘秀的掌握之中,柳家胜和鲁奎也是一样。

隆子洲说:"你们是科技中心第一批顾客。这个科技中心要是提前一天使用,韩松也许就不会出事了。"

在科技大厦的安全区里,文厅长大发雷霆:"柳家胜,我告诉你好好保护韩松,你怎么保护的?现在,人呢?我问你,人呢?"

鲁奎说:"厅长,我和柳总一直小心翼翼,实在没有想到刘秀这样狡猾。"

隆子洲说:"鲁局长,刘秀作为高级别公安线人,是你具体分管的。折腾了这么些年,最后这样的结果是不是说不过去?"

柳家胜说:"厅长,隆局,要不是韩松突然失踪,我们也不会意识到,刘秀已经狡猾到如此程度。我们为了支持韩松,一直在动用最先进的窃听和各种技术手段支持他。谁能想到刘秀会有反窃听能力呢?"

鲁奎说:"做梦也想不到啊。"

文厅长说:"做梦都想不到?刘秀是有一个迪拜大梦的人。我理解你们,换作我也一定会在这一点上失误。刘秀太狡猾了。下一步怎么办吧?"

柳家胜说:"我亲自办。我们这些老骨头要亲自上阵了,但是马钧铁必须回避。"

尽管文厅长动用一切力量寻找韩松,仍是杳无音信。柳家胜和鲁奎提供了大量助力刘秀灭亡的罪证,尤其是刘秀的手下在中东低价购买废弃油井然后倒卖给国有油企,给国家造成巨大损失的确凿证据。柳家胜最后对文厅长说:"我们这些年接触刘秀的目的只有一个,那就是有朝一日干掉他。韩松也许一直不知道,我们与他殊途同归。"

韩松永远地消失了,连同狄威一起消失了。大家都觉得他可能遇害了,却活不见人死不见尸……

刘秀又一次消失了,无论是在干打垒还是在那个高档写字楼里的办公室。

马钧铁对柳家胜说:"柳总,事已至此,你想怎么干就怎么干,但我不能参与了,毕竟我和刘秀从小玩到大。"

柳家胜、鲁奎、华生和我四个人,一人分别五四、六四两把手枪,准备出发。

柳家胜说:"找到刘秀容易,关键是找到他后我们怎么做。"

在云南通往"金三角"的公路上,他们发现了刘秀的劳斯莱斯。

柳家胜、鲁奎首先向劳斯莱斯的轮胎射击。瞬间,劳斯莱斯上的人开始还击。

尾声 洗澡

鲁奎说:"大家明白没有,是他们先射击,我们还击……"

激烈的枪战与追逐在公路上登场了。我们四个人一起疯狂射击,子弹壳掉得到处都是。虽然我们的车没有劳斯莱斯防弹效果好,但劳斯莱斯的火力没有我们猛烈,很快就被我们压制。此行出发前,文厅长和隆局长都暗地里告诉我,要进一步观察柳家胜和鲁奎,如果他们能够给刘秀留个活口,说明他们绝对身正不怕影子斜,如果他们一味地想击毙刘秀,我一定要设法阻拦。

柳家胜和鲁奎在此次枪战中击毙了君刚,但给刘秀留了活口。

刘秀那盗油贼的面目第一次清晰于世人。指挥庞大的盗油集团一点儿不假,虽然这次他已经没有证人豁免的权利了,在法庭上却比上一次显得轻松。

马钧铁咆哮着奔向法庭上的刘秀,一路推开了所有拦他的法警,最后被我和几名特警兄弟拉了回来。

刘秀笑得十分狰狞时,蒋梅出现在了证人席:我证明,那个山岗上埋着韩松和狄威……

这就像一枚震撼弹!

听到这个消息的时候,我们所有人集体崩溃,何烨更是陷入了疯狂的忧伤。仿佛世界已经不复存在,我们每个人的眼前都是茫茫白雪……刺骨的寒风无情地将我们每个人抽打,我们什么也看不到,却又感觉浑身疼痛,但是我们都一遍又一遍,清晰地听到了何烨的号啕哭泣:韩松,你说过,你会在胸前挂满功勋章时来娶我。你怎么能说话不算话……